MW01676019

BOVEN WATER

Vertaald door Aris J. van Braam

Margaret Atwood

Boven water

2001 Ooievaar Amsterdam

Eerste druk 1979
Derde druk 2001

Oorspronkelijke titel *Surfacing*

Omslagontwerp Erik Prinsen, Venlo
ISBN 90 5713 564 7

Uitgeverij Ooievaar is onderdeel van Uitgeverij Prometheus

I

1

Ik kan niet geloven dat ik weer over deze weg rijd; hij slingert zich langs het meer waarlangs de witte berken sterven – de ziekte verspreidt zich vanuit het zuiden – en ik zie dat er tegenwoordig watervliegtuigen verhuurd worden. Maar we zitten nog vlak bij de rand van de stad; we zijn er niet doorheen gereden. De stad is al zo uitgegroeid dat er een rondweg omheen ligt; dat heet vooruitgang.

Ik heb het nooit als een stad beschouwd maar als een voorpost – de eerste of de laatste, afhankelijk van de richting waaruit je kwam; een opeenhoping van loodsen en huisjes en één hoofdstraat met een bioscoop, de itz of de oyal, waarvan de rode lichtgevende R is uitgevallen en twee restaurants waar precies dezelfde grauwe hamburgers overgoten met drabbige saus, doperwten uit blik, waterig en bleek als visse-ogen en frieten die dropen van het vet werden geserveerd. Neem een gepocheerd ei, zei mijn moeder altijd, dan kun je aan de randjes zien of het vers is.

Voor ik geboren was is mijn broer eens in een van die restaurants onder tafel gekropen en heeft met zijn handen over de benen van het dienstertje geaaid terwijl ze het eten serveerde; het was tijdens de oorlog en ze had glanzende oranje nylonkousen aan, die had hij nog nooit gezien, mijn moeder droeg ze niet. In een ander jaar holden we daar op onze blote voeten door de sneeuw over het trottoir omdat we geen schoenen hadden, die hadden we in de zomer versleten. We zaten die keer in de auto met onze voeten in dekens gewikkeld. We deden of we gewond waren. Mijn broer zei dat onze voeten er door de Duitsers waren afgeschoten.

Maar nu zit ik in een andere auto, die van David en Anna; hij heeft staartvinnen en chroomstrips, een log monster, een fossiel van tien jaar geleden; je moet je hand onder het dash-board steken om de lampen aan te doen. David beweert dat ze zich geen nieuwere wagen kunnen veroorloven, wat me onwaarschijnlijk lijkt. Hij rijdt goed, dat weet ik heus wel, maar desondanks houd ik met mijn rechterhand het portier vast. Om mezelf in evenwicht te houden en er snel uit te komen als dat nodig mocht zijn. Ik heb al eerder met hen in dezelfde wagen gereden maar het is net of het op deze weg niet klopt: òf zij drieën horen ergens anders, òf ik.

Ik zit op de achterbank met de plunjezakken. Naast me zit Joe; hij kauwt kauwgom en houdt mijn hand vast, allebei als tijdverdrijf. Ik betast zijn hand: de palm is breed, zijn korte vingers spannen en ontspannen zich, frunnikend aan mijn gouden ring, hem ronddraaiend, het is een automatisme. Hij heeft boerenhanden, ik heb boerenvoeten, heeft Anna tegen ons gezegd. Iedereen doet tegenwoordig een beetje aan magie: zij leest handlijnen op feestjes; zij beweert dat het als vervanging voor de conversatie dient. Toen ze m'n hand las zei ze: 'Heb jij een tweelingzus?' Ik zei van niet. 'Weet je het zeker?' zei ze, 'want een aantal lijnen zijn dubbel.' Haar wijsvinger volgde mijn levensloop: 'Je hebt een gelukkige jeugd gehad maar dan komt hier plotseling die gekke breuk.' Ze rimpelde haar voorhoofd en ik zei dat ik alleen maar wilde weten hoe lang ik te leven had, en dat ze de rest wel kon overslaan. Daarna vertelde ze ons dat Joe's handen betrouwbaar maar niet gevoelig waren en ik lachte – dom van me.

Van opzij lijkt hij op de bison op het Amerikaanse vijfcentstuk: ruigharig met een stompe snuit, met kleine toegeknepen oogjes, en de trotse maar stompzinnige blik van een soort die vroeger oppermachtig was maar nu met uitroeiing bedreigd wordt. Zo ziet hij zich zelf ook: ten onrechte aan de kant gezet. Heimelijk zou hij het liefst willen dat er een soort park voor hem werd ingericht, een soort vogelreservaat. Mooie Joe.

Hij voelt dat ik naar hem kijk en laat mijn hand los. Vervolgens haalt hij de kauwgom uit zijn mond, draait die in de zilveren wikkel, propt hem in de asbak en slaat zijn armen over elkaar. Dat betekent dat het niet de bedoeling is dat ik hem beloer dus kijk ik recht voor me uit.

De eerste uren zijn we door afgeplatte, met koeien bespikkelde heuvels, door loofbossen en langs skeletten van dode olmen gereden; daarna door naaldbossen en langs met dynamiet in het roze en grijze graniet geblazen afgravingen, langs wrakke zomerhuisjes en borden met POORT NAAR HET NOORDEN erop, minstens vier stadjes maakten aanspraak op die titel. De toekomst ligt in het Noorden, dat was vroeger een politieke leuze; toen mijn vader dat hoorde zei hij dat in het Noorden alleen maar het verleden te vinden was en dan nog maar een klein beetje. Waar hij nu ook is, dood of levend, wie zal het zeggen, epigrammen maakt hij niet meer. Ze hebben niet het recht om oud te worden. Ik ben jaloers op mensen wier ouders zijn gestorven toen ze jong waren; ze blijven gemakkelijker in je herinnering, ze blijven onveranderd. Ik was er van overtuigd dat mijn ouders in ieder geval onveranderd zouden blijven; ik kon weggaan en jaren later terugkomen en alles zou hetzelfde zijn. In mijn gedachten leefden ze in een andere tijd; ze gingen hun eigen gang, veilig opgesloten achter een muur die zo doorzichtig als gelatine was, als mammoeten ingevroren in een gletsjer. Ik hoefde pas terug te gaan wanneer ik er klaar voor was, maar ik bleef het uitstellen; er zou teveel uitgelegd moeten worden.

We rijden nu langs de afslag naar de schuilkelder die de Amerikanen uitgegraven hebben. Van hieraf lijkt het een onschuldige heuvel, met sparren begroeid, maar de dikke stroomkabels die het bos inlopen verraden zijn aanwezigheid. Ik heb gehoord dat ze vertrokken zijn maar misschien is dat een list; het is heel goed mogelijk dat ze daar nog zitten, de generaals in betonnen bunkers en de gewone soldaten in ondergrondse woonkazernes waar de lampen onafgebroken branden. Het is onmogelijk na te gaan want we mogen er niet in. De stad heeft hen hartelijk verwelkomd: ze waren goed voor de nering, en ze dronken flink.

'Daar liggen de raketten,' zeg ik. *Lagen.* Ik verbeter mezelf niet.

David zegt: 'Vuile fascistische rot-Yanks,' alsof hij zijn mening over het weer geeft.

Anna zegt niets. Ze leunt met haar hoofd tegen de rugleuning van de bank en de uiteinden van haar blonde haar wapperen in de tocht die door het zijraampje, dat niet goed meer sluit naar binnen komt. Zoëven zat ze te zingen, The House Of The Rising Sun en Lily Marlene, allebei herhaalde malen; ze trachtte haar stem hees en diep te laten klinken, maar het leek meer de stem van een schor kind. David zette de radio aan maar hij kreeg niets te pakken omdat we tussen twee zenders inzaten. Toen ze halverwege de Saint Louis Blues was begon hij te fluiten en ze hield op. Ze is mijn beste vriendin, ik ken haar twee maanden.

Ik buig me voorover en zeg tegen David: 'Het flessenhuis ligt voorbij de volgende bocht en dan naar links,' en hij knikt en mindert vaart. Ik had hem er al eerder over verteld omdat ik aannam dat zo iets hem wel zou interesseren. Ze zijn een film aan het maken. Joe doet het camerawerk; hij heeft het nooit eerder gedaan, maar David zegt dat zij de nieuwe renaissancemens zijn: leer jezelf wat je nodig hebt. Het was voornamelijk Davids idee, hij noemt zichzelf de regisseur: de aftiteling hebben ze al voor elkaar. Hij wil opnamen maken van dingen die ze toevallig tegenkomen, zo maar dingen noemt hij ze, en dat is ook de titel van de film: *Zomaar Dingen.* Wanneer ze hun voorraad film hebben opgeschoten (meer dan ze hebben konden ze zich niet veroorloven; de camera hebben ze gehuurd) willen ze gaan kijken wat ze verzameld hebben en dat opnieuw monteren.

'Hoe weet je nou wat je moet opnemen als je niet eerst weet waarover de film gaat?' vroeg ik David toen hij beschreef wat hij van plan was. Hij wierp me een strenge blik toe, als een ouderejaars tegenover een groentje. 'Als je je van tevoren al zo afsluit wordt het niks. Je moet ruim van opvatting zijn.' Anna, die bij het fornuis de koffie stond in te schenken zei dat iedereen die ze kende een film aan het maken was en David zei dat hij geen aardse reden zag om niet hetzelfde te doen. Ze zei: 'Je hebt gelijk, sorry'; maar achter zijn rug lacht ze hem er om uit, ze noemt het Zomaar Onzin.

Het flessenhuis is opgebouwd uit met de bodem naar buiten aan elkaar gemetselde limonadeflesjes, groene en bruine in net zulke zigzagpatronen als je op school op indianenwigwams moest tekenen; eromheen loopt een muur, ook van flessen, die zodanig zijn gerangschikt dat de bruine flesjes het woord FLESSENVILLA vormen.

'Leuk,' zegt David, en ze stappen uit de auto met de camera. Anna en ik klauteren na hen naar buiten; we rekken ons uit en Anna steekt een sigaret op. Ze draagt een violette tuniek en een witte broek waarop nu al een vlek zit: olie van de auto. Ik had tegen haar gezegd dat ze een spijkerbroek of iets dergelijks moest aantrekken maar ze zei dat ze daar te dik in leek.

'Wie heeft dat gebouwd? Jezus, moet je nagaan wat een werk dat geweest is,' zegt ze, maar ik weet er niets vanaf, behalve dat het er altijd gestaan heeft. De zwarte wirwar van sparretjes op de drassige bodem maakt het geheel nog onwezenlijker, een belachelijk monument voor een buitenissige banneling of misschien een vrijwillig kluizenaar, zoals mijn vader, die dit moeras verkoos omdat het de enige plek was waar hij zijn levenslang gekoesterde wens om in een huis van flessen te wonen kon verwezenlijken. Binnen de muur bevindt zich iets wat een gazon moet voorstellen en een bloemperk met bosjes evenhoge oranje goudsbloemen.

‘Schitterend,’ zegt David, ‘erg leuk,’ en hij legt zijn arm om Anna heen en knuffelt haar even om te laten merken dat hij tevreden is, alsof zijzelf op de een of andere manier verantwoordelijk is voor de flessenvilla. We stappen weer in.

Ik kijk door het zijraampje alsof het een tv-scherm is. Er is niets noemenswaardigs te zien tot we bij de grens komen, die aangegeven is door een bord waarop op de ene kant BIENVENUE en op de andere kant WELKOM staat. Er zitten kogelgaten in het bord, met rode roestrandjes. Die gaatjes hebben er altijd ingezeten: in de herfst gebruiken jagers het als oefenschijf; hoe vaak het ook vervangen of overgeschilderd wordt, die kogelgaten komen steeds weer terug, alsof ze er niet ingeschoten worden maar ontstaan vanuit een soort innerlijke logica of door een infectie, zoals schimmel of steenpuisten. Joe wil het bord filmen maar David zegt ‘Nee joh, waarom?’

We zijn nu in mijn geboortestreek, op vreemd terrein. Mijn keel knijpt ervan samen, zoals hij altijd gedaan heeft sinds ik ontdekte dat de mensen woorden konden zeggen die mijn oren wel bereiken maar niets betekenen. Het zou makkelijker zijn als je doofstom was, met van die kaartjes die ze onder je neus duwen wanneer ze iets van je willen, met het alfabet erop. Maar je zou dan wel moeten leren spellen.

De eerste geur is die van de zagerij, de geur van zaagsel, er liggen bergjes zaagsel op de binnenplaats met de stapels planken. Het hakhout wordt naar de papierfabriek gebracht, maar de grotere stammen worden op de rivier bijeengedreven in een versperring die bestaat uit een ring van met kettingen aan elkaar verbonden stammen; de losse stammen stoten zachtjes tegen elkaar binnen die cirkel; ze worden via hoog boven de grond hangende rammelende glijbanen naar de zagen getransporteerd, dat is nog onveranderd. De auto rijdt eronderdoor, en we draaien het fabrieksstadje in; het is keurig aangelegd met plantsoenen en een achttiende-eeuwse fontein in het midden met stenen dolfijnen en een engeltje waarvan de helft van het gezicht ontbreekt. De fontein lijkt een imitatie maar misschien is hij ook wel echt.

Anna zegt: 'Hé, wat een prachtige fontein.'

'De fabriek heeft alles hier gebouwd,' zeg ik en David zegt: 'Verdomde kapitalisten,' en begint weer te fluiten.

Ik zeg dat we hier rechtsaf moeten en hij slaat rechtsaf. Hier zou de weg moeten zijn maar in plaats daarvan staat er een gedeukt wegversperringsbord: de weg is geblokkeerd.

'Wat nu?' zegt David.

We hebben geen kaart bij ons omdat ik ervan overtuigd was dat we er geen nodig zouden hebben. 'Ik zal het moeten vragen,' zeg ik, en hij rijdt achteruit en we rijden langs de hoofdstraat tot we bij een kiosk met tijdschriften en snoepgoed op een straathoek komen.

'U bedoelt zeker de oude weg,' zegt de vrouw met slechts een heel licht accent. 'Die is al jaren afgesloten, u moet de nieuwe weg nemen.' Ik koop vier vanilleijsjes, want het is niet netjes iets te vragen zonder iets te kopen. Ze schept het ijs met een metalen lepel uit een ronde kartonnen doos. Vroeger zat het ijs in velletjes papier gerold die ze er als boomschors afstroopten, terwijl ze de korte staafjes ijs met hun duim in de hoorntjes duwden. Dat soort ijsjes zijn zeker verouderd.

Ik loop terug naar de auto en vertel David hoe hij moet rijden. Joe zegt dat hij meer van chocoladeijs houdt.

Niets is meer hetzelfde, ik weet de weg niet meer. Ik laat mijn tong om het ijsje glijden, tracht me daarop te concentreren – ze stoppen er tegenwoordig zeewier in; maar ik begin te beven. Waarom is de weg anders, hij had het niet toe moeten staan, ik wil rechtsomkeert maken en terug gaan naar de stad en nooit ontdekken wat er van hem geworden is. Direct begin ik nog te huilen, dat zou ontzettend zijn, geen van hen zou weten wat hij met me aanmoest, ik zelf trouwens ook niet. Ik bijt in het ijsje en een minuut lang voel ik niets dan de messcherpe pijn in de zijkant van mijn gezicht. Anesthesie, een bruikbare methode: als iets pijn doet moet je een tegenpijn opwekken. Het gaat al weer.

David heeft zijn ijsje op, gooit de naar karton smakende punt van het hoorntje uit het raam en start de auto. We rijden door een wijk die aan de stad is vastgebouwd nadat ik hier voor het laatst ben geweest, vierkante nieuwbouwbungalows, precies als in de stad, op het roze en lichtblauw geschilderde houtwerk na, en verderop een paar langwerpige bouwsels van kale planken en teerpapier. Er speelt een troepje kinderen in de kleffe modder die moet doorgaan voor een speelweide; de meesten hebben te grote kleren aan, waardoor het lijkt alsof ze onvolgroeid zijn.

'D'r wordt hier zeker heel wat afgeneukt,' zegt Anna, 'dat zal wel de invloed van de kerk zijn.' Dan zegt ze: 'Wat grof van me, hè?'

David zegt: 'Het ware noorden, sterk en vrij.'

Voorbij de bebouwing houden twee oudere kinderen met donkere gezichten blikjes naar de auto omhoog. Frambozen misschien.

We komen bij het benzinestation waar we volgens de oude vrouw linksaf moesten slaan en David gromt van plezier. 'Godsamme, moet je kijken,' en ze stormen naar buiten alsof het zal weglopen als ze niet opschieten. Hun doelwit bestaat uit drie opgezette elanden op een verhoginkje bij de pompen: ze zijn in mensenkleren gestoken en staan, door ijzerdraad gesteund, op hun achterpoten: een vadereland met een regenjas aan en een pijp in zijn bek, een moedereland in een bedrukte katoenen jurk en een bloemetjeshoed en een elandjongetje in een korte broek, een gestreept hemdje en een honkbalpet, dat een wapperende Amerikaanse vlag omhooghoudt.

Anna en ik volgen. Ik loop achter David aan en zeg: 'Heb je geen benzine nodig?' Hij mag die elanden niet voor zijn film gebruiken zonder er iets voor te betalen: net als de toiletten staan ze hier om klanten te trekken.

'O, kijk,' zegt Anna, terwijl ze haar hand voor haar mond slaat, 'daar staat er nog een, op het dak.' En inderdaad, daar staat een klein elandmeisje met een plooirokje en een blonde pruik met vlechten; ze houdt een rode parasol in haar ene hoef. Ze filmen ook haar. De eigenaar van het benzinestation staat in zijn mouwtjeshemd achter het spiegelglas van zijn etalageruit dreigend naar ons te loeren door de stoflaag.

Wanneer we weer in de auto zitten zeg ik, alsof ik mezelf moet verdedigen: 'Die stonden hier toen nog niet.' Anna's hoofd draait opzij, mijn stem klinkt zeker raar.

'Wanneer, toen?' zegt ze.

De nieuwe weg is geasfalteerd en recht, twee rijstroken met een streep in het midden. Er beginnen zich al bakens langs de weg te concentreren in de vorm van een aantal reclameborden, en een kruisbeeld met een houten Christus met uítstekende ribben, de vreemde god, voor mij even mysterieus als altijd. Eronder staan een paar jampotjes met bloemen, madeliefjes, rode klaver, van die witte bloemetjes die je kunt drogen, schildersverdriet, strobloemen, er is daar zeker een auto-ongeluk gebeurd.

Af en toe kruisen we de oude weg; hij was modderig, vol hobbels en kuilen, hij volgde het landschap, heuvel op heuvel af om de steilten en rotsblokken heen. Ze reden er altijd zo hard mogelijk overheen, hun vader kende hem als zijn broekzak en kon hem naar hij zei geblinddoekt afrijden; vaak leek het of ze dat ook inderdaad deden, ze scheurden langs de borden waarop PETITE VITESSE stond en hotsten over de steile wegbermen en reden rakeling langs de rotswanden, GARDEZ LE DROIT, luid toeterend; de anderen klampten zich aan de binnenkant van de wagen vast en werden steeds misselijker, ondanks de wagenziektetabletten die hun moeder uitdeelde. Tenslotte gaven ze duizelig over in de berm waar blauwe asters en roze wilgeroosjes bloeiden, als hij tenminste op tijd kon stoppen en als dat niet lukte uit het portierraampje; of in papieren zakken – speciaal meegenomen voor noodgevallen – als hij haast had en helemaal geen zin had om te stoppen.

Dat gaat niet – ik kan hen geen 'ze' noemen alsof het over de familie van een ander gaat: ik moet er maar niet over praten. Niettemin, door het zien van de oude weg die een eind verderop door de bossen golft (de wagen- en voetsporen worden al overwoekerd door gras en boomscheuten, binnenkort is hij verdwenen) zoek ik in mijn tas naar de wagenziektetabletten die ik gekocht heb. Maar ze zijn niet meer nodig, al gaat het asfalt van de nieuwe weg over in steengruis ('Ze hebben bij de laatste verkiezingen de verkeerde gekozen,' schertst David) en de bekende geur van stof dat achter en om ons heen omhoog wolkt vermengt zich met de geur van benzine en autobekleding.

'Ik dacht dat jij zei dat het vreselijk zou worden,' zegt David over zijn schouder 'het valt heel erg mee.' We zijn al bijna bij het dorp, de twee wegen komen hier bijelkaar, verbreed – opgeblazen rotsen, met bulldozers omver geduwde bomen, wortels in de lucht, roodverkleurende dennenaalden – langs de vlakke rotswand waarop de verkiezingsleuzen over elkaar heen worden geschilderd; sommige zijn vervaagd en uitgewist, andere helder geel en wit, VOTEZ GODET, VOTEZ O'BRIEN, naast harten en initialen en woorden en reclameteksten, THE SALADA, BLUE MOON COTTAGES 1/2 MIJL, QUEBEC LIBRE, KUT, BUVEZ COCA COLA GLACE, JEZUS REDT, een mengelmoes van aansporingen en talen; een röntgenopname zou de hele geschiedenis van deze streek onthullen.

Maar ze hebben me bedrogen, we zijn hier tè snel en ik heb het gevoel of me iets ontstolen is, alsof ik deze plek alleen mag bereiken na een lijdensweg; alsof de eerste blik op het meer dat we nu zien liggen, blauw en koel, als een verlossing, versluierd hoort te worden door tranen en duizelende misselijkheid.

2

We rijden langzaam de laatste helling af, steentjes tikken tegen de onderkant van de auto en plotseling staat daar iets dat er niet hoort te staan. MOTEL, BAR BIÈRE BIER staat op het bord, neon nog wel; een ondernemer die het probeert, maar tevergeefs, er staat niet één auto voor de deur en het bordje KAMERS VRIJ hangt uit. Het gebouw ziet er net uit als alle andere goedkope hotels: langgerekt, grijs pleisterwerk, aluminium deuren; de grond eromheen is nog hobbelig en kaal en nog niet begroeid met onkruid.

'Laten we er eentje gaan pakken,' zegt David tegen Joe; hij heeft de wagen aan de kant gezet.

We lopen naar de deur maar dan stop ik ineens: dit is het aangewezen moment om mijn eigen gang te gaan en te zeggen: 'Gaan jullie maar een biertje drinken of zo, in een halfuur ben ik terug.'

'Prima,' zegt David. Hij voelt uitstekend aan wat hij moet doen en wat hij moet laten.

'Zal ik met je meelopen?' biedt Joe aan, maar wanneer ik nee zeg schemert de opluchting door zijn baard. Met z'n drieën verdwijnen ze door de hordeur de bar in en ik loop het laatste stuk de heuvel af.

Ik mag ze graag, ik vertrouw ze, ik ken niemand op wie ik meer gesteld ben, maar op dit ogenblik wou ik dat ze hier niet waren. Maar ik heb ze nodig: David en Anna's auto was het enige middel om hier te komen: er gaat geen bus of trein, en liften doe ik nooit. Ze bewijzen me een dienst, maar dat hebben ze niet laten merken: ze zeiden dat het ze een leuk uitstapje leek, ze houden van reizen. Maar de reden waarom ik hier ben zit hun een beetje dwars, ze begrijpen het niet. Ze hebben allemaal allang afstand van hun ouders genomen, zoals dat hoort: Joe heeft het nooit over zijn vader of moeder, Anna zegt dat haar ouders onbenullen waren, en David noemt ze de Varkentjes.

Vroeger was hier een overdekte brug, maar hij lag te ver naar het noorden om als toeristische trekpleister te dienen. Ze hebben hem drie jaar voor ik wegging gesloopt toen ze de dam verhoogden en ze hebben er de betonnen brug die er nu ligt voor in de plaats gebouwd: een enorm monumentaal ding waarbij het dorp in het niet verzinkt. Het is de dam die het meer beheerst: zestig jaar geleden hebben ze het waterpeil van het meer zo verhoogd dat ze wanneer ze de boomstammen via het smalle afvoerkanaal naar de fabriek wilden transporteren altijd voldoende waterkracht zouden hebben. Maar er worden hier tegenwoordig niet veel houtvlotten meer getransporteerd. Een paar mensen werken aan het onderhoud van de spoorweg, één goederentrein per dag; de winkels zijn in handen van twee families; in het kleine winkeltje spraken ze Engels, in de andere weigerden ze dat. De rest zorgt voor de toeristen, voornamelijk zakenmensen met wollen overhemden waar de kreukels van de cellofaanverpakking nog in zitten, en vrouwen die – als ze al meekomen – getweeën op de met horren mugvrij gehouden veranda's van de eenkamerhuisjes tegen elkaar zitten te klagen terwijl hun echtgenoten vissertje spelen.

Ik blijf staan en leun over de reling aan de oever van de rivier. De spuigaten staan open, de schuimend witte en bruine stroomversnelling tuimelt ruisend voort over de rotsblokken. Dat geluid is een van de eerste dingen die ik me herinner, dat waarschuwde hem. Het was nacht, ik lag op de bodem van de kano; ze waren uit het dorp vertrokken, maar er was een dichte mist op komen zetten, zo dicht dat ze het water nauwelijks konden zien, ze hoorden naar ze meenden het huilen van wolven, gedempt door bos en mist; dat betekende dat ze de goede kant uitvoeren. Toen was daar ineens het ruisende geluid van de stroomversnellingen en ze zagen waar ze waren, net op het moment dat de stroom hen te pakken kreeg. Ze dreven achteruit, het gehuil was afkomstig van de dorpshonden. Als de kano was omgeslagen zouden we verdronken zijn, maar ze bleven kalm, deden of er geen vuiltje aan de lucht was; in mijn herinnering bleef alleen de mistige witheid, de geruisloze beweging van het water en het wiegen, volkomen veiligheid.

Anna had gelijk, ik heb een gelukkige jeugd gehad; het was midden in de oorlog, flikkerende grijze journaalfilms die ik nooit gezien heb, bommen en concentratiekampen, leiders die mensenmassa's brullend toespreken in hun uniformen, pijn en nutteloos sterven, vlaggen die onder het zingen van het volkslied uitwaaien. Maar dat alles kwam ik pas later te weten, toen mijn broer het ontdekte en het mij vertelde. Destijds had ik het gevoel dat er vrede was.

Nu ben ik in het dorp, ik loop er doorheen, ik wacht op het gevoel van nostalgie, op het moment dat het groepje doodgewone huizen overgoten zal worden door een innerlijk licht, zoals zo vaak gebeurt bij jeugdherinneringen, maar er gebeurt niets. Het is niet groter geworden, de kinderen trekken tegenwoordig waarschijnlijk naar de stad. Dezelfde houten huizen van één verdieping met Oostindische kers op de vensterbanken en de daklijsten, waaraan bonte lijnen met wasgoed hangen als vliegerstaarten; wel zijn er een paar huizen opgeknapt en in een andere kleur geschilderd. Het witte poppenhuisachtige kerkje bovenop de rustige heuvelhelling is verwaarloosd; de verf bladdert en er is een raam kapot, de oude priester is er zeker niet meer. Dood bedoel ik.

Aan het strand liggen een groot aantal boten gemeerd aan de gemeentesteiger, maar er staan niet veel auto's geparkeerd: meer boten dan auto's, een slecht seizoen. Ik probeer uit te maken welke auto van mijn vader is, maar terwijl ik mijn blik over de auto's laat dwalen besef ik dat ik niet meer weet in wat voor auto hij waarschijnlijk rijdt.

Ik kom bij de zijweg naar Pauls huis, een hobbelig ongeplaveid pad, met sporen van autobanden, dat de spoorweg kruist en verderloopt door een moerassig stuk land; over de drassigste gedeelten zijn boomstammetjes dwars naast elkaar gelegd. Een paar muggen krijgen me te pakken, het is juli, de paartijd is voorbij, maar als gewoonlijk zijn er een aantal achtergebleven.

De weg stijgt en ik loop omhoog, langs de achterkanten van de huizen die Paul voor zijn zoon, zijn schoonzoon en zijn andere zoon, zijn *clan*, heeft gebouwd. Ze zijn naar het voorbeeld van Pauls huis gebouwd: geel met roodbruin geschilderd houtwerk, laag van model, als een boerderij, al is dit geen land voor boeren: de bodem bestaat voornamelijk uit steen, en waar al een laagje grond ligt is het dun en zanderig. Het enige echte boerenwerk dat Paul gedaan heeft bestond uit het houden van een koe, die ten onder is gegaan aan de opkomst van de flessenmelk. De stal waar die koe en de paarden waren ondergebracht dient nu als garage.

Op het lapje grond achter het huis staan twee auto's uit de vijftiger jaren, een roze en een rode; ze zijn op houten blokken geplaatst, zonder wielen; eromheen verspreid liggen de roestige restanten van nog oudere auto's: net als mijn vader bewaart Paul alles wat bruikbaar kan zijn. Aan het huis is een puntig bouwsel toegevoegd, een soort kerktorenspits vervaardigd uit aan elkaar gelaste voormalige auto-onderdelen; erbovenop staat een tv-antenne en dáár weer bovenop een bliksemafleider.

Paul is thuis, hij is bezig in de moestuin naast het huis. Hij komt overeind om naar me te kijken, zijn gezicht is nog even gelooid en ondoorgrondelijk als altijd, als een gesloten koffer; ik geloof niet dat hij nog weet wie ik ben.

'*Bonjour monsieur*,' zeg ik als ik voor het hek sta. Hij doet een pas in mijn richting, nog steeds op zijn hoede en ik zeg 'weet u nog wie ik ben?' en ik glimlach. Weer dat wurgende gevoel, verlamming van de keel; maar Paul spreekt Engels, hij heeft wat van de wereld gezien. 'Het was erg aardig van u om me te schrijven.'

'Ah,' zegt hij, zonder me te herkennen, maar concluderend wie ik moet zijn, '*Bonjour*,' en dan glimlacht hij ook. Hij vouwt zijn handen voor zijn buik, als een priester of een porseleinen mandarijn; hij zegt verder niets. Daar staan we, ieder aan een kant van het hek, onze gezichten in verstarde vriendelijke plooien, met glimlachende monden, tot ik zeg: 'Is hij al terug?'

Hierop valt zijn mond open, zijn hoofd wipt op en neer op zijn nek. 'Ah. Nee.' Hij werpt een verwijtende blik naar een aardappelplant bij zijn linkervoet. Dan schiet zijn hoofd weer overeind en hij zegt opgewekt: 'Nog niet, *hein*? Maar misschien gauw. Uw vader, hij redt zich wel.'

Madame is in de keukendeur verschenen en Paul spreekt met haar in het neuzelende kromme Frans waar ik geen wijs uit kan worden omdat ik zelf op school alleen maar een paar simpele woordjes geleerd heb. Volksliedjes en kerstliederen, en in de hogere klassen uit het hoofd geleerde passages uit Racine en Baudelaire zijn hier van weinig nut.

'Komt u toch binnen,' zegt hij tegen me, 'voor een kopje thee,' en hij buigt zich voorover en maakt het haakje van het houten hek los. Ik loop naar de deur waar Madame me staat op te wachten, haar handen uitgestrekt als welkomstgebaar. Ze glimlacht en schudt droevig haar hoofd alsof ik buiten mijn schuld om verdoemd ben.

Madame zet thee op een nieuw elektrisch fornuis; een blauwe aardewerken madonna met een roze kind hangt erboven; toen ik door de keuken liep en het fornuis in het voorbijgaan zag voelde ik me verraden, ze had haar ouderwetse met hout gestookte fornuis trouw moeten blijven. We gaan zitten op de met horren afgeschermde veranda die uitkijkt over het meer, onze theekopjes in evenwicht houdend, zij aan zij schommelend in drie schommelstoelen; ze hebben mij het kussen met de geborduurde afbeelding van de Niagara Watervallen gegeven. De zwart met witte collie, hetzij het originele exemplaar waar ik vroeger zo bang voor was, hetzij haar nageslacht, ligt op het geknoopte kleedje aan onze voeten.

Madame, die nog steeds even dik is, draagt een jurk met lange rok, zwarte kousen, een bedrukt katoenen schort met een borstje, en Paul een hoogopgetrokken broek met bretels en een flanellen overhemd met opgerolde mouwen. Het hindert me dat ze zo op die uit hout gesneden beeldjes van typisch Frans-Canadezen die in kunstnijverheidswinkeltjes voor toeristen verkocht worden lijken; maar natuurlijk is het andersom, die beeldjes lijken precies op *hen*. Ik vraag me af wat ze van mijn uiterlijk vinden, misschien vinden ze mijn spijkerbroek en sweater en schoudertas met franje wel vreemd, misschien zelfs zondig, hoewel dat soort dingen wel wat gewoner zijn geworden in het dorp sinds de komst van de toeristen en de tv, trouwens, het zal mij wel vergeven worden want mijn familie stond bekend als buitennissig en *anglais*.

Ik breng mijn kopje naar mijn lippen, ze kijken gespannen naar me; het is onontkoombaar, ik moet iets over de thee zeggen. '*Très bon*,' weet ik in Madames richting uit te brengen. '*Delicieux*,' Twijfel overvalt me, is *thé* niet vrouwelijk?

Ik moet denken aan de verplichte bezoeken die mijn moeder aan Madame bracht terwijl vader Paul bezocht. Mijn vader en Paul stonden buiten en praatten over boten of motoren of bosbranden of een van hun tochten, en mijn moeder en Madame zaten binnen op schommelstoelen (mijn moeder op het kussen met de Niagara Watervallen) en deden hun uiterste best het gesprek op gang te houden. Geen van beiden kende meer dan vijf woorden van de taal van de ander en na het inleidende '*Bonjour*' begonnen beiden ongemerkt steeds harder te praten, alsof ze het tegen een dove hadden.

'*Il fait beau*,' schreeuwde mijn moeder, wat voor weer

het ook was, en Madame glimlachte dan nerveus en zei: '*Pardon*? *Ah, il fait beau, oui il fait beau, ban oui.*' Wanneer ze vastgelopen was dachten ze allebei wanhopig na, schommelend op hun stoelen.

'Oe kaat het met *u*?' gilde Madame en mijn moeder zei nadat ze dit ontcijferd had '*Uitstekend*, met mij gaat het uitstekend.' Vervolgens herhaalde zij de vraag: 'En hoe gaat het met *u*, madame?' Maar Madame had daarop geen antwoord en beiden wierpen steelse blikken door de hor naar buiten, om te zien of de mannen hen al uit hun benarde positie kwamen verlossen.

Intussen gaf mijn vader de kool of de snijbonen die hij uit zijn tuin had meegebracht aan Paul, en Paul beantwoordde dat met tomaten of kroppen sla uit zíjn tuin. Aangezien ze in hun moestuintjes dezelfde dingen kweekten was dit uitwisselen van groenten louter ritueel: wanneer dat achter de rug was wisten we dat het bezoek officieel ten einde was.

Madame roert nu haar thee en zucht. Ze zegt iets tegen Paul en Paul zegt: 'Jouw moeder, ze was een goede vrouw, Madame zegt dat het erg triest is; en zo jong ook.'

'Ja,' zeg ik. Moeder en Madame waren ongeveer even oud en toch zou niemand Madame jong genoemd hebben; maar mijn moeder is dan ook nooit dik geworden, zoals Madame.

Ik ging haar in het ziekenhuis bezoeken, waar ze pas opgenomen wilde worden toen ze niet meer kon lopen, dat vertelde een van de artsen me. Ze moet de pijn weken verborgen hebben gehouden en mijn vader wijsgemaakt hebben dat het een van haar gewone hoofdpijntjes was, zo'n leugentje was net iets voor haar. Ze had een hekel aan ziekenhuizen en dokters; ze was denk ik bang dat ze met haar zouden experimenteren, haar zo lang mogelijk in leven houden met buisjes en naalden zelfs al was haar toestand hopeloos; als je het in je hersens hebt is dat altijd zo; ze kreeg gelijk, dat hebben ze ook gedaan.

Ze hielden haar onder de morfine; ze zei dat er spinnewebben voor haar in de lucht zweefden. Ze was heel mager en veel ouder dan ik ooit voor mogelijk had gehouden; haar huid strak over haar gebogen arendsneus, haar handen gekromd op het laken als vogelklauwtjes om een tak. Ze staarde me aan met heldere nietsziende ogen. Misschien wist ze wel niet wie ik was; ze vroeg niet waarom ik wegging of waar ik geweest was; maar misschien zou ze dat toch niet gevraagd hebben, omdat ze net als altijd vond dat het onbehoorlijk was om persoonlijke vragen te stellen.

'Ik kom niet op je begrafenis,' zei ik. Ik moest me dicht naar haar toebuigen; met haar ene oor hoorde ze niets meer. Ik wilde dat ze dat van tevoren zou begrijpen, en het er mee eens zou zijn.

'Ik heb er ook nooit van gehouden,' zei ze tegen me, ieder woord apart uitsprekend. 'Je moet een hoed op. Ik hou niet van drank.' Ze moet het over de kerk of over cocktailparties gehad hebben. Ze tilde haar hand op, langzaam alsof ze onder water lag en voelde naar de bovenkant van haar hoofd; er stond een plukje wit haar rechtovereind. 'Ik heb de bollen niet geplant. Ligt er sneeuw buiten?'

Op het nachtkastje met de bloemen, chrysanten, zag ik haar dagboek liggen; ieder jaar kocht ze een nieuw. Het enige wat ze erin zette was een verslag van het weer en het werk dat ze die dag gedaan had: geen overpeinzingen, geen emoties. Ze raadpleegde het als ze de jaren met elkaar wilde vergelijken, om uit te maken of de lente vroeg of laat begonnen was, of het een natte zomer was geweest. Ik werd boos toen ik het in die raamloze kamer waar het geen enkel nut had zag liggen; ik wachtte tot haar ogen dicht vielen en stopte het in mijn schoudertas. Toen ik buiten was bladerde ik het door, ik dacht dat er misschien iets over mij in zou staan, maar op de data na waren de bladzijden onbeschreven, ze was er al maanden geleden mee opgehouden.

'Doe maar wat je het beste vindt,' zei ze vanachter haar gesloten ogen. 'Ligt er sneeuw?'

We schommelen wat. Ik wil Paul naar mijn vader vragen maar hij zou moeten beginnen, hij móét nieuws voor me hebben. Misschien probeert hij er onderuit te komen; of misschien is hij tactvol en wacht hij tot ik mijn thee op heb. Tenslotte zeg ik: 'Wat is er met hem gebeurd?'

Paul haalt zijn schouders op. 'Hij is gewoon vertrokken,' zegt hij. 'Op een dag ga ik hem opzoeken, de deur staat open, de boten liggen op hun plaats, ik denk: misschien is hij ergens in de buurt en ik wacht een poosje. De volgende dag ga ik terug, alles hetzelfde, ik maak me zorgen waar hij kan zijn, ik weet het niet. Daarom schrijf ik naar jou, hij heeft jouw *caisse postale* achtergelaten en de sleutels, ik sluit het huis af. Zijn auto staat hier, bij mij.' Hij maakt een gebaar naar de achterkant, de garage. Mijn vader vertrouwde Paul, hij zei dat Paul alles kon bouwen en alles kon repareren. Op een keer werden ze midden in de wildernis overvallen door een drie weken durende regenstorm; mijn vader zei dat als je drie weken in een natte tent met iemand kan doorbrengen zonder hem te vermoorden, of zonder dat hij jou vermoordde, hij dan een goede kerel was. Paul was voor hem de rechtvaardiging van zijn eigen ideaal van een eenvoudig leven; maar voor Paul was het anachronisme niet vrijwillig, hij had er nooit voor gekozen.

'Hebt u op het eiland gezocht?' zeg ik. 'Als de boten er liggen kan hij niet het eiland verlaten hebben.'

'Ik heb gekeken, jawel,' zegt Paul. 'Ik vertel het tegen de politie van verderop, zij snuffelen rond, niemand vindt iets. Je man, is hij hier ook?' vraagt hij onverwacht en niet ter zake.

'Ja, die is hier ook,' zeg ik, over het leugentje heenstappend, zelfs in mijn eigen gedachten. Hij bedoelt dat dit de taak voor een man is; Joe is een bruikbare vervanger. Mijn status vormt een probleem, ze denken kennelijk dat ik getrouwd ben. Maar mij kan niets gebeuren, ik heb mijn ring om, ik heb hem nooit weggegooid, hij is handig voor hospita's. Ik heb mijn ouders na de bruiloft een ansichtkaart gestuurd, ze hebben het er zeker tegen Paul over gehad; daarover wel, maar niet over de scheiding. Dat woord komt hier in het woordenboek niet voor; er is geen reden om hen te choqueren.

Ik wacht tot Madame me naar de baby zal vragen, ik ben erop voorbereid, op mijn hoede, ik zal tegen haar zeggen dat ik hem in de stad heb achtergelaten; dat zou de zuivere waarheid zijn, alleen was het een andere stad; hij is in betere handen bij mijn echtgenoot, mijn ex-echtgenoot.

Maar Madame begint er niet over, ze pakt nog een klontje suiker van het dienblad naast haar; en hij sluipt binnen in mijn gedachten: hij zit schuin tegenover me, een koffietent, niet in de stad maar langs de weg, op weg ergens vandaan of ergens heen, met het een of ander doel, een afspraak. Hij trekt het reclamepapiertje van de suiker en laat één klontje in zijn kopje vallen, ik praat en zijn mond neemt een toegeeflijke uitdrukking aan, het moet vóór het kind geweest zijn. Hij glimlacht en ik glimlach ook, denkend aan het plakje ingemaakte komkommer dat op zijn dubbele sandwich lag. Een ronde historische gedenkplaat aan de muur van een supermarkt of op een parkeerplaats, die de plaats aangeeft waar vroeger een gebouw stond waarin eens een onbetekenende gebeurtenis heeft plaatsgevonden, belachelijk. Hij legt zijn hand op de mijne, dat probeert hij vaak maar hij is makkelijk af te schudden, steeds makkelijker. Ik heb geen tijd voor hem, ik richt me op een ander probleem.

Ik neem een slokje thee en ik schommel, de hond aan mijn voeten beweegt, het meer beneden rimpelt door de opstekende wind. Mijn vader is dus maar zo spoorloos verdwenen. Toen ik Pauls brief kreeg – 'Je vader is weg, niemand kan hem vinden' – leek het ongelooflijk maar het blijkt waar te zijn.

Vroeger hing er een barometer aan de achtermuur van de veranda, een houten huisje met twee deuren en een mannetje en een vrouwtje die erin woonden. Wanneer het mooi weer werd kwam het vrouwtje met haar lange rok en schort uit haar deur te voorschijn, en wanneer het ging regenen ging zij naar binnen en het mannetje kwam naar buiten, met een bijl in zijn hand. Toen het mij voor het eerst werd uitgelegd dacht ik dat zij het weer bepaalden in plaats van er alleen maar op te reageren. Mijn ogen zoeken naar het huisje, ik wil weten wat voor weer het wordt, maar het hangt er niet.

'Ik denk dat ik op het meer ga zoeken,' zeg ik.

Paul tilt zijn handen op met de handpalmen naar boven. 'We hebben al twee, drie keer gezocht.'

Maar ze moeten iets over het hoofd hebben gezien, ik weet zeker dat het anders zal gaan als ik zelf ga kijken. Waarschijnlijk is mijn vader als we er aankomen teruggekeerd van waar hij geweest is en zit hij op ons te wachten in de blokhut.

3

Op de terugweg naar het motel maak ik een omweg langs een winkel, die, waar ze Engels zouden spreken: we zullen levensmiddelen nodig hebben. Ik loop het houten trapje op, langs een soezende slordig in zijn vel zittende bastaardhond die aan de veranda is gebonden met een eind waslijn. De hordeur heeft een BLACK CAT CIGARETTES-deurknop; ik doe open en stap de winkel binnen, het vage zoetige aroma dat afkomstig is van de verpakte koekjes en de automaat met koude limonade. Een poosje is hier het postkantoor geweest; het bord met DEFENSE DE CRACHER SUR LE PLANCHER was voorzien van het regeringswapen.

Achter de toonbank staat een vrouw van ongeveer mijn leeftijd, maar zij heeft door een beha omhoog gehouden borsten en een lichte rossige snor; ze heeft krulspelden in haar haar, met daaroverheen een roze netje en ze draagt een broek en een mouwloos jersey hesje. De oude priester is er beslist niet meer, hij keurde broeken af, vrouwen dienden lange allesverbergende rokken en donkere kousen te dragen en hun armen in de kerk te bedekken. Shorts waren verboden en een hoop vrouwen woonden hun hele leven aan het meer zonder te leren zwemmen omdat ze te preuts waren om een badpak aan te trekken.

De vrouw kijkt naar me, nieuwsgierig maar zonder glimlach, en de twee mannen, nog steeds met Elvis Presley haar, kippekontje van achteren en vetkuiven opbollend boven hun voorhoofd, staken hun gesprek en kijken ook naar mij; ze blijven met hun ellebogen op de toonbank leunen. Ik aarzel: misschien bestaat traditie niet meer, misschien spreken ze geen Engels meer.

'*Avez-vous du viande hâché*?' vraagt ik aan haar, blozend vanwege mijn accent.

Dan glimlacht ze en de twee mannen grijnzen ook, niet naar mij, maar naar elkaar. Ik merk dat ik een fout gemaakt heb, ik had moeten doen of ik Amerikaanse was.

''Amburger, o ja, meer dan genoeg. *H*oe veel?' vraagt ze, de tweede H nonchalant uitsprekend om te laten merken dat ze het best kan als ze er zin in heeft. Dit is een grensgebied.

'Eén pond, nee, twee pond,' zeg ik, nog heviger blozend omdat ik me zo in de kaart heb laten kijken; ze hebben lol om mij, en ik zie geen kans om ze te laten merken dat ikzelf ook het grappige van de situatie inzien. Ik geef ze ook gelijk: als je ergens woont moet je de taal spreken. Maar ik heb hier ook nooit gewoond.

Met een bijl hakt ze een blok bevroren vlees af, en weegt het. 'Deu liefre,' zegt ze, mijn schoolaccent nabootsend. De twee mannen grinniken. Ik troost mezelf door terug te denken aan die hoge ambtenaar: hij was aanwezig bij de opening van een tentoonstelling van kunstnijverheid in een galerie, macramé muurhangers, handgeweven placemats, aardewerken ontbijtstellen; Joe wilde erheen zodat hij zich kon ergeren aan het feit dat zijn produkten er niet tentoongesteld waren. De man was kennelijk een soort culturele attaché, een ambassadeur; ik vroeg hem of hij dit deel van het land, *mijn* deel, kende, hij schudde zijn hoofd en zei: '*Des barbares*, ze zijn niet beschaafd.' Destijds wekte dat antwoord mijn ergernis op.

Ik koop een spuitbus met muggenverdelger voor de anderen, verder wat eieren en spek, brood en boter, verscheidene blikjes. Alles is hier duurder dan in de stad; niemand houdt meer kippen of varkens, alles wordt geïmporteerd uit vruchtbaarder streken. Het brood is verpakt in vetvrije papieren zakken, *tranché*.

Het liefst zou ik achteruit de deur uitlopen, ik wil niet dat ze me achter mijn rug beloeren, maar ik dwing mezelf rustig te lopen, vóóruit.

Vroeger was er maar één winkel. Die was in de voorkant van een huis gevestigd en werd gedreven door een oude vrouw die ook Madame genoemd werd, in die tijd hadden de vrouwen geen naam. Madame verkocht lichtbruine snoepjes van een cent die we niet mochten eten, maar de belangrijkste bron van haar aantrekkingskracht lag in het feit dat ze maar één hand had. Haar ene arm eindigde in een zachtroze punt, als een olifantsslurf en zij brak het touwtje waarmee de verpakking was dichtgebonden af door het om de stomp heen te wikkelen en er dan een ruk aan te geven. Die arm zonder hand was voor mij een groot mysterie, bijna even raadselachtig als Jezus. Ik wilde weten hoe ze haar hand was kwijtgeraakt (misschien had ze hem zelf wel afgehakt) en waar hij nu was, en vooral of ik mijn eigen hand op een keer ook zou verliezen, maar ik heb er nooit naar gevraagd, ik was waarschijnlijk bang voor het antwoord. Terwijl ik het trapje afloop tracht ik me te herinneren hoe ze er verder uitzag, haar gezicht, maar ik zie alleen de lokkende snoepjes, onbereikbaar in hun glazen reliekschrijn, en de arm, wonderbaarlijk op een geheimzinnige manier, als de tenen van een heilige of de afgesneden lichaamdelen van vroege martelaren: ogen op een schotel, afgesneden borsten, een hart met letters erop lichtend als een lamp door het gaatje dat op de borst geschilderd was, kunstgeschiedenis.

Ik tref de anderen aan in de kleine kille ruimte die met BAR wordt aangeduid; ze zijn de enige klanten. Er staan zes bierflesjes en vier glazen op het oranje formica tafeltje vóór hen. Een pukkelige jongen met net zulk haar als de mannen in de winkel, alleen blond, zit bij hen.

David wuift naar me als ik binnenkom: hij is ergens tevreden over. 'Wil je een biertje?' zegt hij. 'Dit is Claude, deze kroeg is van zijn vader.'

Claude sloft gemelijk weg om een biertje voor me te halen. Onder de bar bevindt zich een ruw uitgesneden vis met rode en blauwe spikkels, mogelijk moet het een gevlekte forel voorstellen; op zijn in de sprong gekromde rug rust het namaak marmeren bovenblad. Boven de bar hangt een tv, uit of kapot, en het obligate schilderij met een krullerige gouden lijst: een reproduktie van een rivier met bomen, stroomversnellingen en een vissende man. Deze bar is een imitatie van andere, zuidelijker cafés die op hun beurt weer imitaties zijn van een origineel dat voortkomt uit iemands vertekende herinnering aan een negentiende-eeuws Engels adellijk jachthuis, zo een met dierenkoppen als jachttrofeeën en meubilair dat gemaakt is van hertegeweien; koningin Victoria had iets dergelijks. Maar als ze hiermee klanten trekken waarom zouden ze het dan niet doen?

'Claude vertelde net dat de zaken slecht lopen dit jaar,' zegt David, 'er wordt gezegd dat het meer leeggevist is. Ze gaan naar andere meren, Claudes vader vliegt ze erheen met zijn watervliegtuig, handig hè? Maar hij zegt dat er een paar mensen in de lente met een sleepnet het meer zijn opgegaan en dat er nog allerlei vis in zit, enorme kanjers, ze zijn alleen te slim geworden.' David vervalt in een plat boerenaccent; dat doet hij vaak voor de grap, als een parodie op zichzelf; hij zegt dat hij vroeger, in de vijftiger jaren, net zo praatte, toen hij dominee wilde worden en bijbels aan de deur verkocht om zijn theologische studie te kunnen bekostigen: 'Môge, dame, wilt u een vies boekie kopen?' Maar nu lijkt het of hij het onbewust doet, misschien vanwege Claude, om te laten merken dat hij een man van het volk is. Of misschien is het een experiment in communicatie, daar geeft hij les in, 's avonds, op dezelfde school waar Joe werkt; het is een cursus voor volwassenen, Permanente Educatie, David noemt het Permanent Voortvegeteren; hij heeft die baan gekregen omdat hij vroeger radio-omroeper is geweest.

'Nog wat bijzonders?' vraagt Joe op een neutrale mompeltoon die beduidt dat hij niet in mijn antwoord geïnteresseerd is, wat er ook gebeurd moge zijn.

'Nee,' zeg ik, 'er is niets veranderd.' Mijn toon is vlak, kalm. Misschien trok dat hem in mij aan, er moet *iets* geweest zijn, hoewel ik me onze eerste ontmoeting niet meer precies voor de geest kon halen – nu weet ik het weer: het was in een winkel, ik kocht een paar nieuwe penselen en een spuitbus fixeer. Hij vroeg: 'Woon je hier in de buurt?' en hij ging koffie bestellen, maar ik wilde een flesje seven-up. Wat destijds indruk op hem maakte – later heeft hij het er zelfs nog over gehad, 'doodkalm', noemde hij het – was de manier waarop ik mijn kleren uittrok en ze na afloop weer aantrok, heel rustig, alsof ik geen enkele emotie voelde. Maar dat was toch echt niet zo.

Claude komt terug met het bier en ik zeg: 'Bedankt' en ik kijk hem aan, en zijn gezicht vervaagt en neemt een andere vorm aan; hij was ongeveer acht toen ik hier voor het laatst was; hij bracht in zijn kano wormen in roestige blikjes naar vissers bij de gemeentesteiger. Hij is nu slecht op zijn gemak, hij merkt dat ik hem herken.

'Ik wil graag een paar dagen op het meer gaan varen,' zeg ik tegen David – tenslotte is de auto van hem. 'Ik wil wat rondkijken, als je geen bezwaar hebt.'

'Prima,' zegt David. 'Ik ga proberen een van die lepe vissen aan de haak te slaan.' Hij heeft een geleende hengel meegenomen, al heb ik hem gewaarschuwd dat hij misschien geen kans zal krijgen hem te gebruiken: als mijn vader tenslotte toch zou komen opdagen vertrekken we meteen weer, zonder hem te laten merken dat we hier geweest zijn. Als alles met hem in orde is wil ik hem niet zien. Dat heeft geen zin, ze hebben me nooit vergeven, ze begrijpen de scheiding niet, ik geloof dat ze mijn huwelijk niet eens begrepen hebben – niet zo verbazend, aangezien ik het zelf ook niet begreep. Wat hen schokte was de manier waarop het in zijn werk ging, zo onverwacht; het weglopen en het in de steek laten van mijn man en kind, mijn prachtige kleurenillustraties in damesbladen, om zó in te lijsten. Ik had mijn kind in de steek gelaten, een onvergeeflijke zonde; het was zinloos te proberen uit te leggen waarom het niet echt *mijn* kind was. Maar ik geef toe dat ik dom geweest ben, domheid is hetzelfde als slechtheid als je naar de gevolgen oordeelt, en ik had geen enkel excuus, daar ben ik ook nooit goed in geweest. Mijn broer wel, die had zijn smoesje al vóór zijn overtredingen klaar, dat is ook de meest voor de hand liggende methode.

'O, God,' zegt Anna, 'David denkt dat hij de grote blanke jager is.' Ze plaagt hem, dat doet ze vaak; maar hij hoort het niet, hij staat op, Claude is bezig hem een visvergunning aan te smeren, blijkbaar gaat Claude over de visvergunningen. Als David terugkomt wil ik vragen hoeveel hij ervoor betaald heeft, maar hij is zo blij, ik wil zijn plezier niet vergallen. Ook Claude is blij.

We komen van Claude te weten dat we Evans, de eigenaar van de Blue Moon-blokhutten als gids kunnen huren. Paul had aangeboden het voor niets te doen, maar daar zou ik me schuldig over voelen; bovendien weet ik zeker dat hij Joe's woeste baard en Davids snor en Drie Musketiershaar verkeerd zou uitleggen. Het is een normale haardracht tegenwoordig, niet vreemder dan een kortgeknipt hoofd, maar Paul zou er wel eens iets bedreigends in kunnen zien, revolutie.

David rijdt voorzichtig de zijweg in, twee karresporen met daartussen een rotsige bult waar de onderkant van de auto overheen krast. We stoppen voor een huisje waarop KANTOOR staat; Evans is thuis; het is een lijvige laconieke Amerikaan in een geruit overhemd, een puntmuts en een dik gebreid vest met een adelaar op de rug. Hij kent het huis van mijn vader, alle oudere gidsen kennen ieder huis aan het meer. Hij verschuift zijn sigaret naar zijn mondhoek en zegt dat hij ons er heen zal brengen, vijftien kilometer voor vijf dollar; voor nog eens vijf dollar zal hij ons over twee dagen 's ochtends vroeg komen ophalen. Op die manier hebben we de rest van de dag om terug te rijden naar de stad. Hij heeft natuurlijk over de verdwijning gehoord, maar hij begint er niet over.

'Mooie ouwe kerel, hè?' zegt David wanneer we weer buiten staan. Hij geniet, hij denkt dat dit de werkelijkheid is: een marginale economie en vergrijsde oude mannetjes, zo uit fotoreportages over de crisistijd. Hij heeft vier jaar in

New York gezeten en is zich daar voor politiek gaan interesseren, hij studeerde het een of ander; het was tijdens de zestiger jaren, ik weet niet precies wanneer. Het verleden van mijn vrienden is schimmig voor mij en van elkaars verleden weten ze ook weinig. Als een van ons een geheugenstoornis zou krijgen zouden de anderen daar niets van merken.

Nadat David de auto achteruit naar de Blue Moon steiger heeft gereden laden we onze spullen uit, de plunjezakken met kleren, de fotouitrusting, de Samsonitekoffer met mijn werk erin, zes halve dozijnen bier in blik die ze in het motel gekocht hebben, en de papieren zak met eten. We klauteren in de boot, een gehavende houten sloep, Evans start de motor en we tuffen langzaam het haventje uit. Er verrijzen hier overal zomerhuisjes, ze verspreiden zich als de mazelen, waarschijnlijk ten gevolge van de nieuwe asfaltweg.

David zit voorin naast Evans. 'Zit d'r hier veel vis?' vraagt hij joviaal, kameraadschappelijk, listig. 'Hier en daar, hier en daar,' zegt Evans, hij geeft geen gratis adviezen; dan schakelt hij de motor in de hoogste versnelling en ik versta niets meer.

Ik wacht tot we midden op het meer zitten. Op het goede moment kijk ik over mijn schouder zoals ik vroeger ook altijd deed en daar ligt het dorp, plotseling ver weg en scherp, de huizen wijken terug en lijken in elkaar te schuiven, het kerkje steekt wit af tegen de donkere bomen. Het gevoel dat ik daarstraks verwachtte maar dat niet kwam, komt nu, heimwee naar een plek waar ik nooit gewoond heb, ik ben er nu ver genoeg vandaan. Dan wordt het dorp steeds kleiner, optisch bedrog, en we varen om een landtong heen, het ligt achter ons.

We zitten met z'n drieën op de achterbank, Anna zit naast me. 'Lekker is dit,' zegt ze tegen me, haar stem klinkt schril boven het geronk van de motor uit, 'het is goed voor ons om eens weg te zijn uit de stad'; maar als ik me opzij wend om antwoord te geven biggelen er tranen over haar wangen, en dat verbaast me, ze is altijd zo opgewekt. Dan merk ik dat het geen tranen zijn, het is begonnen te miezeren. De regenjassen zitten in onze plunjezakken; ik heb niet gemerkt dat de lucht dichttrok. Maar erg nat zullen we niet worden, met deze boot duurt het maar een halfuur; vroeger, met de zwaardere boten en de primitieve motoren kostte het, afhankelijk van de wind, minstens twee uur. In de stad zeiden de mensen tegen mijn moeder: 'Bent u niet bang? Hoe moet dat nou als er iets gebeurt?' Ze bedoelden hoeveel tijd het zou kosten voor je bij een dokter was.

Ik heb het koud, ik trek mijn schouders op; druppels spatten op mijn huid. De kust ontrolt zich voor onze ogen en krimpt weer als we er voorbij zijn; zestig kilometer verderop ligt nog een dorp, ertussen ligt niets dan een ingewikkeld labyrint van lage heuvels die boven het water uitsteken, inhammen die zich landinwaarts uitstrekken, schiereilanden die overgaan in eilanden, eilandjes en landengten. Op een kaart of op een luchtfoto ziet het patroon van de waterlopen eruit als een spinneweb maar in een boot zie je maar een klein gedeelte, het gedeelte waar je je bevindt.

Het meer is gevaarlijk, het weer kan omslaan, de wind wakkert snel aan; ieder jaar verdrinken er mensen, topzwaar geladen boten of dronken vissers die met grote snelheid op 'deadheads' varen, dat zijn oude boomstronken, doordrenkt met water en half verrot die vlak onder het wateroppervlak drijven; er liggen er nog een heleboel, restanten van de houttransporten uit de tijd dat het waterpeil verhoogd werd. Vanwege de in een cirkel verlopende waterlopen verdwaal je gemakkelijk als je de walbakens niet onthoudt en ik let nu goed op: koepelvormige heuvels, landtong met dode pijnboom, een kluitje stobben dat omhoogsteekt uit een ondiepte, ik vertrouw Evans niet.

Maar tot nog toe heeft hij de goede weg genomen, we komen op bekend terrein, twee korte bochten, door een engte tussen rotsen en een bredere baai in. Het schiereiland ligt er nog net als toen ik wegging, zich uitstrekkend vanaf de kust van het eiland; het huis is niet te zien door de bomen, maar ik weet waar het ligt; camouflage was een onderdeel van mijn vaders tactiek.

Evans stuurt de boot met een boog om de landtong en mindert vaart voor de steiger. De steiger is verzakt, iedere winter knaagt het ijs er wat van af, en door het water trekt hij krom en gaat hij rotten; hij is zo vaak gerepareerd dat geen onderdeel meer van hetzelfde materiaal is, maar het is dezelfde steiger waar mijn broer destijds afgevallen is en bijna verdronken.

Hij zat altijd opgesloten in een omheining die mijn vader voor hem gemaakt had, een grote kooi of een klein speelterrein met bomen, een schommel, rotsblokken, een zandbank. De omheining was te hoog voor hem om er overheen te klimmen maar er zat een toegangshek in en op een dag kreeg hij in de gaten hoe je dat moest openmaken. Mijn moeder was alleen in huis; ze keek voor de zekerheid uit het raam, en hij zat niet meer in de kooi. Het was een rustige dag zonder windgeruis en ze hoorde iets bij het water. Ze rende naar de steiger, maar daar was hij niet; ze liep naar het eind en keek naar beneden. Mijn broertje lag onder water met zijn gezicht omhoog, ogen open en bewusteloos en hij zonk langzaam weg; er ontsnapten luchtbellen uit zijn mond.

Het was gebeurd voor mijn geboorte maar ik herinner het me even duidelijk als wanneer ik het zelf gezien had, misschien heb ik het ook wel gezien; ik geloof dat een ongeboren baby zijn ogen open heeft en naár buiten kan kijken door de wand van zijn moeders buik, als een kikker in een jampot.

4

We laden onze bagage uit terwijl Evans de motor in zijn vrijloop laat draaien. Wanneer David hem betaald heeft geeft hij ons een ongeïnteresseerd knikje, vaart achteruit, keert de boot en verdwijnt met een boog om de landtong; het geronk wordt gezoem en sterft langzaam weg naarmate hij zich verder van ons verwijdert. Het meer likt aan de oever, de golven vloeien uit, er blijft slechts een dun iriserend vliesje benzine achter, violet, roze, groen. De atmosfeer is rustig, de wind is gaan liggen en het meer is rimpelloos, zilverwit; voor het eerst vandaag (voor het eerst sinds heel lang, sinds jaren) zijn we buiten bereik van motoren. Mijn oren en lichaam trillen na van het motorgeronk, als voeten na het rolschaatsen.

De anderen staan er doelloos bij, het lijkt of ze wachten tot ik zeg wat er nu moet gebeuren. 'Laten we de spullen mee naar binnen nemen,' zeg ik. Ik waarschuw ze voor de steiger: hij is glibberig door de miezerregen die nu lichter is geworden, bijna mist; er kunnen ook planken vermolmd en dus verraderlijk zijn.

Wat ik eigenlijk wil is 'Hallo' roepen, of 'We zijn er!' maar ik doe het niet, ik wil zijn afwezigheid niet horen.

Ik til een plunjezak op en loop over de steiger aan land, het pad naar de hut op; ik beklim de in de helling aangelegde trap, halve stammetjes cederhout die op hun plaats worden gehouden door aan beide zijden in de grond gehamerde paaltjes. Het huis is gebouwd op een zandheuvel, die deel uitmaakt van een zandrug die door de terugtrekkende gletsjer is achtergelaten; hij wordt door slechts een tiental centimeters aarde en wat verspreide bomen en struiken vastgehouden. Aan de kant van het meer komt het zand aan de oppervlakte, ligt het bloot, het is afgekalfd: de stenen en de houtskool van de vuurplaats uit de begintijd toen ze hier in tenten woonden zijn allang verdwenen, en de bomen langs de rand vallen geleidelijk om; een aantal waarvan ik me herinner dat ze rechtop stonden hellen nu over. Rode pijnbomen, met afschilferende schors, waarvan de naalden in plukjes zich hebben teruggetrokken tot aan de bovenste takken. Op een ervan zit een ijsvogel die zijn staccato wekkergeluid laat horen; ze nestelen in de zandhelling, ze graven er holen in waardoor de erosie versneld wordt.

Voor het huis staat nog steeds de omheining van kippegaas, al is het ene uiteinde bijna over de rand gezakt. Ze hebben hem nooit afgebroken; zelfs de kleuterschommel staat er nog, de touwen zijn gerafeld, uitgerekt en vlekkerig doordat het weer erin zit. Het was niets voor hen om iets te bewaren wanneer het niet meer nodig was; misschien verwachtten ze kleinkinderen die zouden komen logeren. Hij zou waarschijnlijk graag een dynastie gehad hebben, zoals Paul, nakomelingschap dat zich om hem heen vermenigvuldigde, waarvoor hij huizen kon bouwen. De omheining is een verwijtende vinger die mij op mijn falen wijst.

Maar ik had het kind hier onmogelijk heen kunnen sturen, ik heb het nooit als mijn eigen kind beschouwd; ik heb het vóór de geboorte zelfs geen naam gegeven, zoals moeders horen te doen. Het was van mijn man, hij heeft me ermee opgescheept; terwijl het in me groeide voelde ik me voortdurend een broedmachine. Hij schreef me precies voor wat ik mocht eten, hij gebruikte mij als voedingsbodem voor zijn kind, hij wilde een replica van zichzelf; na de geboorte was ik overbodig geworden. Maar bewijzen kan ik dat niet, hij was slim: hij zei steeds dat hij van me hield.

Het huis is kleiner omdat (besef ik) de bomen eromheen hoger geworden zijn. Het is in die negen jaar ook grijzer geworden, als haar. De cederstammen zijn rechtop geplaatst in plaats van horizontaal; rechtopstaande stammen zijn korter en gemakkelijker te hanteren voor één man. Cederhout is niet het beste hout, het rot snel. Op een keer zei mijn vader: 'Ik heb het niet voor de eeuwigheid gebouwd,' en toen dacht ik 'Waarom niet? Waarom heb je dat niet gedaan?'

Ik hoop dat de deur open is, maar hij is afgesloten met een hangslot zoals Paul hem naar zijn zeggen had achtergelaten. Ik vis de sleutels die hij me gegeven heeft onderuit mijn tas en ik loop aarzelend naar de deur: wat ik binnen zal aantreffen zal een belangrijke aanwijzing opleveren. Stel je voor dat hij is teruggekomen nadat Paul het huis had afgesloten, zodat hij er niet in kon. Maar er zijn andere manieren om binnen te komen, hij zou een ruit hebben kunnen inslaan.

Joe en David zijn nu gearriveerd met de andere plunjezakken en het bier, Anna komt achter hen aan met mijn koffer en de papieren zak; ze zingt weer, Mockingbird Hill.

Ik doe de houten deur en de hordeur daarachter open en kijk voorzichtig rond in de kamer; dan stap ik naar binnen. Op de tafel ligt een blauw zeiltje; een bank, nog een bank, eigenlijk een houten kist die aan de muur is getimmerd, een divan met een metalen frame en een dunne matras, uitklapbaar tot een bed. Daar lag mijn moeder dikwijls: de hele dag lag ze bewegingloos op die divan onder een bruin wollen deken, haar gezicht was bloedeloos en verschrompeld. We praatten fluisterend, ze zag er zo anders uit en ze hoorde het niet wanneer we iets tegen haar zeiden; maar de volgende dag was ze weer als vanouds. We kregen vertrouwen in haar vermogen om te herstellen, van welke ziekte dan ook; we maakten ons langzamerhand geen zorgen meer over haar kwalen, het waren slechts natuurlijke fasen, als verpoppingen. Toen ze stierf was ik in haar teleurgesteld.

Alles staat op zijn oude plaats. Waterdruppels vallen uit de bomen op het dak.

Ze komen achter me aan naar binnen. 'Heb je hier gewoond?' vraagt Joe. Het is niet zijn gewoonte naar iets dat over mijzelf gaat te vragen: ik kan niet uitmaken of hij tevreden of teleurgesteld is over wat hij ziet. Hij loopt naar de sneeuwschoenen die aan de muur hangen en haalt er een af, hij zoekt een toevlucht in zijn handen.

Anna zet de boodschappen op het aanrecht en slaat haar armen om zichzelf heen. 'Gek moet dat geweest zijn,' zegt ze, 'zo afgesneden van alles.'

'Nee,' zeg ik. Voor mij was het heel gewoon.

'Hangt er maar van af wat je gewend bent,' zegt David. 'Ik vind het wel aardig.' Maar hij klinkt niet overtuigd.

Er zijn nog twee kamers, en ik doe snel de deuren open. In allebei staat een bed; verder planken aan de muur, kleren aan spijkers: jasjes, regenjassen, die werden hier altijd opgehangen. Een grijze hoed, daar had hij er verscheidene van. In de rechterkamer hangt een met punaises aan de muur geprikte kaart van de streek. In de andere kamer hangen een paar schilderijtjes, aquarellen, ik herinner me nu dat ik ze geschilderd heb toen ik twaalf of dertien was; het feit dat ik ze vergeten was geeft me voor het eerst een onbehaaglijk gevoel.

Ik ga terug naar de woonkamer. David heeft zijn plunjezak op de grond gelegd en is languit op de divan gaan liggen. 'Jezus, ik ben bekaf,' zegt hij. 'Wie trekt er een biertje voor me open?' Anna brengt hem er een en hij geeft haar een tik op haar billen en zegt: 'Zo mag ik het graag zien, prima service.' Ze pakt voor zichzelf en ons ook een blikje; we gaan op de banken zitten en drinken. Nu we stilzitten blijkt het koud in de hut.

De bekende geur van cederhout, brandhout, teer van het uitgeplozen touw dat tussen de stammen gepropt is om de muizen buiten te houden. Ik kijk omhoog naar het plafond, de planken aan de muur: er ligt een stapel papieren naast de lamp, misschien was hij daarmee bezig vlak voordat *het*, wat het ook geweest moge zijn, gebeurde, vlak voor hij wegging. Misschien ligt er iets voor mij, een briefje, een boodschap, een testament. Nadat mijn moeder was gestorven bleef ik altijd hopen op de een of andere boodschap, geen geld maar een ding, een teken. Een tijdlang ging ik twee keer per dag naar de postbus, het enige adres dat ik hen gegeven had, maar er kwam niets, misschien had ze geen tijd.

Geen vuil vaatwerk, geen rondslingerende kleren, geen bewijs. Niets wekt de indruk of er in dit huis de hele winter gewoond is.

'Hoe laat is het?' vraag ik aan David. Hij houdt zijn horloge omhoog: het is bijna vijf uur. Het is mijn taak om voor het avondeten te zorgen want in zekere zin is dit mijn huis en zijn zij mijn gasten.

Er is brandhout in de kist achter de kachel en een paar stukjes witte berkebast; de ziekte heeft dit deel van het land nog niet geteisterd. Ik vind de lucifers en kniel voor de kachel, ik ben bijna vergeten hoe het moet maar met drie of vier lucifers krijg ik hem aan.

Ik haal de ronde geëmailleerde schaal van het haakje en pak het grote mes. Ze kijken naar me; niemand vraagt waar ik heen ga, al lijkt Joe bezorgd. Misschien had hij een aanval van hysterie verwacht en zit hij er nu mee in dat die niet komt. 'Ik ga naar de tuin,' zeg ik om hen gerust te stellen. Ze weten waar die is, ze konden hem zien liggen toen we over het meer kwamen aanvaren.

Er groeit gras op het pad en voor het hek; het onkruid is een maand oud, aan de hoogte te zien. Normaal gesproken zou ik een paar uur besteden aan het uittrekken ervan, maar het is de moeite niet, we blijven hier maar twee dagen.

Overal springen kikkers me uit de weg, ze vinden het hier prettig, zo vlak bij het meer, lekker vochtig, mijn canvasschoenen zijn dan ook doorweekt. Ik pluk wat bladsla die niet doorgeschoten en bitter geworden is, vervolgens trek ik een ui uit de grond en pel de losse bruine buitenste schil van de witte bol die iets weg heeft van een oog.

De tuin is veranderd: vroeger groeiden er pronkbonen langs de omheining. De bloesems waren knalrood, de kolibries* staken hun snaveltjes erin, hun vleugeltjes waren als een waas. De bonen die niet op tijd geplukt werden vergeelden na de eerste vorst en spleten open. Er zaten paarszwarte,

* Komen ook in Canada voor.

griezelige pitten in. Ik wist dat als ik er een paar te pakken kon krijgen en ze bij me zou dragen ik grote macht zou bezitten; maar later toen ik eindelijk lang genoeg was om ze te kunnen plukken bleef het resultaat uit. Maar goed ook, denk ik, want ik had geen idee wat ik met die macht, als ik hem eenmaal verworven had, zou moeten doen; als ik net zo geworden zou zijn als anderen die macht bezitten zou ik nu een slecht mens zijn.

Ik loop naar het wortelbed en trek een wortel uit de grond, maar ze zijn niet op tijd gedund; de peen is gevorkt en bultig. Ik snijd het loof van de ui en de top van de wortel en gooi ze op de composthoop, leg daarna de ui en de wortel in de schaal en loop terug naar het hek terwijl ik in gedachten de verstreken tijd optel. Half juni is hij hier zeker nog geweest, langer geleden kan het niet zijn.

Anna staat buiten de omheining, ze is komen kijken waar ik bleef. 'Waar is de wc?' zegt ze. 'Ik sta op springen.'

Ik breng haar naar het begin van het pad en zeg dat ze dat moet aflopen.

'Hoe is het met je?' zegt ze.

'Best,' zeg ik; de vraag verrast me.

'Jammer voor je dat hij er niet is,' zegt ze bedroefd, me met haar ronde groene ogen aanstarend alsof het verdriet, de catastrofe, haar persoonlijk getroffen heeft.

'Het geeft niet,' zeg ik geruststellend tegen haar, 'volg gewoon dit paadje, dan vind je het vanzelf; het is wel een eind weg,' ik lach, 'verdwaal niet.'

Ik loop met de schaal in mijn handen naar de steiger en was de groenten in het meer. In het water onder me zie ik een bloedzuiger, de goede soort met rode stippen op de rug; hij kronkelt als een serpentine die je bij het uiteinde vasthoudt en op en neer beweegt. De slechte soort is grijs en geel gespikkeld. Het was mijn broer die dit morele onderscheid heeft bedacht; op een zeker moment werd dat een obsessie voor hem, waarschijnlijk een gevolg van de oorlog. Van alles moest er een goede en een slechte soort zijn.

Ik maak hamburgers klaar, we eten en ik doe de afwas in de gebutste afwasteil, terwijl Anna afdroogt; dan is het bijna donker. Ik haal het beddegoed uit de muurbank en maak ons bed op, Anna moet hun bed maar opmaken. Hij heeft waarschijnlijk in de woonkamer geslapen op de divan.

Ze zijn niet gewend meteen als het donker wordt naar bed te gaan, en ikzelf ben het eigenlijk ook ontwend. Ik ben bang dat ze zich zullen vervelen omdat er geen tv of wat ook is, en ik probeer voor amusement te zorgen. Er lagen altijd een doosje dominostenen en een spel kaarten onder de opgevouwen dekens. Er staan een hoop pockets op de planken in de slaapkamers, voornamelijk detectives, ontspanningslectuur. Daarnaast zijn er technische boeken over bomen en andere naslagwerken: *Eetbare planten en loten*, *Vissen met kunstaas*, *Eetbare paddestoelen*, *Het bouwen van een blokhut*, *Veldgids voor vogels*, *Ontdek uw camera*; hij geloofde dat je met behulp van de juiste handboeken alles zelf kon doen; verder zijn er speciale kastjes met serieuze boeken: de King James Bijbel die hij naar zijn zeggen waardeerde om zijn literaire kwaliteiten, het verzameld werk van Robert Burns, Boswells *Life*, Thompsons *Seasons*, bloemlezingen van Goldsmith en Cowper. Hij bewonderde wat hij de achttiende-eeuwse rationalisten noemde; hij beschouwde hen als lieden die de verderfelijke dwalingen van de Industriële Revolutie hadden weten te vermijden en het geheim van de gulden middenweg, het evenwichtige leven hadden ontdekt; hij was ervan overtuigd dat ze allemaal de organische landbouw beoefenden. Tot mijn verbijstering ontdekte ik veel later – eigenlijk vertelde mijn echtgenoot het me – dat Burns alcoholicus, Cowper krankzinnig, Dr. Johnson manisch-depressief en Goldsmith armlastig was. Er was ook iets mis met Thompson: 'wereldvreemd' was de term die hij gebruikte. Sedertdien raakte ik meer op hen gesteld, ze waren geen toonbeelden van volmaaktheid meer.

'Ik zal de lamp aansteken,' zeg ik, 'dan kunnen we lezen.'

Maar David zegt: 'Hè nee, lezen kunnen we in de stad

ook.' Hij zit te spelen met de afstemknop van zijn transistorradio, hij krijgt alleen maar geknetter en een geruis dat misschien muziek is, het zwelt aan en zakt weer weg, en een heel zacht insektenstemmetje dat iets in het Frans fluistert. 'Verdomme,' zegt hij, 'ik wou dat ik de uitslagen kon horen.' Hij bedoelt de honkbaluitslagen, hij is een groot liefhebber.

'We kunnen gaan bridgen,' zeg ik, maar niemand heeft zin.

Na enige tijd zegt David: 'Kom kinderen, tijd voor een stick.' Hij doet zijn plunjezak open en rommelt erin rond en Anna zegt: 'Wat een stomme plaats om ze te stoppen, daar kijken ze het eerst.'

'In je onderbroek,' zegt David, naar haar glimlachend, 'daar kijken ze het eerst, zo'n kans laten ze hun neus niet voorbijgaan. Maak je geen zorgen schatje, ik weet wat ik doe.'

'Soms twijfel ik daar wel eens aan,' zegt Anna.

We gaan naar buiten en lopen naar de steiger. We gaan op het natte hout zitten kijken naar de zonsondergang en roken wat. De wolken in het westen zijn geel en grijs. Hun licht dooft langzaam; aan de heldere hemel in het zuidoosten klimt de maan.

'Prachtig is dit,' zegt David, 'het is hier beter dan in de stad. Als we die vuile fascisten van Yanks en de kapitalisten eruit zouden trappen zou dit een heerlijk land zijn. Maar wie hou je dan nog over?'

'O, God,' zegt Anna, 'krijgen we dat weer.'

'Hoe?' zeg ik. 'Hoe zou je ze eruit willen trappen?'

'Organiseer de bevers,' zegt David, 'je moet ze aan stukjes kauwen, dat is de enige manier. D'r loopt een Yankee-makelaar door Big Street en de bevers liggen in een hinderlaag, ze laten zich op hem vallen vanaf een telefoonpaal, hap kauw slik, en klaar is Kees. Heb je al gehoord hoe de nieuwste nationale vlag eruitziet? Negen bevers die pissen op een kikker.'*

* Kikkers, spotnaam voor Frans-Canadezen.

Het is een oude en flauwe mop maar ik lach toch. Een biertje, een stickie, grapjes, wat politieke prietpraat, de gulden middenweg; wij zijn de nieuwe bourgeoisie, we konden net zo goed in een sociëteit zitten. Maar toch ben ik blij dat ze bij me zijn, ik zou hier niet alleen willen zijn; ieder ogenblik kan de leegte me overvallen, en daarvoor behoeden zij mij.

'Beseffen jullie wel,' zegt David, 'dat dit land gegrondvest is op de lichamen van dode dieren? Dode vissen, dode zeehonden en historisch gezien dode bevers, de bever is voor dit land wat de neger voor de Verenigde Staten is. Dat niet alleen, in New York is "beaver" tegenwoordig een vies woord. Volgens mij is dat veelzeggend.' Hij gaat rechtop zitten en tuurt door het schemerdonker naar mij.

'We zijn je leerlingen niet,' zegt Anna, 'ga liggen.' Hij legt zijn hoofd op haar schoot en ze streelt over zijn voorhoofd, ik zie haar hand heen en weer bewegen. Ze zijn al negen jaar getrouwd, heeft Anna me verteld, ze moeten ongeveer tegelijk met mij getrouwd zijn; maar zij is ouder dan ik. Ze moeten een speciale methode hebben, een formule, een kennis die aan mij is voorbijgegaan of misschien ben ik gewoon met de verkeerde getrouwd. Ik dacht dat het vanzelf zou komen, zonder dat ik er iets aan deed, ik zou een deel van een geheel worden, twee mensen die met elkaar verbonden zijn en elkaar in evenwicht houden, zoals het houten mannetje en vrouwtje in het weerhuisje bij Paul. In het begin ging het goed maar hij veranderde nadat ik met hem getrouwd was, of hij met mij – een papieren daad. Ik snap nog steeds niet waarom het zetten van een handtekening enig verschil zou maken, maar hij begon dingen van me te verwachten, hij wilde verwend worden. We hadden moeten blijven samenwonen en het daarbij moeten laten.

Joe legt zijn arm om mij heen, ik pak zijn vingers vast. In gedachten zie ik de zwart met witte sleepboot die vroeger op het meer voer – of was het een platte praam? – hij sleepte de houtvlotten langzaam naar de dam, ik wuifde altijd wanneer we hem passeerden in onze boot en de mannen wuifden terug. Er was een huisje op gebouwd waarin ze verbleven, met ramen en een schoorsteenpijp die uit het dak stak. Dat leek me de mooiste manier van leven: in een drijvend huis waarop alles aanwezig was wat je nodig had, met een stel aardige mensen; als je ergens heen wilde had je je vervoermiddel bij de hand.

Joe wiegt heen en weer, schommelend; misschien is hij gelukkig. Het begint weer te waaien, de wind streelt ons, de lucht is warm en koel tegelijk en vloeibaar, in de bomen achter ons bewegen de bladeren met een ritselend geluid; het water weerkaatst een ijzig licht, wit maanlicht blikkerend op kleine golfjes. De roep van een fuut, ik huiver, ieder haartje op mijn lichaam gaat overeind staan; de echo's komen van alle kanten op ons af, alles hier echoot.

5

Ik word gewekt door vogelgezang. Het is het uur van de dageraad, vroeger dan het verkeer in de stad begint, maar ik heb geleerd daar doorheen te slapen. Vroeger kende ik de vogels bij naam; ik luister, maar mijn oren zijn afgestompt, ik hoor slechts een kakofonie van geluiden. Ze zingen om dezelfde reden waarom vrachtauto's toeteren, om hun territorium aan te geven: een rudimentaire taal. Ik had taalkunde moeten gaan studeren in plaats van naar de kunstacademie te gaan.

Joe is ook half wakker en kreunt voor zich uit; hij heeft het laken over zijn hoofd getrokken als een capuchon. Hij heeft de lakens uit het voeteneinde losgetrokken en zijn slanke voeten steken eronder uit; zijn tenen bieden de armzalige aanblik van uitgelopen aardappelen in een zak. Ik vraag me af of hij zich zal herinneren dat hij me wakker gemaakt heeft toen het nog donker was; hij ging rechtop zitten en zei: 'Waar ben ik?' Dat doet hij altijd als we ergens zijn waar hij nog nooit geweest is. 'Rustig maar,' zei ik. 'Ik ben bij je,' en hoewel hij steeds bleef herhalen 'wie, wie?' liet hij toe dat ik hem voorzichtig op het kussen terugduwde. Op zulke momenten ben ik bang hem aan te raken, hij zou me bij vergissing voor een van zijn belagers uit zijn nachtmerrie kunnen houden; maar hij begint mijn stem te vertrouwen.

Ik bekijk het gedeelte van zijn gezicht dat zichtbaar is, een ooglid en de zijkant van zijn neus; de huid is bleek, alsof hij in een kelder gewoond heeft, wat ook het geval is; zijn baard is donkerbruin, bijna zwart, hij loopt door in zijn nek en gaat onder het laken over in het haar op zijn rug. Zijn rug is hariger dan die van de meeste mannen, een warme donslaag als de vacht van een teddybeer, maar toen ik dat tegen hem zei scheen hij het op te vatten als een aantasting van zijn waardigheid.

Ik probeer uit te maken of ik van hem houd. Het zou er niet toe horen te doen, maar er komt altijd een moment waarop de bevrediging van hun nieuwsgierigheid belangrijker wordt dan de lieve vrede en dan kunnen ze het niet laten het te vragen; maar tot nog toe heeft hij het niet gedaan. Het is het verstandigst het antwoord van tevoren klaar te hebben: of je nu een ontwijkend antwoord geeft of zonder omwegen de waarheid zegt, in ieder geval overvalt het je dan niet. Ik vorm me een oordeel door hem in categorieën onder te verdelen: hij is goed in bed, beter dan de vorige; hij is humeurig maar hij is niet erg lastig, we delen de huishuur en hij praat niet veel, dat is een voordeel. Toen hij voorstelde om samen te gaan wonen heb ik niet geaarzeld. Het was eigenlijk geen echte beslissing, het was meer iets als het kopen van een goudvis of een cactus in een pot, niet omdat je van plan bent ze te kopen maar omdat je toevallig in de winkel bent en ze uitgestald op de toonbank ziet staan. Ik ben dol op hem, ik heb liever dat hij wel dan dat hij niet in de buurt is; maar het zou fijn zijn als hij wat meer voor me betekende. Het feit dat dat niet zo is maakt me bedroefd: niemand heeft na mijn echtgenoot méér voor me betekend. Een scheiding is als een amputatie: je overleeft het wel maar er is iets minder van je over.

Ik blijf een tijdje met mijn ogen open liggen. Vroeger was dit mijn kamer; Anna en David slapen in de kamer met de kaart, dit is de kamer met mijn schilderijtjes. Dames in exotische kledij, rolletjes haar boven hun voorhoofd, met rode pruilmondjes en wimpers als tandenborstels: op mijn tiende was glamour een soort godsdienst voor me en dit waren mijn ikonen. Hun armen en benen houden ze in stijve fotomodelposes, hun gehandschoende hand rust op hun heup, ze steken hun ene voet vooruit. Ze dragen schoenen met Petunia Pig neuzen en naaldhakken, hun jurken hebben strapless lijfjes zoals Rita Hayworth ze droeg, en ballerinarokken met vlekjes die voor lovertjes moeten doorgaan. Ik tekende toen niet zo goed, de proporties kloppen niet, de nekken zijn te kort en de schouders veel te breed. Ik heb waarschijnlijk de papieren poppen die ze in de stad verkochten nagetekend: kartonnen filmsterren, Jane Powell, Esther Williams, met tweedelige badpakken op hun lichaam gedrukt en uitknipgarderobes die bestonden uit avondjurken en kanten negligés. Kleine meisjes in grijze truitjes en witte blouses en met vlechten die met roze plastic klemmetjes tegen hun hoofd waren gespeld waren er de eigenaar en regisseur van; ze namen ze mee naar school en showden ze in de pauze door ze rechtop tegen de bouwvallige bakstenen muur aan te zetten met hun voeten in de sneeuw, in de papieren jurkjes die geen enkele bescherming tegen de ijzige wind boden; ze verzonnen danspartijen, feestjes, verjaardagen voor de poppen en verkleedden ze voortdurend, een feestelijke slavernij.

Onder de schilderijtjes aan het voeteneind van het bed hangt een grijs leren jasje aan een spijker. Het is vuil en het leer is gebarsten en schilferig. Ik kijk er een tijdje naar voor ik het herken: lang geleden was het van mijn moeder, er zaten altijd zonnebloempitten in de zakken. Ik dacht dat ze het weggegooid had; het hoort hier niet meer te zijn, hij had het na de begrafenis weg moeten doen. De kleren van dode mensen zouden met ze meebegraven moeten worden.

Ik draai me op mijn zij en duw Joe dichter naar de muur zodat ik me kan oprollen.

Later ontwaak ik opnieuw; Joe is nu klaar wakker, hij is onder het laken vandaan gekomen. 'Je hebt weer in je slaap gepraat,' vertel ik hem. Soms denk ik wel eens dat hij meer zegt als hij slaapt dan als hij wakker is.

Hij knort nietszeggend. 'Ik heb honger.' Dan, na een pauze: 'Wat zei ik?'

'Hetzelfde als altijd. Je wilde weten waar je was, en wie ik was.' Ik zou graag iets over die droom horen; vroeger droomde ik wel, maar nu niet meer.

'Nogal saai,' zegt hij. 'Was dat alles?'

Ik sla de dekens terug en laat mijn voeten op de grond zakken, een kleine beproeving: zelfs midden in de zomer zijn de nachten hier koud. Ik kleed me zo snel mogelijk aan en ga de slaapkamer uit om de kachel aan te steken. Anna staat, nog in haar mouwloze nachtjapon en blootsvoets, voor de wazige vergeelde spiegel. Vóór haar op het aanrecht staat een etui met een ritssluiting, ze is zich aan het opmaken. Ik besef dat ik haar nog nooit eerder zonder make-up heb gezien; zonder haar roze wangen en haar zwartomlijnde ogen is haar gezicht merkwaardig gehavend, als van een versleten pop, haar kunstmatige gezicht is haar natuurlijke gezicht. Ze heeft kippevel op de achterkant van haar armen.

'Dat heb je hier niet nodig,' zeg ik, 'er is toch niemand die naar je kijkt.' Dat was een opmerking die mijn moeder eens tegen me maakte toen ik veertien was; ze stond vol ontzetting toe te kijken hoe ik mijn lippen stiftte met Tango Tangerine. Ik zei tegen haar dat ik alleen maar aan het oefenen was.

Anna zegt met gedempte stem: 'Hij vindt me niet mooi als ik me niet opmaak' en dan, zichzelf tegensprekend: 'Hij weet niet dat ik het op heb.' Ik voel iets van de hypocrisie die hierachter moet zitten, of is het toewijding? Moet zij iedere morgen voor hij wakker wordt het bed uitsluipen? Stapt zij 's avonds pas in bed als het licht uit is? Misschien heeft David haar door en vertelt hij leugentjes om bestwil; anderzijds beschildert en vermomt zij zichzelf zo bekwaam dat hij er misschien niets van merkt.

Terwijl de kachel warm wordt ga ik naar buiten, eerst heuvel op naar het stilletje en dan weer heuvel af naar het meer om mijn gezicht en handen te verfrissen. Vervolgens loop ik naar de koelkast, een ijzeren vuilnisbak die in de grond verzonken is met een precies passend tegen wasberen bestand deksel met daarbovenop een zwaar houten luik. Als de jachtopzieners met hun politievlet kwamen – dat gebeurde eenmaal per jaar – wilden ze nooit geloven dat we geen ijskast hadden, ze zochten overal naar verstopte illegale vis.

Ik steek mijn hand naar binnen om de eieren te pakken. Het spek zit in een met ijzergaas afgesloten kistje, in de frisse lucht, maar beschermd tegen vliegen en muizen. In een kolonistenhuis zouden het de wortelkelder en rookkist geweest zijn; mijn vader heeft altijd op bekende thema's geïmproviseerd.

Ik neem het voedsel mee naar binnen en begin het ontbijt klaar te maken. Joe en David zijn al op; Joe zit op de muurbank met een gezicht dat nog suffig is van de slaap, en David inspecteert zijn kin in de spiegel.

'Ik wil wel water opwarmen, als je je wilt scheren,' stel ik voor, maar zijn spiegelbeeld grijnst en hij schudt zijn hoofd.

'Nee hoor,' zegt hij. 'Ik laat een mooie baard staan.'

'Haal het niet in je hoofd,' zegt Anna. 'Ik vind het vreselijk als hij me kust met een baard, het doet me denken aan een kut.' Ze slaat haar hand voor haar mond alsof ze geschokt is. 'Wat grof hè?'

'Smerige praat, vrouw,' zegt David. 'Ze is barbaars en vulgair.'

'O, dat weet ik. Zo ben ik altijd geweest.'

Een flitsende dialoog en Joe en ik vormen het publiek, maar Joe is nog afwezig, teruggetrokken in het hoekje in zichzelf, waar hij het grootste gedeelte van zijn tijd pleegt door te brengen en ik sta voor de kachel het spek te keren, ik kan niet naar hen kijken, dus houden ze op.

Ik kniel neer voor de kachel en doe het deurtje open om brood boven de kolen te roosteren. Er bestaan geen vieze woorden meer, ze zijn geneutraliseerd, ze zijn tegenwoordig onderdeel van het normale spraakgebruik; maar ik herinner me het gevoel van verwarring, verbijstering, toen ik ontdekte dat sommige woorden vies waren, en de rest netjes. De verboden woorden in het Frans waren van religieuze aard; in iedere taal waren die woorden taboe waar de mensen het bangst voor waren en in het Engels was dat het lichaam, dat was nog angstaanjagender dan God. Je kon ook wel 'Jezus Christus' zeggen, maar dat betekende dat je kwaad was of ergens een afkeer van had. Ik hoorde over godsdienst op dezelfde manier als de meeste kinderen destijds over sex hoorden, niet in de goot, maar op de betonnen speelplaats tijdens de wintermaanden op school. Ze stonden in kringetjes bij elkaar, elkaar vasthoudend bij de in wanten gestoken handen en fluisterden. Ze maakten me doodsbang met het verhaal dat er een dode man in de hemel zat die alles wat ik deed in de gaten hield; ik betaalde ze met gelijke munt door uit te leggen waar de kindertjes vandaan kwamen. Een paar moeders belden mijn moeder op om zich te beklagen, maar ik geloof dat ik geschokter was dan mijn schoolvriendjes: zij geloofden mij niet, maar ik geloofde hen wel.

Ik leg de laatste hand aan de toast; het spek is ook klaar, ik leg het op de borden, waarna ik het vet in het vuur gooi, mijn hand terugtrekkend voor de steekvlam.

Na het ontbijt zegt David: 'Wat staat er op het programma?' Ik zeg dat ik het pad dat ongeveer een kilometer lang evenwijdig aan de oever loopt wil onderzoeken; misschien heeft mijn vader dat genomen om hout te halen. Er was nog een ander pad dat bijna tot aan het moeras liep, maar dat was een geheim van mijn broer; het zal nu wel onvindbaar zijn.

Hij kan het eiland niet verlaten hebben: de twee kano's liggen in de gereedschapsschuur en de aluminium motorboot ligt aan een ketting met een hangslot vast aan een boom bij de steiger; de benzinetank is leeg.

'Hoe dan ook,' zeg ik, 'er zijn maar twee plaatsen waar hij kan zijn: op het eiland of in het meer.' Mijn verstand spreekt me tegen: iemand kan hem hier opgepikt hebben en hem naar het dorp aan de andere kant van het meer gebracht hebben, dat zou een volmaakte manier van verdwijnen zijn; misschien is hij hier van de winter helemaal niet geweest.

Maar ik draai eromheen: het is niets ongewoons dat er iemand spoorloos in de wildernis verdwijnt, het gebeurt ieder jaar tientallen keren. Een klein foutje is genoeg: je in de winter te ver van het huis verwijderen, een sneeuwstorm komt altijd onverwacht, of je enkel verstuiken zodat je niet terug kunt lopen – in de lente word je het slachtoffer van de muggen, ze kruipen tussen je kleren en binnen een dag ben je overdekt met bloed en krankzinnig. Maar ik weiger het te geloven: hij wist heel goed wat hij deed, hij was voorzichtig.

Ik geef David de *machete*, ik weet niet in welke toestand het pad is, misschien moeten we ons een weg hakken; Joe draagt de bijl. Voor we op weg gaan bespuit ik hun polsen en enkels met insektenspray, en daarna ook die van mijzelf. Ik was vroeger immuun voor muskieten doordat ik zo vaak gestoken was, maar de immuniteit ben ik kwijt: mijn benen en lichaam vertonen verscheidene jeukende roze bulten van vannacht. Liefde bedrijven in het noorden: een kus, een mep.

Er hangt een lage bewolking en er waait een lichte bries uit het zuidoosten, mogelijk gaat het straks regenen, maar het kan ook voorbij drijven, het weer komt in deze streken in lagen, net als olie. We gaan op weg door het manshoge gras tussen de tuin en het meer waarin wilde frambozen groeien. Ik had het huisvuil moeten opgraven, om te zien hoe oud het is; er is ook een kuil waarin hij de verbrande en platgeslagen blikjes begroef, die zou ik kunnen opgraven. Mijn vader beschouwd als archeologisch probleem.

We lopen over het pad door het bos; het eerste gedeelte is redelijk begaanbaar, hoewel we af en toe langs reusachtige vlak afgezaagde boomstronken komen, de restanten van de bomen die hier stonden voor in deze streek de bossen uitgedund werden. De bomen zullen nooit meer de kans krijgen om zó groot te worden, ze worden gekapt zodra het rendabel is, grote bomen zijn even schaars als walvissen.

Het bos wordt dichter en ik kijk uit naar merktekens in de schors; ze zijn nog steeds zichtbaar na veertien jaar, om de wonden zijn opgezwollen randen ontstaan, littekenweefsel.

We beginnen te klimmen en mijn echtgenoot duikt weer

op; een kortstondige verschijning, een afgebakende herinnering; dat is zijn specialiteit: een glashelder beeld omsloten door een blinde muur. Hij schrijft zijn initialen op een schutting, sierlijke krullen om me te laten zien hoe het moet, hij gaf onder andere les in schoonschrijven. Er staan andere initialen op de schutting, maar hij maakt de zijne groter, hij laat zijn merkteken achter. De datum of de plaats kan ik niet meer vaststellen, het was in een stad, voor we getrouwd waren; ik leun tegen hem aan en bewonder de val van het winterse zonlicht op zijn jukbeen en zijn scherp getekende neus, edel en gewelfd als van een profiel op een Romeinse munt; dat was in de tijd dat alles wat hij deed volmaakt was. Zijn hand is gestoken in een leren handschoen. Hij zei dat hij van me hield, het magische woord waardoor alles rozegeur en maneschijn zou worden – dat woord vertrouw ik nooit meer.

Mijn bitterheid jegens hem verbaast me: tenslotte was ik de zogenaamde schuldige partij, degene die weggelopen was, hij heeft me niets gedaan. Hij wilde een kind, dat is normaal, hij wilde trouwen.

Vanmorgen onder de afwas besloot ik Anna er naar te vragen. Ze droogde een schaal af terwijl ze stukjes uit The Big Rock Candy Mountain met haar ademhaling meeneuriede. 'Hoe speel je het nou klaar?' zei ik.

Ze hield op met neuriën. 'Hoe speel ik wat klaar?'

'Je huwelijk. Hoe hou je dat in stand?'

Ze wierp een snelle blik op me alsof ze achterdochtig was. 'We vertellen elkaar moppen.'

'Nee, maar serieus,' zei ik. Als er een geheim recept voor bestond wilde ik het leren kennen.

Toen begon ze tegen me te praten, of, om precies te zijn, niet tegen mij maar tegen een onzichtbare microfoon die boven haar hoofd hing: als mensen je raad geven krijgen ze altijd radiostemmen. Ze zei dat je je emotioneel volledig moest inzetten, het was net als bij het skiën, je kon van tevoren niet overzien wat er zou gebeuren maar je moest alles van je afzetten. Wàt van je afzetten, wilde ik haar vragen; ik vergeleek mezelf met wat ze zei. Misschien had ik daarom gefaald, omdat ik niet wist wat ik van me af moest zetten. Voor mij was het niet zoiets als skiën geweest, het was meer alsof ik in een afgrond sprong. Dat was het gevoel dat ik voortdurend had toen ik getrouwd was; in de lucht, vallend, wachtend op de klap beneden.

'Hoe komt het dat het bij jou niet gelukt is?' zei Anna.

'Ik weet het niet,' zei ik. 'Ik denk dat ik te jong was.'

Ze knikte meelevend. 'Je mag nog van geluk spreken dat je geen kinderen gekregen hebt.'

'Ja,' zei ik. Zelf heeft ze geen kinderen, als dat wel zo was zou ze dat nooit tegen me gezegd hebben. Ik heb nooit over de baby verteld; aan Joe ook niet, waarom zou ik. Normaal gesproken komt hij er ook niet achter: er zitten geen foto's waarop de baby je vanuit de wieg, vanachter het raam of tussen de spijlen van de box door aanstaart in mijn bureaula of mijn portefeuille waar hij er toevallig op zou kunnen stuiten en een verbaasd, boos of bedroefd gezicht trekken. Ik moet me wel gedragen of hij niet bestaat, want voor mij kàn hij niet bestaan, hij is me afgenomen, weggevoerd, gedeporteerd. Een stuk van mijn eigen leven, van mij afgesneden als de helft van een Siamese tweeling, mijn eigen vlees en bloed, weg. Het komt steeds weer boven, ik moet het vergeten.

Het pad slingert nu over de hoger gelegen grond waar rotsblokken die aangevoerd en achtergelaten door gletsjers boven de aarde uitsteken. Ze zijn overwoekerd door mos en varens, het klimaat hier is vochtig. Ik houd mijn ogen op de grond gericht, namen komen weer boven, wintergroen, wilde munt, *Indian cucumber*; er is een tijd geweest dat ik elke eetbare of bruikbare plant hier kende. Ik leerde hele handboeken over overleving uit mijn hoofd: *Hoe overleef ik in de wildernis*, *Dierensporen en -kenmerken*, *Het woud in de winter*, terwijl mijn leeftijdgenootjes in de stad Kasteelromans lazen: pas toen was ik me er bewust van geworden dat je echt kon verdwalen. Vaste stelregels schieten me weer te binnen: zorg dat je altijd lucifers bij je hebt, dan kom je nooit van de honger om, graaf bij een sneeuwstorm een hol, blijf van paddestoelen die je niet kent af, je handen en je voeten zijn het belangrijkst, als die bevriezen is het met je gedaan. Waardeloze kennis; de keukenmeidenromans met hun waarschuwende verhalen over dienstmeisjes die toegeven en daarvoor gestraft worden met mongooltjes, gebroken ruggen, dode moeders of echtgenoten die hun ontstolen worden door hun beste vriendinnen, zouden van meer nut geweest zijn.

Het pad duikt naar beneden en loopt verder door een moerassige inham aan het uiteinde van de baai; ceders en biezen, blauwe irissen, modder. Ik loop langzaam, zoekend naar voetsporen. Er is niets te zien, alleen het spoor van een hert; geen aanwijzingen dat hier iemand gelopen heeft: blijkbaar zijn Paul en de speurders niet zo ver gekomen. De muggen hebben ons geroken en zwermen om ons hoofd; Joe vloekt zachtjes, David luid, achteraan hoor ik Anna's hand op haar huid kletsen.

We lopen in een boog van de oever weg. Hier wordt het bos een echte jungle: takken groeien over het pad, hazelaars en esdoorns, taai kreupelhout. Je kunt niet meer dan een meter voor je uitkijken. Takken en bladeren vormen een ondoordringbaar vlechtwerk, een muur, groen, groengrijs, grijsbruin. Geen van de takken is weggekapt of afgebroken, als hij hier geweest is is hij er op een wonderbaarlijke wijze langs en tussendoor gelopen, in plaats van er dwars doorheen. Ik ga opzij en David hakt met zijn *machete* op de muur in, maar niet erg handig; hij scheurt en buigt de takken meer dan dat hij ze afkapt.

We stuiten op een boom die over het pad is gevallen. In zijn val heeft hij verscheidene jonge springbalsemienen meegesleurd: ze liggen ineengestrengeld op de grond; een wegversperring. 'Ik geloof niet dat hier iemand langs is gekomen,' zeg ik en Joe zegt 'Dat zou ik ook denken,' hij is geërgerd: het is overduidelijk. Ik tuur het bos in om te zien of er een ander pad is uitgehakt, om de omgewaaide boom heen, maar er is niets wat er op duidt; of eigenlijk is er te veel wat er op duidt, omdat ik in iedere opening tussen twee bomen een pad wil zien.

David steekt met de *machete* in de dode boomstam, hij prikt gaten in de schors. Joe gaat op de grond zitten, hij ademt zwaar, te veel stadslucht, en de muggen duiken op hem af, hij krabt in zijn nek en op de rug van zijn handen. 'Nou, dat was het dan,' zeg ik, omdat ik degene ben die de nederlaag moet erkennen, en Anna zegt: 'Goddank, ze vreten me levend op.'

We begeven ons op de terugweg. Het is best mogelijk dat hij nog ergens in het bos is, maar ik zie nu in dat het onmogelijk is het eiland uit te kammen, het is drie kilometer lang. Daar zou je minstens twintig of dertig man voor nodig hebben die op gelijke afstanden van elkaar in een rij dwars door het bos lopen en zelfs dan zouden ze hem nog over het hoofd kunnen zien, levend of dood, ongeval, zelfmoord of moord. En als hij zich om een onnaspeurbare reden opzettelijk schuilhoudt, vinden ze hem nooit: in deze streek is niets eenvoudiger dan de speurders vóór je te laten komen en hen vervolgens op een afstandje te volgen, te stoppen als zij stoppen, hen voortdurend in het oog houdend zodat je je hoe ze ook lopen altijd achter hen bevindt. Zo zou ik het tenminste doen.

We lopen door het groene licht, het geluid van onze voetstappen gedempt door de natte rottende bladeren. Het pad lijkt veranderd nu we teruglopen: ik ben nu aan het eind van het spoor. Om de paar passen kijk ik naar links en rechts, mijn ogen inspannend, ik zoek de grond af naar een bewijs, naar iets menselijks, een knoop, een patroonhuls, een weggegooid stukje papier.

Het is net als toen hij vroeger verstoppertje met ons speelde, in de schemering na het eten; het was heel anders dan binnenshuis spelen, de ruimte waarin je je kon verbergen was oneindig; zelfs als we wisten achter welke boom hij zich verstopt had was er toch de angst dat er iemand anders te voorschijn zou komen als je riep.

6

Méér mag niemand van me verwachten. Ik ben alle mogelijkheden nagegaan, ik heb mijn best gedaan, ik ben nu ontheven van mijn plicht erachter te komen wat er gebeurd is. Ik zou het nu aan een officiële persoon moeten vertellen, formulieren invullen, hulp inroepen zoals je in een noodgeval hoort te doen. Maar het is net als het zoeken naar een ring die je op het strand of in de sneeuw verloren bent: vergeefse moeite. Ik kan niets uitrichten, alleen maar wachten; morgen brengt Evans ons terug naar het dorp, en daarna zullen we terug naar de stad en het heden reizen. Ik heb gedaan waar ik voor gekomen ben en ik wil hier niet blijven, ik wil terug naar een oord waar elektriciteit en amusement voorhanden zijn. Daar ben ik aan gewend geraakt, het kost me moeite de tijd zonder die zaken door te komen.

De anderen proberen zich te amuseren. Joe en David zijn gaan varen met een van de kano's; ik had ervoor moeten zorgen dat ze reddingsvesten aantrokken, ze kunnen geen van beiden koers houden, ze peddelen nu eens aan de linker- dan weer aan de rechterkant. Ik zie ze uit het voorraam, en uit het zijraam zie ik Anna, gedeeltelijk verborgen achter de bomen. Ze ligt op haar buik in bikini en zonnebril en leest een misdaadroman; ze zal het wel koud hebben: de lucht is wat opgeklaard, maar als er wolken voor de zon schuiven valt de warmte meteen weg.

Op haar bikini en haar haarkleur na zou ze mij op mijn zestiende kunnen zijn: mokkend op de steiger, chagrijnig over het feit dat ik overal zo ver vandaan zat, van de stad, en van mijn vriendje dat ik me had aangeschaft om te bewijzen dat ik niet anders dan de anderen was; ik droeg zijn ring die te ruim was voor al mijn vingers, aan een kettinkje om mijn hals, als een crucifix of een militaire onderscheiding. Joe en David zouden op deze afstand waardoor hun gezichten en hun onhandigheid verdoezeld worden, mijn vader en mijn broer kunnen zijn. De enige rol die voor mij nog overblijft is die van mijn moeder; een probleem: wat voerde ze 's middags tussen de dagelijkse klusjes van lunch en avondeten uit? Soms nam ze broodkruimels of zaadjes mee naar het voederplankje voor de vogels en wachtte op de Vlaamse gaaien, stokstijf stilstaand als een boom, of ze wiedde onkruid in de tuin; maar op sommige dagen verdween ze eenvoudig, dan liep ze in haar eentje het bos in. Het is onmogelijk te zijn zoals mijn moeder, daar zou een ware kromming van tijd voor nodig zijn; óf ze liep tienduizend jaar achter op de rest van de mensheid, óf ze was ze vijftig jaar vóór.

Ik borstel mijn haar voor de spiegel, talmend; mijn gedachten gaan terug naar mijn werk, mijn uiterste inleverdatum, de carrière die ik plotseling bleek te maken, onbedoeld, maar ik moest nou eenmaal iets doen waar ik geld mee kon verdienen. Ik sta er nog steeds onwennig tegenover, ik weet niet wat voor kleren ik aan moet trekken voor interviews, ik onderga het alsof er iets aan me vastgebonden zit, zoals een aqualong of een kunstbeen. Maar ik heb een titel, een soortnaam, dat helpt, ik ben wat ze noemen: commercieel tekenaar, of wanneer het om een pretentieuzere opdracht gaat, illustratrice. Ik maak posters, boekomslagen, doe wat reclame- en tijdschriftenwerk en af en toe krijg ik opdracht om een boek te illustreren, zoals nu. Een tijdlang wilde ik een echte kunstenaar worden; hij vond dat snoezig maar dwaas, hij zei dat ik een nuttig vak moest leren omdat er nooit belangrijke vrouwelijke kunstenaars geweest waren. Dat was voor we getrouwd waren, toen ik nog luisterde naar wat hij zei, dus ging ik een cursus ontwerpen volgen en ontwierp stoffenpatronen. Maar hij had gelijk, belangrijke vrouwelijke kunstenaars zijn er nooit geweest.

Dit is het vijfde boek dat ik geïllustreerd heb; het eerste was een voorlichtingsgids voor het ministerie van sociale zaken, jonge mensen met een verstarde grijns, zielstevreden met hun geborgen bestaan: computer programmeur, lasser, directiesecretaresse, laboratoriumassistente; lijntekeningen, en een paar grafieken. De andere waren kinderboeken, net als dit boek *Volksverhalen uit Quebec*, het is een vertaling. Het is mijn terrein niet, maar ik heb het geld nodig. Ik heb het getypte manuscript al drie weken in mijn bezit, en ik heb nog steeds niet één illustratie afgemaakt. Ik werk meestal sneller.

De verhalen zijn anders dan ik gedacht had, ze lijken op Duitse sprookjes, maar dan zonder de aanwezigheid van roodgloeiende ijzeren pantoffels en van spijkers voorziene tonnen. Ik vraag me af of die aanpassing afkomstig is van de oorspronkelijke verteller, van de vertaler of van de uitgever; waarschijnlijk van meneer Percival, de uitgever, hij is een voorzichtig man, hij schrikt terug van alles wat hij 'verontrustend' noemt. We hebben daar al eens ruzie over gehad: hij zei dat een van mijn tekeningen te griezelig was, en ik zei dat kinderen graag griezelden. 'Kinderen kopen die boeken niet,' zei hij, 'dat doen hun ouders.' Dus sloot ik een compromis; tegenwoordig sluit ik al een compromis voor ik het werk heb aangenomen, dat bespaart tijd. Ik ben er nu wel achter wat hij van me verlangt: sierlijk en gestyleerd, decoratief gekleurd werk als banketbakkerstaarten. Dat kan ik: ik kan alle stijlen imiteren: Walt Disney, Victoriaanse etsen in sepia, Beiers aardewerk, namaak Eskimospul voor de Canadese markt. Maar het liefst hebben ze iets waarvoor de Engelse en Amerikaanse uitgevers ook belangstelling tonen.

Schoon water in een glas, penselen in een ander glas, waterverf en acrylverf in metalen tandpastatubes. Er zit een bromvlieg bij mijn elleboog, zijn lijf glanst metalig en zijn zuigtong loopt over het tafelzeil als een zevende voet. Als het regende zaten we aan deze tafel in onze schetsboeken te tekenen met krijt of kleurpotlood, wat we maar wilden. Op school moest je precies doen wat de anderen ook deden.

De tekst

Voor ieder zichtbaar boven op de heuvelrand
*heeft God een rode esdoorn geplant**

hing in vijfendertigvoud aan een touwtje opgehangen langs de bovenkant van het schoolbord; op ieder velletje was een gedroogd esdoornblad geplakt, vlakgestreken tussen twee velletjes waspapier.

Ik schets een prinses, een gewone met een uitgemergeld fotomodellichaam en een kinderlijk gezicht, zoals ik ze ook heb getekend voor *Geliefde Sprookjes.* Vroeger ergerde ik me aan die verhalen, de essentiële dingen stonden er nooit in: wat ze aten, of er badkamers in de torens waren; het was alsof hun lichamen uit louter lucht bestonden. Niet Peter Pans vermogen om te vliegen maakten hem voor mij ongeloofwaardig, maar het feit dat er geen stilletje bij zijn ondergrondse hol was.

Mijn prinses houdt haar hoofd scheef: ze kijkt omhoog naar een vogel die opstijgt uit een nest van vlammen, met zijn vleugels wijd uitgespreid als een heraldische figuur of het handelsmerk van een verzekeringsmaatschappij: Het Verhaal van de Gouden Phoenix. De vogel moet geel worden, evenals het vuur: de kosten moeten zo laag mogelijk gehouden worden, daarom mag ik geen rood gebruiken; op die manier vallen oranje en paars ook af. Ik heb gevraagd of ik rood in plaats van geel mocht gebruiken, maar meneer Percival wilde een 'rustige tint'.

Ik pauzeer even om de tekening te beoordelen: de prinses lijkt eerder verbijsterd dan onder de indruk. Ik gooi haar weg en probeer het nogmaals, maar ditmaal kijkt ze scheel, en is haar ene borst groter dan de andere. Mijn vingers zijn stijf, misschien krijg ik wel arthritis.

Ik lees het verhaal nogmaals door, op zoek naar een andere episode, maar ik zie geen beelden voor me. Het is moeilijk te geloven dat iemand uit deze streek, zelfs grootmoe-

* Symbool van Canada.

ders, deze verhalen ooit gekend heeft: dit is geen land van prinsessen, de Bron van de Jeugd en het Slot van de Zeven Wonderen horen hier niet thuis. De mensen hier hebben elkaar ongetwijfeld verhalen verteld, zittend rond het keukenfornuis, maar die gingen waarschijnlijk over behekste honden en boosaardige bomen, over de zwarte kunst van concurrerende politieke kandidaten, wier uit stro vervaardigde beeltenis ze tijdens de verkiezingen verbrandden.

Maar om de waarheid te zeggen: ik weet niet wat de dorpelingen dachten of waarover ze praatten, ik was te veel van hen geïsoleerd. De ouderen sloegen soms een kruis als we voorbijkwamen, mogelijk omdat mijn moeder een lange broek droeg, maar zelfs daarvoor is de verklaring mij nooit ter ore gekomen. Hoewel we tijdens bezoeken wel met de ernstige, enigszins vijandige kinderen van Paul en Madame speelden waren de spelletjes kortstondig en er werd geen woord gezegd. We konden er nooit achterkomen wat er zich in het kleine kerkje op de heuvel waar 's zondags de mensen binnenstroomden afspeelde: van onze ouders mochten we niet stiekem naar boven sluipen om door de ramen te gluren, dat maakte het verboden en dus aantrekkelijk. Toen mijn broer die winter voor het eerst naar school ging vertelde hij mij dat het de mis heette, en dat ze daarbinnen aten: ik stelde me er een soort verjaarspartijtje bij voor, met ijs – destijds bestond de enige ervaring die ik had met mensen die in een groep aten uit verjaarspartijtjes – maar volgens mijn broer kregen ze alleen maar een soort koekjes.

Toen ik zelf naar school ging smeekte ik of ik naar de zondagsschool mocht, net als alle kinderen, ik wilde er het fijne van weten en ik wilde ook wat minder het buitenbeentje zijn. Mijn vader vond het niet goed, hij reageerde alsof ik gevraagd had of ik naar de kroeg mocht: het christendom was een van de dingen waar hij zich van af had gekeerd, hij wilde ons beschermen tegen het valse beeld van de werkelijkheid dat het opriep. Maar een paar jaar later besloot hij dat ik er oud genoeg voor was, ik mocht zelf gaan kijken, de Rede zou mij beschermen.

Ik wist wat voor kleren je aan moest: kriebelende witte kousen, een hoedje en handschoenen. Ik ging mee met een van de meisjes van school wier familie zich met zuinige mondjes gedwongen voelde mij te bekeren. Het was een hernhutterskerk; hij stond aan een lange grauwe straat met blokvormige gebouwen. Op de torenspits stond in plaats van een kruis een ronddraaiend ding dat op een ui leek, waarvan ze beweerden dat het een ventilator was en in de kerk rook het naar parfum en natte wollen broeken. De zondagsschool werd in de kelder gehouden; net als in een gewone school waren er schoolborden; op een ervan stond met oranje krijt: KICKAPOO JOY JUICE en daaronder stonden met groen krijt de geheimzinnige letter C M I T geschreven. Misschien was dat wel de sleutel tot het geheim – tot ze me uitlegden dat het Canadese meisjes in training betekende. De onderwijzeres had roodgelakte nagels en droeg een blauw pannekoekvormig hoedje dat op haar hoofd was geprikt met twee gevorkte hoedespelden; ze vertelde ons van alles over haar bewonderaars en hun auto's Aan het eind deelde ze plaatjes van Jezus uit, niet met doorns en ribben maar levend en met een laken om, er vermoeid uitziend, zeker niet in staat wonderen te verrichten.

Iedere keer na het uitgaan van de kerk reed de familie met wie ik meeging naar een heuvel met uitzicht op het eindstation van de trein om naar de rangerende treinen te kijken, dat was hun zondagse verzetje. Dan mocht ik bij hen lunchen; de lunch was altijd hetzelfde: varkensvlees en bonen en ananas uit blik toe. Voor de maaltijd sprak de vader een dankgebed uit: 'Here zegen deze spijs en drank. Amen,' terwijl de vier kinderen elkaar onder tafel knepen en schopten; na de maaltijd zei hij

Vlees en bonen en fruit zoet van tonen,
Hoe meer je er van eet, hoe luider de scheet.

De moeder die een randje grijze prikhaartjes om haar mond had, fronste dan altijd haar voorhoofd en vroeg me wat ik die ochtend over Jezus geleerd had, en de vader grijnsde zwakjes, door allen genegeerd; hij was bankbediende, de zondagse treinen waren zijn enige verstrooiing, het rijmpje was zijn enige onwelvoeglijkheid. Een tijdlang liep ik rond met het vage idee dat ananas uit blik werkelijk 'zoet van toon' was en dat je er beter door kon zingen, tot mijn broer me uit de droom hielp.

'Misschien word ik wel katholiek,' zei ik tegen mijn broer; tegen mijn ouders durfde ik het niet te zeggen.

'Katholieken zijn gek,' zei hij. De katholieke kinderen gingen naar een school die een eind verderop aan dezelfde straat als de onze stond, en de jongens bekogelden hen 's winters met sneeuwballen en in de lente en herfst met stenen. 'Ze geloven in de B.V.M.'*

Ik wist niet wat dat was, en hij zelf ook niet, dus zei hij: 'Ze geloven dat als je niet naar de mis gaat in een wolf verandert.'

'Is dat waar?' zei ik.

'Wij zijn toch ook niet naar de mis gegaan en we zijn niet in wolven veranderd.'

Misschien hebben ze daarom niet naar mijn vader gezocht, ze waren ook bang, ze dachten dat hij in een wolf veranderd was, hij was een van de eersten die daarvoor in aanmerking kwam, want hij was nog nooit van zijn leven naar de mis gegaan. *Les maudits anglaises*, de verdoemde Engelsen, dat menen ze echt; ze zijn ervan overtuigd dat we allemaal letterlijk verdoemd zijn. Er zou een verhaal over de *loup-garou* in de *Volksverhalen uit Quebec* moeten staan, het had er misschien ook wel in gestaan maar waarschijnlijk had meneer Percival geschrapt omdat hij het te griezelig vond. Maar in sommige verhalen is het net andersom, daarin zijn de dieren van binnen mensen en ze leggen hun huid even gemakkelijk af of ze hun jas uitrekken.

Ik moet aan het haar op Joe's rug denken, een rudiment,

* Beata Virgo Maria, de Heilige Maagd Maria.

zoals de blindedarm en de kleine tenen: over niet al te lange tijd zullen we tot volkomen kale wezens geëvolueerd zijn. Maar ik vind zijn vacht mooi, evenals zijn stevige tanden, zijn brede schouders, zijn onverwachte slanke heupen, zijn handen waarvan ik de door de klei ruwe leerachtige structuur nog op zijn huid voel. Alles wat ik aan hem waardeer schijnt van fysieke aard te zijn, de rest is onbekend, onaangenaam of belachelijk. Zijn humeur, dat varieert van knorrig tot melancholiek, kan me gestolen worden, en ik ben ook al niet dol op zijn uit hun krachten gegroeide vazen die hij zo vakkundig op het wiel neerplant en vervolgens mishandelt, er gaten in snijdend, ze wurgend, ze openrijtend. Nee, dat is niet eerlijk, hij gebruikte nooit een mes, alleen zijn vingers, en meestal vervormt hij ze alleen maar een beetje; mooi zijn ze zelden. Anderen hebben er al evenmin bewondering voor, de leergierige huisvrouwen die hij twee avonden per week les geeft, 'Pottenbakken en Keramiek', cursusnummer 432-A, maken liever asbakken en borden met vrolijke madeliefjes en zijn produkten worden totaal niet verkocht in de paar kunstnijverheidswinkels die ze überhaupt in voorraad hebben. En dus hopen ze zich op in ons reeds overvolle kelderappartement als brokstukken van herinneringen, of slachtoffers van een moord. Ik kan er zelfs geen bloemen in zetten, het water zou er zo weer uitlopen door de ingekerfde openingen. Hun enige functie is Joe's stilzwijgende aanspraak op erkenning als groot kunstenaar te ondersteunen: iedere keer als ik een ontwerp voor een poster verkoop of een nieuwe opdracht krijg verminkt hij weer een vaas.

Ik wilde mijn derde prinses lichtvoetig over een grasveld laten dartelen maar het papier is te nat, ik kan haar niet in de hand houden, ze krijgt een enorm achterwerk; ik probeer het nog te redden door het te veranderen in een *queue*, maar overtuigend is het niet. Ik geef het op en begin een beetje te krabbelen, ik geef haar slagtanden en een snor, ik teken manen en vissen en een wolf met overeind staande nekharen en opgetrokken lippen om haar heen; maar die mislukt ook al, het lijkt meer op een zwaarlijvige collie. Wat is het alternatief voor prinsessen, wat kopen ouders nog meer voor hun kinderen? Menselijke beren en sprekende varkentjes, protestantse tsjoeke tsjoek treintjes die afstuderen en een succesvolle carrière opbouwen.

Misschien is het niet alleen zijn lichaam waar ik van hou, misschien ik het ook zijn mislukking: daarin zit ook een soort onbedorvenheid.

Ik verfrommel mijn derde prinses, giet het verfwater in de gootsteenemmer en maak de penselen schoon. Ik kijk door de ramen hoe het er buiten mee staat: David en Joe varen nog op het meer, maar het lijkt of ze nu op de terugweg zijn. Anna loopt halverwege de trap met een handdoek over haar arm. Een ogenblik zie ik haar silhouet voor de hordeur staan en dan komt ze binnen.

'Hallo,' zegt ze, 'lukt het een beetje?'

'Niet erg,' zeg ik.

Ze loopt door naar de tafel en strijkt mijn verkreukelde prinsessen glad. 'Goed zeg,' zegt ze zonder overtuiging.

'Die zijn mislukt,' zeg ik.

'O.' Ze draait de velletjes papier om, zodat ze ondersteboven liggen. 'Geloofde jij in die onzin toen je klein was?' zegt ze. 'Ik wel, ik dacht dat ik echt een prinses was en dat ik in een kasteel zou komen te wonen. Ze moeten kinderen die onzin niet vertellen.' Ze loopt naar de spiegel, werkt haar gezicht bij, gaat dan op haar tenen staan en kijkt onderzoekend naar haar rug om te zien of die al roze is. 'Wat *deed* hij hier eigenlijk?' vraagt ze plotseling.

Ik heb even nodig om te snappen wat ze bedoelt. Mijn vader, zijn werk. 'Ik weet het niet,' zeg ik. 'Gewoon, je weet wel.'

Ze werpt me een vreemde blik toe, alsof ik de beleefdheid niet in acht genomen heb en ik ben verbaasd want ze heeft eens tegen me gezegd dat je iemand niet moet beoordelen naar zijn baan maar naar wie hij is. Wanneer iemand haar vraagt wat ze doet begint ze meestal een verhaal over 'Fluïdum' en 'het Zijn in plaats van Doen'; maar als ze iemand niet mag zegt ze alleen maar: 'Ik ben Davids vrouw.'

'Hij leefde,' zeg ik. Dit is bijna het goede antwoord, het stelt haar tevreden, ze loopt de slaapkamer in om zich te verkleden.

Plotseling ben ik woedend op hem omdat hij zomaar spoorloos verdwenen is, raadselachtig, zodat ik blijf zitten met vragen die ik niet kan beantwoorden als mensen naar hem informeren. Als hij gestorven is had hij dat zichtbaar, in het openbaar, moeten doen zodat ze een steen op zijn graf hadden kunnen zetten en daarmee uit.

Ze zullen het wel vreemd vinden, een man van zijn leeftijd die in zijn eentje de hele winter in een hut in de barre verlatenheid doorbrengt; ik heb me er nooit het hoofd over gebroken, voor mij was het logisch. Ze waren altijd van plan om zich hier zo gauw mogelijk na zijn pensionering voorgoed te vestigen, het isolement trok hen aan. Hij had geen hekel aan mensen, hij vond ze alleen irrationeel; dieren, zei hij, waren consequenter, hun gedrag was tenminste voorspelbaar. Voor hem was Hitler daar een schoolvoorbeeld van: niet de triomf van het kwaad, maar het falen van de Rede. Oorlog beschouwde hij ook als irrationeel, zijn beide ouders waren pacifist, maar hij zou toch gevochten hebben ter verdediging van de wetenschap, misschien, als ze hem de kans tenminste hadden gegeven: dit is waarschijnlijk het enige land waar een botanicus bestempeld kon worden als onmisbaar voor de landsverdediging.

Zoals de zaken toen lagen trok hij zich uit de wereld terug; we zouden het hele jaar in het fabrieksstadje hebben kunnen wonen, maar hij verkoos de anonimiteit, eerst van de stad en toen van de wildernis. In de stad woonden we achtereenvolgens in verscheidene flats en in de wildernis zocht hij het meest afgelegen plekje dat hij kon vinden uit, toen mijn broer werd geboren liep er nog niet eens een weg naar toe. Maar zelfs in het dorp woonden naar zijn zin te veel mensen, hij had behoefte aan een eiland, een plek waar hij niet het geregelde boerenleven van zijn eigen vader, maar het leven van de vroegere kolonisten die hier kwamen toen er nog slechts bossen en geen andere ideologieën dan die van henzelf waren, opnieuw wilde leiden. Wanneer mensen Vrijheid zeggen bedoelen ze dat niet letterlijk, ze bedoelen de vrijheid om niet door anderen lastig gevallen te worden.

De stapel papieren ligt nog naast de lamp. Ik ben er tot nu toe afgebleven; als hij nog leefde zou het een inbreuk op zijn privacy zijn er in te gaan rondsnuffelen. Maar nu ik mezelf heb toegegeven dat hij dood is kan ik net zo goed eens kijken wat hij me nagelaten heeft. Executeur-testamentair.

Ik verwachtte eigenlijk het een of andere onvoltooide rapport, over de groei van bomen of over boomziekten, maar op het bovenste papier staat alleen een ruwe schets van een hand, getekend met een viltstift of een penseel en wat notities, cijfers, een naam. Ik blader de volgende vellen door. Nog meer handen, vervolgens een houterige kinderlijk getekende gestalte zonder gezicht en zonder handen en voeten en op het volgende vel een zelfde wezen, ditmaal met twee uitsteeksels, takken of een gewei, op zijn hoofd. Op alle vellen staan getallen, en op sommige een paar gekrabbelde woorden KORSTMOS ROOD KLEREN LINKS. Ik word er geen wijs uit. Het handschrift is dat van mijn vader, maar veranderd, haastiger of slordiger.

Buiten hoor ik hout op hout bonzen, de kano ramt de steiger doordat ze te hard zijn komen aanvaren; dan hoor ik ze lachen. Ik leg de stapel papier terug op de plank, ik wil niet dat ze die zien.

Dat deed hij dus de hele winter, hij zat opgesloten in de blokhut deze raadselachtige tekeningen te maken. Ik ga aan tafel zitten, mijn hart slaat sneller alsof ik een kast waarvan ik dacht dat hij leeg was, heb opengemaakt en plotseling oog in oog sta met iets dat daar niet hoort te zijn, zoals een klauw of een geraamte. Aan deze mogelijkheid had ik nog niet gedacht: misschien is hij krankzinnig geworden. Gek, getikt.

'Bushed' noemen de pelsjagers het, als je te lang alleen in het woud blijft. En stel dat hij krankzinnig is, en misschien niet dood, dan komt alles in een ander daglicht te staan.

Anna komt de slaapkamer uit, nu weer gekleed in een spijkerbroek en een blouse. Ze kamt haar haar voor de spiegel, licht aan de uiteinden, donker aan het begin, terwijl ze You are my sunshine voor zich uit neuriet; rook kringelt omhoog van haar sigaret. *Help*, denk ik in stilte tegen haar, *zeg iets*. En ze zegt iets.

'Wat eten we?' zegt ze; dan, wuivend: 'Daar komen ze.'

7

Bij het eten drinken we het laatste bier op. David wil gaan vissen, het is de laatste avond, dus laat ik de afwas aan Anna over en ga gewapend met de schop en het blikje waar de bonen in hebben gezeten naar de tuin.

Ik steek de spade in het gedeelte waar het meeste onkruid groeit bij de composthoop; ik pak een handvol aarde op, verkruimel die, en pik de wormen er met mijn vingers uit. De grond is vruchtbaar, de wormen kronkelen, rood en roze.

Niemand houdt van me
Iedereen haat me
Ik ga naar de tuin om wormen te eten

Dat zongen ze te pas en te onpas in de pauze, het was bedoeld als een belediging, maar misschien zijn ze wel eetbaar. Ze worden in het visseizoen verkocht als appels; borden aan de kant van de weg met: VERS 5C, soms VERƧ 5C, later VERS 10C, inflatie. Franse les, *vers libre*, de eerste keer vertaalde ik dat met vrije wormen en zij dacht dat ik lollig probeerde te doen.

Ik stop de wormen met wat aarde in het blikje. Terwijl ik terugloop naar de hut houd ik mijn handpalm er bovenop; ze duwen er al met hun kopeind tegenaan, ze proberen eruit te komen. Ik maak een deksel van een stuk papier dat ik afscheur van de zak met levensmiddelen en vastklem met een elastiekje. Mijn moeder bewaarde alles: elastiekjes, touwtjes, punaises, jampotten; voor haar was er nooit een eind aan de crisis gekomen.

David schuift de onderdelen van zijn geleende hengel in elkaar; het is er een van glasvezel, ik heb er geen vertrouwen in, ik pak de stalen hengel met molen van de haken in de muur. 'Hier,' zeg ik tegen David, 'die kun je gebruiken voor het vissen met sleepaas.'

'Leg me eens uit hoe ik de lamp moet aansteken,' zegt Anna. 'Ik blijf hier een beetje lezen.'

Ik wil haar hier niet alleen achterlaten. Ik ben bang dat mijn vader als hij zich ergens op het eiland schuilhoudt en misschien wordt aangetrokken door het licht, plotseling voor het venster zal opdoemen als een reusachtige haveloze mot, of dat hij, als hij tenminste nog bij zijn verstand is, haar zal vragen wie ze is en haar bevelen zijn huis te verlaten. Zolang we met z'n vieren zijn blijft hij wel uit de buurt, hij heeft altijd een hekel aan groepen gehad.

'Onsportief hoor,' zegt David.

Ik zeg tegen haar dat we haar nodig hebben als extra gewicht, wat een leugen is, want de kano is al zwaar beladen, maar zij gelooft mij, als expert, op mijn woord.

Terwijl ze in de kano stappen loop ik terug naar de tuin en vang een kleine gevlekte kikker, als geheim wapen. Ik zet hem in een jampot en prik een paar luchtgaatjes in het deksel.

De kist met visgerei, die stinkt naar rotte vis, vroegere vangsten, het blikje met wormen en de pot met de kikker, een mes en een hoop varenbladeren om de vis op te laten doodbloeden. Joe zit voorin, Anna achter hem op een reddingsvest, met haar gezicht naar mij toe, David zit op een tweede reddingsvest met zijn rug naar mij toe, zijn benen opgevouwen tussen die van Anna. Voordat ik afduw haak ik een zilver met gouden spinner met rode glazen ogen aan Davids lijn en sla er een worm aan; hij kronkelt wulps met zijn lichaam. Zijn beide uiteinden draaien rond.

'Jasses,' zegt Anna, die kan zien wat ik aan het doen ben.

'Het doet geen pijn,' zei mijn broer, 'ze voelen er niets van.' 'Waarom kronkelen ze dan zo?' Hij zei dat dat zenuwtrekkingen waren.

'Wat er ook gebeurt,' zeg ik tegen hen, 'blijf in het midden zitten.' We varen traag de inham uit. Ik heb te veel hooi op mijn vork genomen, ik heb al jaren niet meer in een kano gevaren, mijn spieren zijn de slag kwijt. Joe peddelt alsof hij het meer met een pollepel omroert en de boeg ligt te diep. Maar ze merken er toch niets van. Het is maar goed dat ons leven niet afhangt van het vangen van een vis, denk ik. De hongerdood: bijt in je arm en zuig het bloed op, dat doen ze in reddingsboten, of zoals de Indianen het doen: snijd een stuk vlees van jezelf af als je geen aas hebt.

De oever van het eiland wijkt achter ons, hier kan hij ons niet volgen. Boven de bomen trekken streperige wolkenflarden samen in de lucht, als verf op een nat vel papier; zo vlak boven het wateroppervlak waait het niet, de lucht voelt zacht aan, alsof er regen op komst is. De vissen houden van dit weer, en de muggen ook, maar ik kan geen insektenspray gebruiken, want als dat op het aas terecht komt ruiken de vissen het.

Ik koers langs de oever van het vasteland. Een blauwe reiger verheft zich uit een inham waar hij heeft staan vissen en vliegt met zoevende vleugelslagen over ons heen, zijn nek en snavel zijn voorwaarts gekromd en zijn lange poten steken naar achteren: een gevleugelde slang. Als hij ons opmerkt slaakt hij een rauw gekras als een pterodactylus, en gaat hoger vliegen, in zuidoostelijke richting; vroeger was daar een reigerkolonie, die is er zeker nog steeds. Maar ik moet nu beter op David letten. De koperen vislijn loopt schuin naar beneden; hij snijdt door het water en gaat bijna onmerkbaar op en neer.

'Voel je wat?' vraag ik.

'Ja, een soort rukjes.'

'Dat is het draaien van de spinner,' zeg ik. 'Hou de top van de hengel naar beneden, als je voelt dat ze sabbelen wacht je even en dan geef je een scherpe ruk, oké?'

'Oké,' zegt hij.

Mijn armen zijn vermoeid. Achter me hoor ik het tik-tok van de kikker die opspringt en met zijn snuit tegen het deksel aankomt.

Wanneer we in de buurt van de loodrechte rotswand komen zeg ik tegen hem dat hij zijn lijn moet inhalen; we gaan stilliggend vissen en hij kan nu zijn eigen hengel gebruiken.

'Ga liggen, Anna,' zegt hij. 'Ik ga mijn eigen stok gebruiken.'

Anna zegt: 'Jezus, moet dat nou iedere keer?'

Hij grinnikt naar haar en haalt zijn lijn in, het water glijdt er van af, de spinner glanst zilverig als hij uit het meer te voorschijn komt. Terwijl hij over het wateroppervlak naar ons toe huppelt zie ik dat de worm verdwenen is. Aan één haak hangt nog een stukje wormenhuid; vroeger vroeg ik me altijd af hoe het mogelijk was dat de vissen zich door het lokaas met die grote ogen als van een Afrikaans afgodsbeeld lieten verschalken, maar misschien hebben ze hun les nu geleerd.

We liggen voor de rotswand, een grijs brok graniet, zo glad als een marmeren grafzerk, voorover hellend, met halverwege een richel, als een traptrede, en spleten waarin bruin rotsmos groeit. Ik bevestig een loodje, een andere spinner en een verse worm aan Davids lijn en werp hem uit; de worm daalt, valt, roze, roze-bruin, en verdwijnt in de schaduw van de rotswand. De donkere torpedovormen van de vissen merken hem op, ze snuffelen eraan, duwen er tegen met hun snuit. Ik geloof in hen zoals andere mensen in God geloven: ik kan ze niet zien, maar ik weet dat ze er zijn.

'Stil blijven zitten,' zeg ik tegen Anna, die ongemakkelijk heen en weer begint te schuiven. Dat horen ze.

Het licht verflauwt, stilte; verderop in het bos het gezang van een lijster, als een vloeibare spiraal, ze zingen bij zonsondergang. Davids arm gaat op en neer.

Als er niets gebeurt zeg ik hem dat hij moet inhalen; de worm is weer verdwenen. Ik haal het kikkertje te voorschijn, het laatste redmiddel en maak het stevig vast aan de haak, het piept. Vroeger deden anderen dat altijd voor me.

'God, wat ben jij koelbloedig,' zegt Anna. De kikker verdwijnt onder water, met zijn poten spartelend, als een zwemmend mens. Iedereen kijkt gespannen toe, zelfs Anna; ze voelen dat dit mijn laatste truc is. Ik staar naar het water; vroeger was dat een soort meditatie voor me. Mijn broer viste technisch, hij was ze te slim af, maar ik viste door middel van gebed, luisterend.

Onze Vader die in de hemelen zijt
laat alstublieft de vis gevangen worden

Later, toen ik wist dat dat geen zin had, zei ik alleen *alsjeblieft, laat je vangen*, als een toverformule, hypnotiserend. Hij ving meer vissen, maar ik kon beweren dat mijn vissen zich vrijwillig lieten vangen, dat ze vrijwillig de dood ingingen en mij bij voorbaat vergeven hadden.

Ik begin al te geloven dat de kikker gefaald heeft. Maar het is nog steeds een wondermiddel: de hengel gaat naar beneden als een wichelroede en Anna gilt van verrassing.

Ik zeg: 'Houd de lijn strak,' maar David is doof voor mijn raadgevingen, hij haalt de lijn in alsof hij slagroom klopt en mompelt 'tsjonge jonge' en daar komt de vis boven, hij springt uit het water en hangt in de lucht als een ingelijste foto boven een bar, alleen beweegt hij. Hij duikt en rukt, de lijn verslapt, hij zwemt achteruit om zich los te scheuren; maar als hij weer opspringt geeft David met zijn hele lichaam erachter een ruk aan de hengel – een domme beweging, hij had hem kwijt kunnen raken – en de vis komt aanzeilen en kletst in de kano, bovenop Anna's hoofd, ze duikt opzij en gilt 'Haal weg! Haal weg dat beest!' en we slaan bijna om. Joe zegt: 'Allemachtig' en grijpt zich vast aan de zijkant, ik buig me de andere kant op, als tegenwicht; David graait naar de vis die klapperend en naar lucht happend over de spanten van de kano glibbert.

'Hier,' zeg ik, 'geef hem een klap achter zijn ogen.' Ik reik hem het mes dat in de schede zit toe, ik dood hem liever niet zelf.

David haalt uit en slaat mis; Anna slaat haar handen voor

haar ogen en zegt 'jasses bah.' Dit vis spartelt naar mij toe en ik zet mijn voet er bovenop, pak het mes en geef hem met het heft een mep die zijn schedel verbrijzelt en na een stuiptrekking blijft hij stilliggen, één klap was voldoende.

'Wat is het er voor een?' vraagt David, verbaasd over zijn vangst maar ook trots. Ze lachen allemaal, blij met de overwinning en opgelucht, zoals in de journaalbeelden van parades aan het eind van de oorlog. Ik vind het fijn dat ze lachen. Hun stemmen weerkaatsen tegen de rotswand.

'Snoekbaars,' zeg ik. 'We zullen hem morgen opeten.'

Het is een flink exerplaar. Ik pak hem op, met mijn vingers onder de kieuwen gehaakt, en houd hem goed vast, want zelfs als ze dood zijn kunnen ze nog bijten en zich losrukken. Ik leg hem op de varenbladeren en spoel mijn hand en het mes af. Een van zijn ogen puilt naar buiten en ik voel me een beetje misselijk, dat komt doordat ik iets gedood heb, afgemaakt, maar ik weet dat dat irrationeel is, sommige dingen *mag* je doden, zoals voedsel en vijanden, vissen en muggen, en wespen: als er te veel zijn moet je kokend water in hun gangenstelsel gieten. 'Als je ze met rust laat laten ze jou ook met rust,' zei mijn moeder altijd als ze op ons bord neerstreken. Dat was in de tijd vóór het huis was gebouwd, we woonden toen buiten, in tenten. Mijn vader zei dat ze met regelmatige tussenpozen terugkeerden.

'Mooi beest, hè?' zegt David tegen de anderen; hij is opgetogen, hij wil geprezen worden. 'Bah,' zegt Anna, 'hij is slijmerig, ik eet er geen hap van.' Joe gromt wat, zou hij jaloers zijn?

David wil nog een poging wagen; het is net gokken, je houdt pas op als je verliest. Ik herinner hem er niet aan dat ik geen wonderkikkers meer heb, ik pak een worm voor hem en laat hem die zelf aan de haak slaan.

Hij vist een tijdje maar hij heeft geen geluk. Net als Anna weer begint te wiebelen hoor ik een gezoem: een motorboot. Ik luister, misschien gaat hij een andere kant op, maar hij vaart om een landtong heen, het gezoem wordt een geronk dat recht op ons afkomt; het is een grote boot met een krachtige motor, een witte snor van schuim rolt voor de boeg uit. De motor stopt en hij komt langszij, we dansen wild op en neer in de deining. Op de boeg en op de achterkant staat een Amerikaanse vlag; in de boot bevinden zich twee verbitterd uitziende zakenlieden met mopshondengezichten en dure kleren, en een slordig geklede man uit het dorp. Ik zie dat het Claude uit het motel is, hij kijkt kwaad naar ons, hij vindt dat we stropen in zijn jachtgebied.

'Al wat gevangen?' vraagt een van de Amerikanen met ontblote tanden, zo vriendelijk als een haai.

'Nee,' zeg ik en stoot David met mijn voet aan. Hij zou ze graag over de vangst vertellen, al was het maar om hen te treiteren.

De andere Amerikaan gooit zijn sigarepeuk overboord. 'Het lijkt me hier niet zo'n goede visplek,' zegt hij tegen Claude.

'Vroeger wel,' zegt Claude.

'Volgend jaar ga ik naar Florida,' zegt de eerste Amerikaan.

'Haal de lijn maar in,' zeg ik tegen David. Het heeft nu geen zin meer om hier te blijven. Als ze wat vangen blijven ze hier de hele nacht en als ze binnen een kwartier niets vangen vertrekken ze met donderend lawaai in hun opgevoerde boot zodat de vis er doof van wordt. Het zijn van die lieden die meer vangen dan ze op kunnen eten, eventueel met behulp van dynamiet, als dat ongestraft zou kunnen.

Vroeger beschouwden we ze als onschuldig, grappig, onhandig en enigszins aandoenlijk, zoals president Eisenhower. Op een keer ontmoetten we er twee die op weg waren naar het baarzenmeer; ze droegen hun aluminium motorbootje met de buitenboordmotor over de *portage** zodat ze niet zouden hoeven te kanoën als ze eenmaal op het binnenmeertje waren; aanvankelijk toen we hen door het kreupelhout

* Draagplaats, overtoom.

hoorden stampen dachten we dat het beren waren. Er kwam er nog een te voorschijn, met een werphengel; hij stapte in ons kampvuur en schroeide zijn nieuwe laarzen; toen hij probeerde te werpen schoot zijn aas, een echt visje in doorzichtig plastic gegoten, het struikgewas aan de overkant van de inham in. We lachten hem achter zijn rug uit en vroegen of hij eekhoorns probeerde te vangen, maar hij werd niet kwaad, en liet ons zijn automatische kampvuuraansteker, zijn pannenset met afneembare handvatten en zijn opvouwbare leunstoel zien. Ze waren dol op opvouwbare spullen.

Op de terugweg varen we vlak langs de oever; we vermijden het open water voor het geval de Amerikanen het in hun hoofd mochten halen heel hard zo dicht mogelijk langs ons te varen; soms doen ze dat voor de lol en dan zouden we kunnen omslaan door hun hekgolf. Maar voor we halverwege zijn verdwijnen ze ronkend in het niets als marsbewoners op een TV-film, en ik kalmeer.

Als we terug zijn zal ik de vis ophangen en de schubben en de zilte okselgeur met zeep van mijn handen wassen. Daarna zal ik de lamp en de kachel aansteken en chocolademelk maken. Voor het eerst vind ik het fijn om hier te zijn en ik weet dat dat komt doordat we morgen vertrekken. Mijn vader heeft het eiland dan weer voor zichzelf; krankzinnigheid is een privé-zaak, dat respecteer ik; hoe hij ook leeft: altijd beter dan in een inrichting. Voor we vertrekken zal ik zijn tekeningen verbranden, ze zijn een verkeerd soort bewijsstukken.

De zon is ondergegaan, we glijden naar huis door de geleidelijk invallende duisternis. Het geluid van futen in de verte, vleermuizen fladderen over ons heen en scheren over het wateroppervlak dat nu rimpelloos is, dingen op de oever, wit-grijze rotsblokken en dode bomen weerkaatsen in de donkere spiegel. Om ons heen de illusie van oneindige ruimte of juist geen ruimte tussen ons en de donkere oever die we, zo lijkt het, kunnen aanraken; water tussen niets en niets. Het spiegelbeeld van de kano vaart met ons mee, de peddels raken hun evenbeeld in het meer. Het is alsof we ons op lucht voortbewegen, alsof er niets onder ons is dat ons drijvend houdt, we hangen in het niets, we zweven naar huis.

8

Vroeg in de morgen maakt Joe me wakker; zijn handen zijn in ieder geval intelligent, ze glijden zachtjes over me heen als de handen van een blinde die braille leest, vaardig, alsof hij een vaas modelleert, ze tasten mijn lichaam af, ze herhalen patronen die hij eerder uitgeprobeerd heeft, ze hebben ontdekt wat effect heeft, en mijn lichaam reageert er ook zo op, voelt wat komen gaat, ervaren, onmiddellijk reagerend als een typemachine. Het is het beste als je ze niet kent. Een zinnetje schiet me te binnen, destijds grappig, nu droevig; in een geparkeerde auto na een schoolfeestje zei iemand tegen me: *Als je een papieren zak over hun hoofd trekt zijn ze allemaal hetzelfde.* Toen begreep ik niet wat hij bedoelde, maar later heb ik erover nagedacht. Het klinkt bijna als een wapenschild: twee mensen de liefde bedrijvend met zakken over hun hoofd, zelfs zonder kijkgaatje. Zou dat prettig of onprettig zijn?

Na afloop, als we wat zijn uitgerust, sta ik op, kleed me aan en loop naar buiten om de vis panklaar te maken. Hij heeft de hele nacht aan een touwtje door zijn kieuwen aan een boomtak gehangen, buiten het bereik van aaseters, wasberen, otters, wezels, stinkdieren. Een sliertje vissepoep, het lijkt op vogelpoep, alleen wat bruiner, hangt uit zijn anus. Ik maak het touwtje los en neem de vis mee naar het meer om hem schoon te maken en te fileren.

Ik kniel op het platte rotsblok aan de oever van het meer en leg het mes en het bord voor de filets naast me. Dit is nooit mijn werk geweest, iemand anders deed het, mijn broer of mijn vader. Ik snijd de kop en de staart af, snijd de buik open en leg de vis open in twee helften. In de maag zit een half verteerde bloedzuiger en een paar brokjes rivierkreeft. Ik verdeel hem langs de ruggegraat en vervolgens langs de strepen aan de zijkant, in vier stukken die blauwigwit en doorschijnend zijn. De ingewanden zal ik in de tuin begraven als mest.

Terwijl ik de filets was slentert David met zijn tandenborstel naar de steiger. 'Hé,' zegt hij, 'is dat mijn vis?' Hij bekijkt belangstellend de ingewanden op het bord. 'Wacht even,' zegt hij, 'dat is iets voor *Zomaar Dingen.*' Hij gaat Joe en de camera halen en met z'n tweeën filmen ze plechtig de vissedarmen, ingeschrompelde blazen, buisjes en zachte draden; ze verleggen ze tussen de opnamen door om een betere lichtval te krijgen. Het zou nooit in David opkomen om zich te laten kieken met een boxje terwijl hij de vis met een grijns bij de staart omhooghoudt, en evenmin zou hij hem ooit op laten zetten, maar toch wil hij hem op zijn eigen manier onsterfelijk maken. Het fotoalbum: het is ergens en ik sta erin, opeenvolgende verschijningsvormen van mezelf, geconserveerd en platgedrukt als bloemen die zijn geperst onder een woordenboek; net als de dagboeken hield ze het leren fotoalbum nauwkeurig bij, als een logboek. Ik had er een hekel aan om doodstil te staan wachten tot de klik kwam.

Ik haal de filets door de bloem en bak ze. We eten ze met plakjes spek. 'Tsjonge wat een heerlijk visje,' zegt David en even later zegt hij smakkend met zijn lippen, 'zoiets krijg je toch niet in de stad.'

Anna zegt: 'Jawel hoor, diepvries. Je kunt er tegenwoordig alles krijgen.'

Na het ontbijt ga ik naar mijn kamer en begin mijn spullen in te pakken. Door de triplexmuur heen hoor ik Anna lopen en nog een kop koffie inschenken, en het kraken van de divan als David erop gaat liggen.

Misschien zou ik al het beddegoed, de handdoeken en de achtergelaten kleren op moeten vouwen, ze in bundels bij elkaar binden en ze meenemen. Er zal hier nu niemand meer wonen en op den duur zullen de motten en muizen hier toch binnendringen. Als hij niet van plan is hier ooit nog te komen zijn die spullen van mij, neem ik aan, of liever gezegd voor de helft van mij en voor de helft van mijn broer, maar mijn broer zal zich er niet druk om maken. Nadat hij van huis is gegaan heeft hij, net als ik, alle contact met hen vermeden. Hij heeft het alleen handiger aangepakt, hij is eenvoudig zover mogelijk weggegaan: als ik een breinaald dwars door de aarde zou steken zou de punt bovenkomen op de plek waar hij zich nu bevindt, in een kamp midden in de binnenlanden van Australië, onbereikbaar, waarschijnlijk heeft hij mijn brief nog niet eens ontvangen. Hij doet delfstoffenonderzoek voor een groot internationaal bedrijf, hij is mijnonderzoeker, maar ik kan dat niet geloven: alles wat hij gedaan heeft sinds we volwassen zijn geworden is onwezenlijk voor me.

'Het bevalt me hier wel,' zegt David. Geen reactie van de anderen. 'Laten we hier nog een tijdje blijven, een weekje, dat lijkt me prima.'

'Moet je niet die cursus geven?' zegt Anna twijfelend. 'De Mens in een Elektrische Wereld of zoiets?'

'Elektrificerend. Dat is pas in augustus.'

'We moesten het maar niet doen, vind ik,' zegt Anna.

'Waarom wil jij nooit iets doen wat ik wil?' zegt David, en het is even stil. Dan zegt hij: 'Wat vind jij ervan?' en Joe zegt: 'Ik vind het best.'

'Prima,' zegt David, 'dan gaan we nog wat vissen.'

Ik ga op het bed zitten. Ze hadden het eerst wel aan mij mogen vragen, tenslotte is het mijn huis. Maar misschien wachten ze tot ik kom en vragen ze het dan. Als ik zeg dat ik niet wil, kunnen ze moeilijk blijven, maar wat moet ik als reden aanvoeren? Ik kan hen niet over mijn vader vertellen, hem verraden; ze zouden trouwens kunnen denken dat ik het uit mijn duim zoog. Mijn werk, maar ze weten dat ik het bij me heb. Ik zou in mijn eentje met Evans kunnen vertrekken maar ik zou niet verder dan het dorp komen: de auto is van David, ik zou de sleuteltjes moeten stelen en bovendien, zo houd ik mezelf voor, ik heb nooit leren autorijden.

Anna doet nog een laatste zwakke poging. 'Ik heb niet genoeg sigaretten bij me.'

'Dat is goed voor je,' zegt David opgewekt. 'Het is een smerige gewoonte. Goed voor je conditie.' Hij is ouder dan wij, hij is de dertig al gepasseerd en hij begint zich zorgen over dat soort dingen te maken, bij tijd van wijle slaat hij zich op zijn buik en zegt: 'Vet.'

'Maar ik krijg er een rothumeur van,' zegt Anna, maar David lacht alleen maar en zegt: 'Probeer het eens.'

Ik zou tegen ze kunnen zeggen dat er niet genoeg te eten is. Maar ze zouden die smoes onmiddellijk doorzien, we hebben de tuin, de rijen blikjes op de planken, corned beef, Spam*, gebakken bonen, kip, melkpoeder, alles.

Ik loop naar de kamerdeur en doe hem open. 'Die vijf dollar moet je Evans in ieder geval betalen,' zeg ik.

Eén ogenblik zijn ze verrast, ze beseffen dat ik heb meegeluisterd. Dan zegt David: 'Geen probleem.' Hij werpt me een snelle blik toe, triomfantelijk en taxerend, alsof hij zojuist iets gewonnen heeft, geen oorlog maar een loterij.

Als Evans op het afgesproken tijdstip arriveert lopen David en Joe naar de steiger om de zaak met hem te regelen. Ik heb hen op het hart gedrukt niets over de vis te zeggen: als ze dat wel doen krioelt het op dit gedeelte van het meer binnenkort van de Amerikanen, die hebben een geheimzinnige feilloze methode om berichten door te geven, zoals mieren over suiker, of kreeften. Na een paar minuten hoor ik de boot weer starten, het geluid zwelt aan en neemt af, hij is weg.

Ik heb Evans, de uitleg en de onderhandelingen vermeden door naar het stilletje te gaan en mezelf op te sluiten. Vroeger ging ik daar ook altijd heen als er iets was wat ik niet wilde doen, zoals het wieden van de tuin. Dit is het nieuwe stilletje, het oude was onbruikbaar geworden. Dit hokje is opgebouwd uit boomstammetjes; mijn broer en ik hebben

* Bepaald soort ingeblikt vlees.

het gat gegraven, hij schepte en ik haalde het zand op met een emmertje. Er is een keer een stekelvarken in gevallen, ze knagen graag aan bijlstelen en w.c.-brillen.

In de stad verstopte ik me nooit op de w.c.; ik vond het er naar, ze waren te hard en te wit. De enige plek waar ik me toen we in de stad woonden verstopte was, voorzover ik me kan herinneren, achter de open deur, tijdens verjaarsfeestjes. Ik had een hekel aan verjaarsfeestjes, aan de fluwelen jurken, paars als kerkbanken, met kanten kraagjes als antimakassars, aan de cadeautjes, aan het jaloerse òòò-geroep als ze opengemaakt werden en aan die zinloze spelletjes zoals zoeken naar de vingerhoed of onthouden wat er allemaal voor rommel op een dienblaadje lag. Je kon maar twee dingen zijn: winnaar of verliezer, maar wat ze met mij aan moesten wisten ze niet omdat ik niet meedeed. De eerste keer liep ik weg, maar toen zei mijn moeder dat ik er heen móest, dat ik moest leren beleefd te zijn; 'beschaafd' noemde ze het. Dus keek ik toe vanachter de deur. Toen ik tenslotte aan de stoelendans meedeed werd ik triomfantelijk verwelkomd, als een bekeerling of een politieke overloper.

Sommigen waren teleurgesteld, ze vonden mijn heremietkreeftengedrag grappig, ze vonden me in het algemeen grappig. Elk jaar zat ik op een andere school, in oktober of november wanneer de eerste sneeuw boven het meer viel, en ik was degene die niet op de hoogte was van de plaatselijke gebruiken, als iemand uit een andere cultuur: tegen mij konden ze de trucjes en kleine pesterijen die voor hen al afgezaagd waren nog gebruiken. Wanneer de jongens na schooltijd de meisjes achternazaten, vingen en vastbonden met hun eigen springtouw was ik altijd degene die ze met opzet vergaten los te maken. Ik heb heel wat middagen vastgesnoerd aan omheiningen, aan hekken en daartoe geëigende bomen doorgebracht, wachtend tot er een welwillende volwassene voorbijkwam die me wilde bevrijden; op den duur werd ik een niet onverdienstelijke ontsnappingskunstenares, zeer bedreven in het ontwarren van knopen. Op aangenamere dagen kwamen ze om me heen staan om naar mijn hand te dingen.

'Adam en Eva en Knijp me,' schreeuwden ze.

Ik ging naar de rivier om te zwemmen
Adam en Eva vielen erin
Wie denkt je dat er gered werd?

'Ik weet het niet,' zei ik.

'Je moet antwoord geven,' zeiden ze, 'dat zijn de regels.'

'Adam èn Eva,' zei ik listig. 'Ze werden *allebei* gered.'

'Als je niet goed meedoet, spelen we niet meer met je,' zeiden ze. Sociaal achterlijk zijn is net als geestelijk achterlijk zijn: het wekt bij anderen afkeer, medelijden en de neiging tot kwellen en hervormen op.

Voor mijn broer was het erger; onze moeder had hem geleerd dat vechten verkeerd was, dus kwam hij iedere dag bont en blauw geslagen thuis. Tenslotte moest ze wel toegeven: hij mocht vechten, maar alleen als de ander de eerste klap uitdeelde.

Ik bleef niet lang op de zondagsschool. Eén meisje vertelde me dat ze had gebeden om een Barbara-Ann Scott-pop met kunstschaatsen en een kostuum met zwanedonsrandjes en dat ze die voor haar verjaardag gekregen had; dus besloot ik ook te bidden, niet het Onze Vader of het visgebed, maar een gebed om iets belangrijks. Ik bad dat ik onzichtbaar mocht worden en toen iedereen mij de volgende morgen nog steeds kon zien wist ik dat ze de verkeerde God hadden.

Een mug strijkt neer op mijn arm en ik laat hem steken; ik wacht tot zijn lijf bol staat van het bloed voor ik hem met mijn duim kapotdruk als een druif. Ze hebben bloed nodig voor ze hun eitjes kunnen leggen. Er staat een briesje, gefilterd door de hor voor het raam; het is hier beter dan in de stad met zijn uitlaatgassen en vochtige hitte, de geur van verbrand rubber van de ondergrondse, de bruine vettige aanslag op je gezicht, het is er niet veilig. Hier heb ik me altijd veilig gevoeld, zelfs 's nachts.

Dat is niet waar, zegt mijn eigen stem. Ik denk er diep

over na, overweeg het, en het is inderdaad niet waar: soms was ik doodsbang, ik liet de zaklantaren voor me uit over het pad schijnen, ik hoorde geritsel in het bos en ik wist dat iets mij achtervolgde, een beer, een wolf of een onbepaald naamloos ding, dat laatste was het ergste.

Ik kijk om me heen naar de muren, het raam; ze zijn hetzelfde, ze zijn niet veranderd, maar hun vorm klopt niet, alsof alles enigszins kromgetrokken is. Ik moet beter op mijn herinneringen passen, ik moet er zeker van zijn dat het mijn eigen herinneringen zijn en niet die van andere mensen die me vertellen wat ik voelde, wat ik deed, wat ik zei: als de gebeurtenissen niet kloppen, kloppen de herinneringen aan de gevoelens die daarmee gepaard gingen evenmin, zodat ik aan het fantaseren sla zonder dat ik gecorrigeerd word, want degenen die me daarbij zouden kunnen helpen bestaan niet meer. Ik ga mijn versie van mijn leven snel na, als een alibi; hij klopt, er ontbreekt niets tot en met het moment dat ik van huis ben weggelopen. Daarna stilstand, ik ben even het spoor bijster, mijn herinnering is blanco; ik ben zelfs mijn leeftijd vergeten, ik sluit mijn ogen, hoe oud ben ik ook al weer? Als je je verleden wel herinnert, maar je greep op het heden verliest betekent dat dat je seniel wordt.

Ik onderdruk een opkomend paniekgevoel, ik dwing mezelf mijn ogen open te doen, en open mijn hand waar mijn levensloop in geëtst is, als een richtsnoer: ik strek de palm, en de lijnen splitsen zich als rimpels. Ik concentreer me op het spinneweb bij het raam waarin de lege omhulsels van vliegen hangen, die op hun beurt weer het zonlicht vangen; in mijn mond vormt mijn tong mijn naam, steeds opnieuw, als een toverformule...

Dan klopt er iemand op de deur. 'Kom maar voor den dag want je bent gezien,' zegt een stem, het is David, hem herken ik, opluchting, ik krijg weer wat vat op het heden.

'Een ogenblikje,' zeg ik en hij klopt weer en zegt: 'Een beetje tempo alsjeblieft,' en hij lacht als Woody Woodpecker.

Voor de lunch zeg ik tegen hen dat ik ga zwemmen. De anderen hebben geen zin, ze zeggen dat het water te koud is, het is ook koud, ijskoud. Eigenlijk moest ik niet in mijn eentje gaan, dat is ons geleerd, ik zou kramp kunnen krijgen.

Vroeger rende ik naar het eind van de steiger en dook er zo in, het was of je een hartaanval kreeg of door de bliksem werd getroffen, maar terwijl ik naar het meer loop kom ik tot de slotsom dat ik daar het lef niet meer voor heb.

Hier is hij bijna verdronken, hij werd alleen bij toeval gered; als het gewaaid had zou ze hem niet gehoord hebben. Ze bukte zich, stak haar hand uit en greep hem bij zijn haar, trok hem omhoog en liet het water uit hem lopen. Het feit dat hij bijna verdronken was scheen hem nooit in die mate aangegrepen te hebben als naar mijn mening gepast was, hij herinnerde het zich niet eens. Als het mij was overkomen, zou ik het gevoel hebben gehad dat ik een uitverkorene was, omdat ik op die manier aan de dood was ontsnapt; ik zou uit de dood zijn teruggekeerd met geheimen, ik zou dingen weten die de meeste mensen niet wisten.

Toen zij mij het verhaal verteld had vroeg ik onze moeder waar hij heengegaan zou zijn als ze hem niet gered had. Ze zei dat ze dat niet wist. Mijn vader legde altijd alles uit, maar mijn moeder niet, wat mij alleen maar sterkte in mijn overtuiging dat zij de antwoorden wel wist maar ze niet wilde geven. 'Zou hij dan op het kerkhof liggen?' vroeg ik. Ze hadden op school ook een versje over het kerkhof:

Stop hem in de koekepan
Sla hem op zijn bek
Nu ligt ie op het kerkhof
Kwek kwek kwek.

'Wie zal het zeggen,' zei ze. Ze was bezig een korst voor een pastei te maken en ze gaf me een stukje deeg om me af te leiden. Mijn vader zou 'ja' gezegd hebben; hij zei dat je dood was als je hersenen dood waren. Ik vraag me af of hij dat nog steeds gelooft.

Ik laat me van de steiger zakken en waad langzaam van de oever weg, ik maak mijn schouders en nek nat, de kou trekt op langs mijn dijen, met mijn voetzolen voel ik het zand, de takjes en de bladeren op de bodem. Vroeger dook ik het meer in en zwom dan vlak boven de bodem met mijn ogen open, de afstanden en mijn eigen lichaam waren wazig; als we midden op het meer voeren dook ik van de kano of het vlot en draaide me op mijn rug zodat ik omhoog kon kijken naar de belletjes die uit mijn mond ontsnapten. We bleven net zolang in het water tot onze huid gevoelloos werd en een rare kleur kreeg, blauwig-paars. Ik moet destijds bovenmenselijk taai zijn geweest, nu zou ik het niet meer kunnen. Misschien word ik dan toch oud, hoe is het mogelijk.

Ik sta te rillen, ik zie mijn spiegelbeeld en daardoorheen mijn voeten wit als vissevlees op het zand, tot ik het tenslotte boven water nog kouder krijg dan onder water en ik mezelf met tegenzin in het meer laat zakken.

2

9

Het probleem zit in die knol bovenop mijn lichaam. Ik heb niets tegen het lichaam of tegen het hoofd, maar wel tegen de nek die de illusie schept dat het twee afzonderlijke dingen zijn. De taal is verkeerd er zouden geen twee verschillende woorden voor moeten bestaan. Als ons hoofd meteen zou overgaan in onze schouders zoals bij een worm of een kikker, zonder die versmalling, die leugen, zouden we niet neer kunnen kijken op ons lichaam en het laten bewegen als een robot of een marionet, we zouden dan wel móeten beseffen dat als het hoofd van de romp gescheiden wordt beide zullen sterven.

Ik weet niet precies wanneer ik de waarheid begon te vermoeden, de waarheid over mezelf en over hen, wat ik was en wat zij werden. Een gedeelte ervan kwam snel, als een zich ontplooiende vlag, als een uit de grond schietende paddestoel, maar het bewijsmateriaal zat al binnenin me en hoefde slechts ontrafeld te worden. Van hieraf lijkt het of ik het altijd geweten heb, alles: de tijd is samengebald als de vuist op mijn knie in de schemerige slaapkamer; daarin zitten de aanwijzingen en oplossingen om te doen wat me te doen staat.

Ik zag slecht, en ik vertaalde slecht, een dialectprobleem, ik had mijn eigen dialect moeten gebruiken. Bij experimenten met kinderen, waarbij ze ze van de buitenwereld isoleerden met doofstomme verpleegsters, of ze opsloten in kasten, zodat ze nooit woorden hoorden, ontdekten geleerden dat het verstand na een bepaalde leeftijd niet meer in staat is een taal op te nemen; maar hoe wisten ze nou of het kind geen eigen taal had ontwikkeld die onbegrijpelijk was voor iedereen behalve het kind zelf? Dat stond in dat groene boek op de middelbare school, *Het menselijk lichaam*, er stonden plaatjes in van mongooltjes en mensen met schildklierafwijkingen, verlamden en misvormden; er waren zwarte strookjes voor hun ogen geplakt zoals bij veroordeelde misdadigers; het waren de enige afbeeldingen van naakte lichamen die geschikt voor ons werden geacht. Voor de rest waren het diagrammen, doorzichtige bladzijden met verklarende teksten en pijlen – eierstokken als paarse zeedieren, een baarmoeder als een peer.

De stemmen van de anderen en het schudden en op tafel flappen van speelkaarten dringt door de dichte deur tot me door. Ingeblikt gelach dat ze altijd bij zich hebben; de miniatuurbandjes en de Aan en Uit schakelaar zitten ergens in hun borstkast verborgen, altijd paraat.

Nadat Evans die dag was vertrokken voelde ik me slecht op mijn gemak, het eiland was niet veilig, we zaten in de val. Zij beseften het niet, maar ik wel, ik was verantwoordelijk voor hen. Ik voelde zijn ogen naar ons kijken, ik voelde dat hij er was, verborgen achter het groene scherm van bladeren, klaar om toe te springen of de benen te nemen, zijn gedrag was onvoorspelbaar; ik probeerde te bedenken hoe ik hen voor het gevaar kon behoeden, er was niets aan de hand zolang ze maar nergens alleen heen gingen. Misschien was hij wel ongevaarlijk, maar je wist maar nooit.

Na de lunch bracht ik de broodkruimels naar het vogelplankje. De Vlaamse gaaien hadden ontdekt dat er mensen in de blokhut woonden; ze zijn slim, ze wisten dat een mens bij het plateautje eten betekende; of misschien waren er wel een paar die zo oud waren dat ze zich de gestalte van mijn moeder met haar uitgestrekte hand nog herinnerden. Er zaten er nu twee of drie op wacht, op een afstandje, achterdochtig.

Joe liep me achterna en keek toe terwijl ik de kruimels uitstrooide. Hij legde zijn vinger op mijn arm en keek me fronsend aan, wat misschien betekende dat hij met me wilde praten: spreken was voor hem een hele opgave, een veldslag, de woorden stelden zich in slagorde op achter zijn baard en kwamen één voor één naar buiten, log en vierkant als tanks. Hij greep me krampachtig vast met zijn hand, als inleidend gebaar, maar David kwam aanlopen met de bijl.

'Zo mevrouwtje,' zei hij. 'Ik zie dat u wat krap in uw brandhout zit. Kan ik u een handje helpen?'

Hij wilde iets nuttigs doen, en hij had gelijk, als we hier een week bleven zouden we een nieuwe voorraad nodig hebben. Ik vroeg of hij staand hout dat wel dood maar niet te oud of vermolmd was wilde uitzoeken. 'Jawel mevrouw,' zei hij, koddig saluerend.

Joe pakte de kleine bijl en ging met hem mee. Ze kwamen allebei uit de stad en ik was bang dat ze in hun voet zouden hakken; maar aan de andere kant zou dat een oplossing zijn, dacht ik, want dan zouden we terug moeten. Maar ik hoefde hen niet voor hem te waarschuwen, ze waren gewapend. Als hij dat zag zou hij wel uit hun buurt blijven.

Toen ze langs het pad in het bos waren verdwenen zei ik dat ik de tuin ging wieden, dat moest ook gebeuren. Ik wilde bezig blijven, althans een schijn van ordelijkheid bewaren, mijn angst verborgen houden, zowel voor de anderen als voor hem. Angst heeft een geur, net als liefde.

Anna merkte wel dat ik van haar verwachtte dat ze me hielp; ze liet haar misdaadroman in de steek en drukte haar sigaret, pas half opgerookt, uit, ze was op rantsoen. We sloegen een sjaal om ons hoofd en ik liep naar de gereedschapsschuur om de hark te halen.

De tuin baadde in het zonlicht en het was er vochtig warm, als in een broeikas. We knielden neer en begonnen het onkruid uit te trekken. De planten boden weerstand, ze bleven vastzitten, namen kluiten aarde mee als ze uit de grond kwamen of braken af bij de steel zodat hun wortels in de grond bleven steken, het begin van een nieuwe plant; ik groef de wortels uit de warme aarde en mijn handen werden groen van het plantebloed. Langzamerhand kwam de groente te voorschijn, merendeels bleek en onvolgroeid, en vrijwel gewurgd. We harkten het onkruid op hoopjes tussen de groentebedden, waar het verwelkte en langzaam stierf; later zouden we het verbranden, als heksen, om te voorkomen dat het terugkwam. Er waren wat muggen en dazen, met iriserende ogen en angels als gloeiende naalden.

Af en toe hield ik even op met mijn werk, om een blik op de omheining, de grens te werpen, maar er was niemand. Misschien was hij wel onherkenbaar veranderd door ouderdom, krankzinnigheid en het bos en zag hij eruit als een baal halfvergane vodden met een gezicht waarvan de huid schuilging onder rottende dode bladeren. Geschiedenis, dacht ik, snel.

Het heeft ze jaren gekost om de tuin aan te leggen, de oorspronkelijke grond was te zanderig en onvruchtbaar. Deze rechthoek was kunstmatig, een produkt van vaardige handen, ondergespitte compost, zwarte uit het moeras gebaggerde modder, en paardemest die per boot werd aangevoerd uit de winterkampen van de houthakkers die er destijds nog paarden op na hielden om de boomstammen naar het bevroren meer te slepen. Mijn vader en moeder vervoerden de mest in dertig-liter-emmers op de draagberrie, twee staken met dwarsplankjes ertussen gespijkerd die ze elk aan een uiteinde optilden.

Ik kon me de tijd daarvòòr, toen we nog in tenten woonden nog herinneren. Ongeveer op deze plek vonden we de spekemmer terug, opengescheurd als een papieren zak en met sporen van klauwen en tanden in de verf. Mijn vader was er niet, hij maakte een van zijn lange tochten om bomen te onderzoeken voor de papierfabriek, of de regering, ik wist nooit precies voor wie hij werkte. Hij had een voorraad eten voor drie weken voor mijn moeder achtergelaten. 's Nachts hoorden we de beer dwars door de achterkant van de voorraadtent heen lopen. Hij vertrapte de tomaten en de eieren, wurmde alle voorraadbussen open, verstrooide het in vetvrij papier verpakte brood en liet de potten jam in gruizels vallen. De volgende morgen redden we wat er nog te redden viel. Het enige waar hij zich niet om bekommerd had waren de aardappels; toen we die als ontbijt bij het kampvuur zaten te eten verscheen hij opeens op het pad, zich al snuffelend log voortbewegend op zijn platvoeten, als een bovenmaats haardkleedje met slagtanden, hij kwam terug om nog een hapje te eten. Mijn moeder stond op en liep op hem af, hij bleef aarzelend staan. Ze schreeuwde iets dat klonk als 'weg!' en zwaaide met haar armen, en de beer draaide zich om en sjokte weg, het bos in.

Dat beeld is me altijd bijgebleven: mijn moeder van achteren gezien met haar armen opgeheven alsof ze vloog en de bange beer. Toen ze het verhaal later vertelde zei ze dat ze doodsbang was geweest, maar dat kan ik niet geloven, haar optreden was zo doelbewust en zelfverzekerd geweest, dat het leek of ze een feilloze toverformule kende: een gebaar en een woord. Ze had haar leren jasje aan.

'Gebruik jij de pil?' vroeg Anna plotseling.

Ik keek haar verbaasd aan. Het duurde even voor ik antwoord gaf: waarom wilde ze dat weten? Dat was wat je noemt een persoonlijke vraag.

'Niet meer,' zei ik.

'Ik ook niet,' zei ze somber. 'Ik ken niemand die hem nog gebruikt. Ik kreeg bloedklonters in mijn been en jij?' Ze had een veeg modder op haar gezicht en haar roze make-up smolt door de warmte, als asfalt.

'Ik zag niets meer,' zei ik. 'Alles werd vaag. Ze zeiden dat het na een paar maanden wel over zou gaan, maar dat was niet zo.' Het was net alsof ik vaseline op mijn ogen had, maar dat vertelde ik niet.

Anna knikte; ze rukte aan het onkruid alsof ze haar uittrok. 'Schoften,' zei ze, 'ze zijn zo knap, je denkt dat ze wel iets zullen bedenken dat werkt zonder dat je eraan doodgaat. David wil dat ik hem weer ga gebruiken, hij zegt dat het niet slechter voor je is dan een aspirientje, maar de volgende keer is het je hart of zoiets. Ik bedoel, dat soort risico's neem ik niet.'

Liefde zonder angst, sex zonder risico's, dat was de bedoeling en het was bijna gelukt, dacht ik, ze hadden het bijna klaargespeeld, maar net als bij goocheltrucs of bij inbreken was half slagen hetzelfde als niet slagen, en daarom zijn we weer teruggeworpen op de ouderwetse voorbehoedmiddelen. Liefde is voorzorgsmaatregelen nemen. Heeft u voorbehoedmiddelen gebruikt, vragen ze, niet vooraf maar achteraf. Vroeger rook sex naar rubber handschoenen en nu is dat weer zo: geen handige groen plastic doordrukstrips meer, in de vorm van een halvemaan zodat de vrouw de illusie kan koesteren dat ze nog volgens de kringloop der natuur leeft, in plaats van als een chemische automaat te fungeren. Maar binnenkort komen ze met de kunstmatige baarmoeder; wat moet ik daarvan vinden? Na mijn eerste bevalling wilde ik nooit meer een kind hebben, het was te veel ellende voor niets: ze stoppen je in een ziekenhuis, ze scheren je, binden je handen vast, laten je niet kijken, ze willen niet dat je het begrijpt, ze willen je laten geloven dat zij, en niet jijzelf, het wonder verrichten. Ze spuiten je plat zodat je niets hoort, je zou net zo goed een dood varken kunnen zijn, je benen worden opgehouden door een metalen frame, ze buigen zich over je heen, technici, mecaniciens, slagers, onhandige of giechelende studenten die je als proefkonijn gebruiken, ze halen de baby uit je te voorschijn met een vork, als een augurk uit de pot. Daarna laten ze je aderen vollopen met rood plastic, ik heb het door het buisje zien stromen. Dat laat ik me nooit meer aandoen.

Hij was er niet bij, ik weet niet meer waarom, hij had er bij horen te zijn, het was tenslotte *zijn* idee, zijn schuld. Maar hij is me na afloop wel komen ophalen met zijn eigen auto, ik hoefde geen taxi te nemen.

Uit het bos achter ons klonk het voortdurend onderbroken geluid van hout hakken: een paar klappen, de echo, pauze, nog een paar klappen, gelach van een van hen, de echo van het gelach. Mijn broer heeft in het jaar voor hij van huis ging het pad uitgekapt, hakkend met de bijl, het kreupelhout wegsnijdend met de *machete*, zich langzaam een weg banend langs de oever van het meer.

'Is het zo niet mooi geweest?' vroeg Anna. 'Ik krijg nog een zonnesteek.' Ze ging op haar hurken zitten en haalde de niet opgerookte helft van haar sigaret te voorschijn. Ik denk dat ze meer vertrouwelijkheden wilde uitwisselen, en over haar andere kwalen praten, maar ik ging door met wieden. Aardappelen, uien; het aardbeienbed was een hopeloze rimboe, daaraan zouden we maar niets doen; trouwens, het seizoen was toch voorbij.

David en Joe verschenen in het hoge gras buiten de omheining, ieder aan een eind van een vrij dunne boomstam. Ze waren trots, ze hadden hun jachtbuit bij zich. De stam was aan alle kanten ingekerfd, alsof ze hem woedend te lijf waren gegaan.

'Hallo,' riep David. 'Hoe gaat het met onze plantageslaven?'

Anna kwam overeind. 'Stik,' zei ze tegen de zon in naar hen turend.

'Jullie hebben zowat niets gedaan,' zei David onverstoorbaar, 'noemen jullie dat een tuin?'

Ik bekeek hun hakwerk met de schattende blik van mijn vader. In de stad zou hij hen de hand schudden terwijl hij hen sluw opnam: konden ze een bijl hanteren, wisten ze iets van bemesting? Verlegen zouden ze voor hem staan, niet goed wetend wat er van hen verwacht werd.

'Knap, hoor,' zei ik.

David wilde dat we de filmcamera gingen halen om een opname te maken waarop ze met zijn tweeën de boomstam dragen, voor *Zomaar Dingen*; hij zei dat het als een kort optreden van de regisseur zelf bedoeld was. Joe zei dat we de camera toch niet konden bedienen. David zei dat je alleen maar op de knop hoefde te drukken, een kind kon de was doen, en bovendien was het zelfs nog mooier als de opname onscherp of overbelicht was, dat zou de film een nonchalante toets geven; net als een schilderij waarvan de verf door de schilder in het wilde weg op het doek is gekwakt, dat zou de film een ongekunstelde indruk maken. Maar Joe vroeg wie de schade zou betalen als wij de camera kapot maakten. Tenslotte sloegen ze de bijl na verscheidene mislukte pogingen vast in de boomstam en maakten om de beurt opnamen van elkaar terwijl ze er naast stonden met hun armen over elkaar en één voet erbovenop, alsof het een leeuw of een rinoceros was.

's Avonds speelden we bridge met de oude vettige speelkaarten, één spel met blauwe en één spel met rode zeepaardjes op de achterkant. David en Anna speelden tegen ons. Ze wonnen gemakkelijk: Joe kon er niet veel van en ik had al jaren niet meer gespeeld. Niet dat ik er ooit goed in geweest ben, het enige wat ik er leuk aan vond was het oppakken en het sorteren van de kaarten.

Na afloop wachtte ik tot Anna met me meeliep naar het stilletje. Gewoonlijk ging ik eerst, in mijn eentje. We namen de twee zaklantarens mee, ze wierpen beschermende cirkels flauw geel licht voor onze voeten. Geritsel in de droge bladeren, padden, éénmaal de snelle waarschuwingsroffel van een konijn. De geluiden waren niet onheilspellend zolang ik maar wist waarvan ze afkomstig waren.

'Ik wou dat ik een warmere trui had,' zei Anna. 'Ik wist niet dat het zo koud zou worden.'

'Er hangen een paar regenjassen,' zei ik, 'kijk maar of ze je passen.'

Toen we in de hut terugkeerden lagen de anderen in bed; zij namen niet de moeite in het donker helemaal naar de wc te lopen, ze plasten gewoon buiten. Ik poetste mijn tanden; Anna begon haar make-up te verwijderen bij het licht van een kaars en haar zaklantaren die ze rechtop had gezet, want de lamp hadden ze al uitgedaan.

Ik ging naar mijn kamer en kleedde me uit. Joe mompelde, hij sliep al bijna; ik legde mijn arm over hem heen.

Buiten ruiste de wind door de bomen, verder was het stil. De gele lichtbundel van Anna's zaklantaren scheen op het plafond; toen verplaatste hij zich, ze ging naar haar kamer. Ik kon ze horen: Anna ademde snel en panisch alsof ze rende; toen hoorde ik haar stem, niet gewoon maar verwrongen, net als haar gezicht ongetwijfeld, een wanhopig smekend gejammer, *alsjeblieft*, *alsjeblieft*. Ik stopte mijn hoofd onder het kussen, ik wilde niet luisteren, ik wou dat het afgelopen was, maar het ging door. *Hou je kop* fluisterde ik, maar ze ging door. Ze bad tot zichzelf, alsof David er helemaal niet was. *Jezus Jezus o ja alsjeblieft Jezus*. Dan een ander geluid, geen woord maar louter pijn, helder als water, de schreeuw van een dier op het moment dat de val dichtklapt.

Het is als sterven, dacht ik, het ergste is niet het sterven zelf, maar er getuige van zijn. Ik neem aan dat zij ons ook konden horen, de vorige keren. Maar ik zeg nooit iets.

10

De zonsondergang was rood, roodachtig paars, geweest en de volgende dag scheen, zoals ik al verwacht had de zon; zonder radio of barometer moet je je eigen weerberichten maken. Het was de tweede dag van de week. Ik telde in gedachten de dagen af, zoals een gevangene streepjes op de muur zet; ik voelde me uitgeput, strak gespannen als een uitdrogend stuk touw; het feit dat hij nog niet was komen opdagen verhoogde alleen maar de kans dat het alsnog zou gebeuren. De zevende dag leek ver weg.

Ik wilde hen van het eiland af hebben om mijn vader tegen hen te beschermen en om hen de wetenschap dat hij hier ronddoolde te besparen. Ze zouden het eiland wel eens kunnen gaan verkennen en nieuwe paden uithakken; ze begonnen al onrustig te worden; voor vuur en voedsel, de enige twee levensbehoeften, was gezorgd en er viel niets meer te doen. De zon ging op en schoof voort langs de hemel, de schaduwen verplaatsten zich vanzelf, zonder hulp; een oneindige hemel, zonder grenzen, met als enige onderbreking de condensstreep van een ververwijderd vliegtuig; voor hen moet het geweest zijn of ze in een hangmat leefden.

’s Ochtends viste David vanaf de steiger, maar hij ving niets. Anna las, ze was al aan haar vierde of vijfde pocket. Ik veegde de vloer en in de bezem ontstond een web van donkere en lichte haren, afkomstig van de plek voor de spiegel waar Anna en ik ons haar borstelden; toen probeerde ik te werken. Joe bleef op de muurbank zitten met zijn handen om zijn knieën geslagen als een tuinkabouter en sloeg me gade. Steeds als ik opkeek zag ik zijn ogen, ballpointblauw als de ogen van Superman, zelfs als ik een andere kant uitkeek voelde ik zijn röntgenblik dwars door mijn huid heen prikken, een irriterende gewaarwording, alsof hij me schaduwde. Ik kon me moeilijk concentreren; ik herlas twee sprookjes, over de koning die met dieren kon praten en over de levensbron, maar ik kwam niet verder dan een ruwe schets van een soort voetballer. Het moest een reus voorstellen.

'Wat is er?' zei ik tenslotte tegen hem terwijl ik mijn penseel neerlegde; ik gaf het op.

'Niets,' zei hij. Hij tilde het deksel van de botervloot en begon met zijn wijsvinger gaten in de boter te prikken.

Ik had veel eerder moeten beseffen wat er gaande was, ik had met hem moeten breken toen we nog in de stad waren. Het was niet eerlijk van me om bij hem te blijven, hij was er aan gewend geraakt, verslaafd, maar dat had ik niet beseft en hij ook niet. Wanneer je het verschil tussen genot en pijn niet meer weet ben je verslaafd. Dat had ik gedaan, ik had hem onbeperkte hoeveelheden niets, leegte, gevoerd, en hij was er niet op voorbereid, het was hem te veel, hij moest de leegte opvullen, zoals mensen die in een kale kamer zitten en patronen op de muren zien.

Na de lunch bleven ze allemaal afwachtend aan tafel zitten, alsof ze wachtten tot ik kleurpotloden en boetseerklei zou uitdelen of een liedje zou aanheffen, alsof ik toen zou vertellen wat ze moesten spelen. Ik zocht mijn geheugen af: wat deden we ook weer als de zon scheen en er geen werk te doen was?

'Wat zouden jullie ervan vinden,' zei ik, 'als we bosbessen gingen plukken?' Ik bracht het te berde als een verrassing, werk onder het mom van een spelletje.

Ze trapten erin, blij met de afwisseling. 'Goed idee,' zei David. Anna smeerde boterhammen met pindakaas als hapje tussendoor; daarna smeerden we onze neus en onze oorlelletjes in met Anna's zonnebrandolie en gingen op weg.

David en Anna stapten in de groene kano, wij namen de zwaarste. Ze hadden de slag nog steeds niet te pakken, maar er stond niet veel wind. Alleen het koers houden kostte me al een hoop energie omdat Joe niet wist hoe hij moest sturen; bovendien wilde hij dat niet toegeven, wat het nog lastiger maakte.

We voeren zigzaggend om de rotsige punt waar het pad heen loopt en kwamen bij de rij eilandjes, toppen van verzonken heuvels die vroeger, voor het waterpeil van het meer verhoogd werd, vermoedelijk één kam hadden gevormd. Ze zijn stuk voor stuk te klein om een naam te hebben; sommige eilandjes zijn niet meer dan rotsblokken waaraan een paar bomen zich met hun wortels vastklampen. Op een ervan, een eindje verderop was de reigerkolonie. Ik moest mijn ogen inspannen om ze te zien; de jongen in de nesten hielden hun kop en hun slangachtige nek doodstil, zodat het net dode takken leken. Alle nesten zaten in één boom, een pijnboom, op regelmatige afstanden van elkaar, als bungalows in buitenwijken. Dat doen ze uit zelfbescherming, want als de reigers elkaar met hun snavels kunnen pikken slaan ze aan het vechten.

'Zie je ze?' zei ik tegen Joe, wijzend.

'Wat?' zei hij. Hij zweette; hij was uitgeput, want we hadden de wind tegen. Hij keek met toegeknepen ogen naar de lucht maar hij ontdekte ze pas toen er een opvloog en weer neerstreek met uitgebreide vleugels.

Voorbij de reigerkolonie lag een groter tamelijk vlak eiland waarop een aantal rode pijnbomen recht als scheepsmasten omhoogstak uit de bodem die overwoekerd was met bosbessenstruikjes. We landden, bonden de kano vast en ik gaf elk een blikken busje. De bosbessen begonnen nog maar net te rijpen, ze staken als zwarte stippen af tegen het groen, als eerste regendruppels op het meer. Ik pakte mijn eigen busje en begon langs de oever te plukken, daar zijn ze eerder rijp.

In de oorlog, of was het erna, betaalden ze ons een cent per busje, maar je kon het geld nergens uitgeven; aanvankelijk begreep ik niet waar die metalen schijfjes met op de ene kant bladeren en op de andere kant een bij de nek afgesneden mannenkop, voor dienden.

Ik dacht terug aan die anderen die hier vroeger ook kwamen. Zelfs toen zag je er niet veel op het meer, de regering had ze ergens anders heen verplaatst, bijeengedreven, maar er was één familie over. Ieder jaar verschenen ze in het bosbessenseizoen op het meer en gingen de goede plekjes af, net als wij; ze doemden ineens op, alsof ze uit de lucht kwamen, met z'n vijven of zessen in een verweerde kano: de vader met een verschrompelde rimpelige kop als een verdroogde raap, de moeder met haar bolle lichaam en haar sluike kort afgeknipte haar en verder kinderen en kleinkinderen. Ze kwamen kijken hoeveel bosbessen er waren, met uitdrukkingsloze strakke gezichten, maar als ze zagen dat wij aan het plukken waren voeren ze verder, zonder haast vlak langs de oever glijdend en om een punt of een inham verdwijnend of ze er nooit geweest waren. Niemand wist waar ze 's winters woonden, maar eenmaal kwamen we twee van die kinderen tegen: ze stonden aan de kant van de weg blikjes bosbessen te verkopen. Het kwam nu pas in me op dat ze ons gehaat moeten hebben.

De struiken aan de waterkant ritselden: het was Joe die naar me toe kwam. Hij hurkte neer op een steen naast me; zijn busje was pas voor een derde gevuld met bessen en er zaten bladeren en groenwitte onrijpe exemplaren tussen.

'Ga even zitten,' zei hij.

'Zo dadelijk.' Ik was bijna klaar. Het was warm, het zonlicht schitterde op het meer; in de zon waren de bessen zo blauw dat het leek of ze van binnen gloeiden. Als ze in het busje vielen klonk het als een waterdruppel.

'We zouden moeten trouwen,' zei Joe.

Ik zette het busje op de steen en draaide me toen om om naar hem te kijken, met mijn hand boven mij ogen. Ik wilde in lachen uitbarsten, het was ongerijmd, het was niets voor hem, al die juridische poespas, papieren en beloften, en vooral het onherroepelijke ervan; bovendien was de volgorde verkeerd: hij had me nooit gevraagd of ik van hem hield, dat hoorde je eerst te doen, daar zou ik op voorbereid zijn geweest. 'Waarom?' zei ik. 'We leven toch al samen. Daar hebben we geen papiertje voor nodig.'

'Ik vind dat we moeten trouwen,' zei hij, 'wat geeft dat nou?'

'Maar het zou geen enkel verschil maken,' zei ik. 'Alles zou hetzelfde blijven.'

'Waarom zouden we het dan niet doen?' Hij sloot me in, hij redeneerde logisch, hij bedreigde me. Ik draaide me om, naar hulp zoekend, maar ze waren aan de andere kant van het eiland, ik zag Anna's blouse klein en felgekleurd in de verte, als de vlag van een benzinestation.

'Nee,' zei ik, het enige antwoord op logische redeneringen. Hij vroeg het omdat ik het niet wilde, als ik ja zei zou hij zich gevleid voelen omdat ik mijn weerstand, mijn tegenzin, opzij had gezet, als een opoffering.

'Soms,' zei hij, zijn woorden rustig en weloverwogen uitsprekend, alsof hij pennetjes in een gaatjesbord prikte, 'heb ik het gevoel dat je geen donder om me geeft.'

'Dat is niet waar,' zei ik, 'ik geef wel een donder om je,' zijn woorden herhalend als een rijmpje bij het touwtjespringen. Ik vroeg me af of dat hetzelfde was als zeggen dat ik van hem hield. Ik rekende uit hoeveel geld ik op de bank had staan om ervandoor te gaan, hoeveel tijd het me zou kosten om mijn spullen te pakken en te vertrekken, weg van het kleistof, de schimmelige keldergeur en de monsterlijke mensachtige potten, hoe lang ik erover zou doen om een nieuw onderkomen te vinden. Bewijs je liefde, zeggen ze. Als je echt met ze wilt trouwen, dan willen ze je alleen maar neuken. Als je alleen maar wilt neuken dan willen ze met alle geweld met je trouwen. Als ze maar een overwinning behalen, als ze de vlag maar kunnen laten wapperen, als ze in gedachten maar de overwinningsparade kunnen afnemen. Hij werd steeds groter, een vreemd ding, driedimensionaal: paniek greep me aan.

'Luister,' zei ik, 'ik ben al een keer getrouwd geweest en dat is niets geworden. Ik heb ook een baby gehad.' Op geduldige toon speelde ik mijn laatste troefkaart uit. 'Ik wil die ellende niet nog eens doormaken.' Het was waar, maar de woorden kwamen uit mijn mond als de mechanische woorden van een pratende pop, zo eentje met een opwindbaar bandje in zijn rug; het hele verhaal rolde eruit, alles in de juiste volgorde, als een bandopname. Wat ik net gezegd heb kon ik nog duizend keer herhalen: ik heb het geprobeerd en het is mislukt, ik ben immuun, vrijgesteld, ingedeeld in de klasse 'gekwetst'. Het is beslist niet zo dat ik er geen moeite voor gedaan heb, dat is niets voor mij. Maar het huwelijk is als een spelletje monopoly of als een kruiswoordpuzzel: het ligt je, zoals Anna, of het ligt je niet; ik had aangetoond dat het mij niet lag. Een klein neutraal land.

'Met ons zou het anders zijn,' zei hij, negerend wat ik over de baby zei.

Bij mijn huwelijk moesten we formulieren invullen: naam, leeftijd, geboorteplaats, bloedgroep. We trouwden in een postkantoor en een vrederechter voltrok het huwelijk; olieverfportretten van vroegere postkantoordirecteuren staarden streng op ons neer vanaf de beige muren. Ik kon me nog precies de geuren herinneren: lijm en vochtige sokken en de geur van het doorzwete overhemd en de deodorant van de slechtgehumeurde secretaris, en vanuit een andere deuropening, de kille geur van een ontsmettingsmiddel. Het was een warme dag; toen we buiten kwamen werden we een ogenblik lang verblind; toen ontwaarde ik een troepje bemodderde duiven die rondscharrelden over het kale gazon van het postkantoor, naast de fontein. De fontein was versierd met dolfijnen en een engeltje waarvan het gezicht half ontbrak.

'Het is achter de rug,' zei hij. 'Gaat het een beetje?'

Hij sloeg zijn armen om me heen alsof hij me ergens tegen beschermde, de toekomst, en kuste me op mijn voorhoofd. 'Je hebt het koud,' zei hij. Mijn benen trilden zo dat ik nauwelijks rechtop kon blijven staan en ik voelde een trage grommende pijn in me. 'Kom,' zei hij, 'het lijkt me het beste dat ik je naar huis breng.' Hij duwde mijn gezicht omhoog en bekeek het onderzoekend in het zonlicht. 'Eigenlijk zou ik je naar de auto moeten dragen.'

Hij praatte tegen me alsof ik een invalide was, niet zijn bruid. In mijn ene hand had ik een tasje, of een koffer; de andere was tot een vuist gebald. We liepen tussen de duiven door en ze vlogen om ons heen op, als confetti. Ik huilde niet toen we in de auto zaten. Ik wilde niet naar hem kijken. 'Ik weet dat het moeilijk voor je is,' zei hij, 'maar het is echt beter zo.' Aanhalingstekens openen, aanhalingstekens sluiten. Zijn lenige handen op het stuur. Het draaide, een volmaakte cirkel, overschakelen, de motor liep regelmatig als een klok, de stem van de rede.

'Waarom doe je me dit aan?' zei ik, mijn beheersing verliezend. 'Je verpest alles.' Meteen daarna had ik spijt, alsof ik per ongeluk op een klein beestje getrapt had, hij was zo'n sukkel: hij was van zijn voetstuk gevallen, hij had zijn vermeende principes verraden om door mij, of van mij verlost te worden en hij had er niets mee bereikt.

Ik pakte zijn hand; hij trok hem niet terug en keek met gefronst voorhoofd naar mij, droevig, als een geslagen hond. 'Ik ben niet goed genoeg voor je,' zei ik, het klonk als een ulevelrijmpje. Ik kuste hem op zijn wang. Ik probeerde tijd te winnen, en ik was ook bang voor hem: de blik die hij me toewierp toen ik mijn mond terugtrok was er een van verbijstering en woede.

We zaten buiten, in het met kippegaas omheinde gedeelte van de tuin; Joe zat in de zandbak met zijn rug half naar ons toe, een grote berg zand op te hopen. Hij had zijn stuk taart al op, wij zaten nog te eten. Het was te warm in huis om daar te eten, het fornuis had twee uur staan loeien. Ze hadden paarse lippen en blauwe tanden, dat zag je als ze praatten of lachten.

'Dit was de lekkerste taart die ik ooit gegeten heb,' zei David. 'Net zoals mijn moeder ze altijd maakte.' Hij smakte met zijn lippen en hij poseerde alsof hij in een reclamespot optrad.

'Doe niet zo vervelend,' zei Anna, 'een behoorlijk compliment kan er weer niet af, hè?'

David grijnsde met zijn paarse lippen. 'Poeh,' zei hij, 'dat *was* een compliment.'

'Ach kom,' zei Anna, 'ik ken je moeder.'

David zuchtte, achteroverleunend tegen zijn boom en met zijn ogen steun zoekend bij Joe. Die reageerde niet, en dus staarde hij maar omhoog naar de lucht. 'Dit is pas leven,' zei hij even later. 'We zouden hier een kolonie moeten stichten, ik bedoel een commune, met een stel andere mensen, weg uit die stinkstad. Het zou hier in deze streek best wel uit te houden zijn als we die vuile rot-Amerikanen er maar uit konden trappen. Wat een rust zou dat zijn.'

Niemand gaf antwoord. Hij trok een schoen uit en begon bedachtzaam zijn voetzool te krabben.

'Ik denk dat het je nog flink tegen zou vallen,' zei Anna plotseling.

'Wat?' zei David, op overdreven geduldige toon, alsof ze hem midden in de zin onderbroken had. 'De Amerikanen eruit trappen?'

'Ach stik,' zei Anna. 'Je wilt het niet snappen.'

'Waar heb je het in godsnaam over?' zei hij, zogenaamd gekwetst. Maar Anna sloeg haar armen om haar knieën en blies rook uit door haar neusgaten. Ik kwam overeind en begon de borden te verzamelen.

'Ik vind het opwindend als ze zich bukt,' zei David. 'Ze heeft mooie billen. Billen, daar val ik op. Joe, vind je niet dat ze mooie billen heeft?'

'Je mag ze houden,' zei Joe. Hij was bezig de berg zand die hij had opgeworpen weer met de grond gelijk te maken. Hij was nog boos.

Ik schraapte de restjes in de kachel en waste de borden af; het water kleurde roodachtig blauw, de kleur van aderen. De anderen slenterden naar binnen; ze hadden geen zin in bridgen, ze gingen aan de tafel detectiveromans en oude nummers van tijdschriften, *Macleans*, *National Geographics* – sommige waren tien jaar oud – zitten lezen. Ik had ze allemaal al gelezen, en daarom ging ik met een kaars naar de slaapkamer van David en Anna om te kijken of er nog meer waren.

Ik moest op het bed gaan staan om bij de plank te komen. Erbovenop lag een hoge stapel boeken; ik tilde hem van de plank en zette hem naast de kaars. Bovenop lagen simpele pockets, niets bijzonders, maar daaronder lagen dingen die daar niet hoorden: het bruin leren fotoalbum dat in een kist in de stad had horen te liggen bij mijn moeders ongebruikte huwelijkscadeaus, zwart uitgeslagen zilveren schalen en met kant afgezette tafelkleden; en de schetsboeken waarin we tekenden als het regende. Ik dacht dat ze die had weggegooid, ik vroeg me af wie van hen ze hier neergelegd had.

Er lagen verscheidene schetsboeken op de stapel; ik ging op het bed zitten en sloeg er een open op een willekeurige bladzijde met het gevoel alsof ik iemands privé-dagboek opensloeg. Het was het schetsboek van mijn broer: rode en oranje explosies, soldaten die in stukjes gereten de lucht in vlogen, vliegtuigen en tanks; hij moet toen al op school gezeten hebben, hij wist er al genoeg van om kleine hakenkruisen op de zijkanten te tekenen. Verderop stonden vliegende mannetjes met capes om, als stripfiguren, en ontdekkingsreizigers op een andere planeet; hij besteedde er uren aan om mij uit te leggen wat die tekeningen precies voorstelden. Die paarse oerwouden was ik vergeten, evenals de groene zon met zeven rode manen, de dieren met schubben, stekels en tentakels; en een mensenetende plant, die een nietsvermoedend slachtoffer uit wiens mond een spreekwolkje als een kauwgombel met HELP erop komt, opslokt. De andere ontdekkingsreizigers komen hem te hulp met hun wapens: vlammenwerpers, pistolen met trompetvormige lopen, straalgeweren. Op de achtergrond staat hun ruimteschip waar aan alle kanten geheime wapens uitsteken.

Het volgende schetsboek was van mij. Ik bladerde het helemaal door, op zoek naar iets waarin ik mezelf kon herkennen, iets over mijn achtergrond of iets waaruit bleek waar het was misgegaan, maar er stonden helemaal geen tekeningen in, het hele boek was volgeplakt met uit tijdschriften geknipte illustraties. Het waren foto's van dames van uiteenlopende aard: ze hielden bussen schoonmaakmiddel omhoog, ze breiden, ze glimlachten, ze showden schoenen met hoge hakken en zonder neuzen, nylons met donkere naad, ronde hoedjes met voiles. Met Halloween verkleedde je je als dame als je niets anders kon verzinnen en niet als spook wilde gaan, en als ze je op school vroegen wat je wilde worden als je groot was zei je 'dame' of 'moeder', dat kon allebei geen kwaad; en het was geen leugen, ik wilde echt dame of moeder worden. Op sommige bladzijden waren dameskledingstukken zonder lichamen erin die ik uit postordercatalogi had geknipt, geplakt.

Ik pakte een ander schetsboek, ook van mij, van vroegere datum. Er stonden tekeningen in van overdadig versierde paaseieren, soms één ei, soms een groepje. Sommige werden langs touwladders beklommen door op mensen lijkende konijnen; blijkbaar woonden de konijnen in de eieren, er zaten deurtjes bovenin, ze konden de touwladders achter zich ophalen. Naast de grote eieren waren kleintjes getekend die met de grote verbonden waren door bruggen, dat waren de wc's. Bladzijden vol met eieren en konijnen met eromheen gras en bomen, normaal groen, bloeiende bloemen, de zon in de rechterbovenhoek van iedere tekening, de maan precies op dezelfde plek aan de linkerkant. Alle konijnen glimlachten en sommige lachten zelfs uitbundig; een aantal zat veilig boven op hun eieren een ijsje te eten. Geen monsters, geen oorlogen, geen explosies, geen helden. Ik was totaal vergeten dat ik deze tekeningen gemaakt had. Ik was teleurgesteld in mezelf: ik moet een levensgenieter zijn geweest, dacht ik, een behoorlijke veelvraat ook, die alleen maar geïnteresseerd was in een comfortabel leventje. Of misschien was het wel een visioen van de hemel.

Achter me kwam iemand de kamer binnen, het was David. 'Zeg dame,' zei hij, 'wat doet u in mijn bed. Bent u soms een klant?'

'Sorry,' zei ik. Ik legde het fotoalbum terug op de plank maar nam de schetsboeken mee naar mijn kamer en verstopte ze onder de matras; ik wilde niet dat ze erin rondneusden.

11

’s Nachts bleef Joe met zijn rug naar me toe liggen, hij was niet van zins de ruzie bij te leggen. Ik aaide met mijn vingers over zijn behaarde rug om te laten blijken dat ik een wapenstilstand, een herstel van de oude grenzen, verlangde. Maar nadat hij me met een geërgerde grom had afgeschud staakte ik mijn pogingen. Ik rolde me op en deed mijn best hem uit mijn gedachten te bannen; hij was niets meer dan een ding dat in bed lag, een baal, of een koolraap. Er zijn meer manieren om een kat te villen, zei mijn moeder altijd; dat vond ik maar raar, ik snapte niet waarom iemand een kat, op welke manier ook, zou willen villen. Ik staarde naar de muur en bedacht gezegden: wat jij kan, kan ik ook; haastig getrouwd is zelden goed; spreken is zilver, zwijgen is goud; overgeleverde wijsheden die mij nooit tot nut zijn geweest.

Tijdens het ontbijt negeerde hij mij en de anderen ook, voorovergebogen over zijn bord en slechts gemompelde antwoorden gevend.

‘Wat is er met hem aan de hand?’ zei David. Zijn nieuwe baard kwam op, hij had bruine stoppels op zijn kin.

‘Hou je mond,’ zei Anna, maar ze wierp me een onderzoekende blik toe alsof ze mij verantwoordelijk stelde voor wat er gaande was.

Joe veegde zijn mond af met de mouw van zijn trui en verdween naar buiten, de hordeur met een smak achter zich dichtsmijtend.

‘Misschien heeft hij last van constipatie,’ zei David, ‘daar krijgt hij een slecht humeur van. Krijgt hij wel genoeg lichaamsbeweging?’ Toen deed hij ‘arf, arf,’ zoals Popeye, en liet zijn oren op en neer bewegen.

‘Gekkie,’ zei Anna vertederd en ze woelde met haar hand door zijn haar.

'Hé, laat dat,' zei hij, 'zo valt het uit.' Hij sprong op, liep naar de spiegel en kamde zijn haar weer over zijn voorhoofd; ik had nooit gemerkt dat hij zijn haar zo droeg om de kalende plekken te verbergen.

Ik verzamelde de spekzwoerdjes en de korstjes van de toast en liep ermee naar buiten, naar het voerplankje. De Vlaamse gaaien zaten er weer, ze zagen dat ik voedsel voor ze had en gaven elkaar het goede nieuws door met rauwe kreten. Ik bleef rustig staan met mijn hand uitgestrekt, maar ze durfden niet te landen; ze maakten verkenningsvluchten over mijn hoofd heen. Misschien bewoog ik wel zonder dat ik het zelf wist; je moest ze ervan overtuigen dat je een ding was, geen vijand. Van mijn moeder moesten we altijd vanuit het huis naar ze kijken, ze zei dat we ze bang maakten. Vroeger geloofde men dat je de toekomst uit de vlucht van de vogels kon voorspellen: vogelwichelarij.

Ik hoorde het muggengezoem van een motor naderbij komen; ik strooide het handjevol kruimels op het voerplankje en liep naar de landtong om te gaan kijken. Het was Pauls boot, witgeschilderd en lomp van model, hij had hem zelf gebouwd, hij wuifde naar me vanaf de achtersteven. Er zat een andere man bij hem in de boot, voorin, met zijn rug naar me toe.

Ze legden aan bij de steiger en ik liep de trap af om hen te begroeten; ik ving de lijn op en legde de boot vast. 'Voorzichtig,' zei ik toen ze uitstapten, 'op sommige plaatsen is de steiger verrot.'

Paul had een hele berg groenten uit zijn moestuin voor me meegebracht; hij overhandigde me een struik boerenkool, een mandje snijbonen, een bos wortelen, en een bloemkool zo groot als een hoofd; hij deed schuchter, alsof zijn geschenken niet welkom zouden zijn. Het gepaste antwoord ware een evengroot of zelfs een groter assortiment groenten geweest. Ik dacht spijtig aan de sprietige broccoli en de al in het zaad geschoten radijzen.

'Hier is een man,' zei hij. 'Ze hebben hem naar mij toegestuurd omdat ik je vader ken.' Hij deed bescheiden een stapje achteruit en gleed bijna van de steiger.

'Malmstrom,' zei de man alsof het een geheime code was; zijn hand schoot op me af. Ik verschoof de struik bloemkool naar de holte van mijn arm en schudde hem de hand; hij gaf me een vertrouwelijk kneepje. 'Bill Malmstrom, zeg maar Bill.' Hij had keurig geknipt grijs haar en zo'n voortvarende snor als ze in advertenties voor overhemden of wodka altijd dragen; hij droeg halfversleten houthakkerskleding, die bijna authentiek aandeed. Om zijn nek hing een verrekijker in een suède koker.

Ze gingen aan land; hij had een pijp te voorschijn gehaald en stak hem aan. Ik vroeg me af of het een ambtenaar was. 'Paul hier vertelde me,' zei hij terwijl zijn blik Paul zocht, 'wat een mooi huis u hebt.'

'Het is van mijn vader,' zei ik.

Zijn gezicht nam een gepaste droevige uitdrukking aan, als hij een hoed had gedragen zou hij hem afgenomen hebben. 'O ja,' zei hij, 'een tragedie.' Ik vertrouwde hem niet: ik kon zijn accent niet thuisbrengen, zijn naam klonk Duits.

'Waar komt u vandaan?' vroeg ik, trachtend mijn vraag beleefd te laten klinken.

'Michigan,' zei hij alsof het iets was om trots op te zijn. 'Ik ben lid van de afdeling Detroit van het Amerikaanse Natuurbeschermingsverbond; we hebben ook een afdeling in deze streek, een kleine maar heel enthousiaste afdeling.' Hij keek me vriendelijk en neerbuigend aan. 'Daar wilde ik het overigens met u over hebben. Ons clubhuis aan het Eriemeer staat, om zo te zeggen, op instorten. Ik geloof dat ik namens alle leden van de afdeling Michigan spreek als ik u zeg dat we bereid zijn u een aanbod te doen.'

'Wat voor aanbod?' zei ik. Het klonk of hij me iets wilde aansmeren, een tijdschrift of een lidmaatschap.

Hij zwaaide zijn pijp rond in een halve cirkel. 'We willen een bod doen op dit prachtige pand,' zei hij. 'We zouden het willen gebruiken als een soort rustoord, waar onze leden kunnen mediteren,' pufte hij, 'en genieten van de schoonheid van de natuur. En misschien wat jagen en vissen.'

'Wilt u het niet eerst bekijken?' vroeg ik. 'Ik bedoel, het huis en de rest.'

'Ik moet bekennen dat ik het al bekeken heb; we hebben dit huis al enige tijd op het oog. Ik kom hier al jaren vissen en ik heb de vrijheid genomen, als er toch niemand was, om wat rond te neuzen.' Hij kuchte even: een voyeur van stand die op heterdaad betrapt werd; toen noemde hij een prijs die erop neerkwam dat ik de *Volksverhalen uit Quebec*, de kinderboeken en de hele rest kon laten voor wat ze waren, althans een hele tijd.

'Was u van plan er iets aan te veranderen?' vroeg ik. Ik voorzag motels, flatgebouwen.

'Wel, we zouden natuurlijk een stroomgenerator en een septic tank moeten installeren, maar verder, nee, ik denk dat we het verder zullen laten voor wat het is, het heeft een bepaalde,' hij streelde zijn snor, 'rustieke charme.'

'Het spijt me, maar het is niet te koop,' zei ik, 'nu niet tenminste, later misschien.' Als mijn vader dood was zou hij het misschien een goed voorstel hebben gevonden, maar zoals de zaken nu lagen zou hij woedend zijn als hij terugkwam en tot de ontdekking kwam dat ik zijn huis verkocht had. Ik wist trouwens ook niet of ik, mocht hij dood zijn, wel de eigenaar van het huis was. Er moesten ergens akten, eigendomspapieren, juridische paperassen liggen, maar ik had nooit met advocaten of notarissen te maken gehad; ik zou waarschijnlijk formulieren of oorkonden moeten ondertekenen, misschien moest ik wel successierechten betalen.

'Goed,' zei hij met de opgewektheid van een verliezer. 'Het aanbod blijft van kracht, weest u daarvan overtuigd. Voor onbepaalde tijd zoudt u kunnen zeggen.' Hij haalde zijn portefeuille te voorschijn en overhandigde me een kaartje: *Bill Malmstrom, Teenie Town*, stond erop, *Kleuter- en Kinderkleding*.

'Dank u,' zei ik. 'Ik zal erover denken.'

Ik pakte Paul bij zijn arm en nam hem mee naar de tuin als een soort tegenprestatie voor de groenten; ik vond dat ik hem een uitleg verschuldigd was, hij had zich zo voor me uitgesloofd.

'Je tuin, hij doet het niet zo goed, *hein*?' zei hij, rondkijkend.

'Nee,' zei ik. 'We hebben het onkruid gewied, maar ik heb dit voor je...' Ik keek wanhopig rond, plukte een verschrompelde krop sla en overhandigde die hem met wortels en al zo elegant mogelijk.

Hij nam hem aan, knipperend met zijn ogen, zonder enthousiasme. 'Daar zal Madame blij mee zijn,' zei hij.

'Paul,' zei ik, mijn stem dempend, 'ik kan het huis niet verkopen want mijn vader leeft nog.'

'Ja?' zei hij opkijkend. 'Is hij teruggekomen, is hij hier?'

'Dat niet,' zei ik. 'Hij is er nu niet, hij is op expeditie, een soort tocht aan het maken, maar misschien komt hij binnenkort terug.' Het was best mogelijk dat hij op dat moment naar ons luisterde vanachter de frambozestruiken of de hoop tuinafval die verbrand moest worden.

'Inspecteert hij de bomen?' zei Paul, gekwetst dat hij er niet in gekend was; hij ging vroeger altijd mee. 'Heb je hem gezien voor hij vertrok?'

'Nee,' zei ik, 'hij was al weg toen ik hier kwam, maar hij heeft een soort boodschap voor me achtergelaten.'

'Ah,' zei hij een nerveuze blik over zijn schouder het bos in werpend. Het was duidelijk dat hij me niet geloofde.

Als lunch aten we Pauls bloemkool, met maïs en gebakken ham uit blik. Onder de peren uit blik zei David: 'Wie waren die twee oude kerels?' Hij had ze zeker uit het raam gezien.

'Iemand die het huis wilde kopen,' zei ik.

'Ik durf te wedden dat het een Yank was,' zei David, 'die pik ik er zo uit.'

'Ja,' zei ik, 'maar hij kwam namens een natuurbeschermingsclub, daar wilde hij het voor kopen.'

'Smoesjes,' zei David, 'het was een spion van de CIA.'

Ik lachte. 'Nee,' zei ik en ik liet hem het Teenie Town kaartje zien.

Maar David meende het ernstig. 'Jij hebt ze nooit aan het werk gezien, ik wel,' zei hij duister, doelend op zijn New Yorkse verleden.

'Wat hebben ze hier nou te zoeken?' zei ik.

'Een verkenningsbasis,' zei hij. 'Vogelliefhebbers, verrekijkers, het klopt allemaal precies. Ze weten dat dit soort plekken van strategisch belang wordt als er oorlog komt.'

'Welke oorlog?' vroeg ik, en Anna zei: 'We krijgen het weer, hoor.'

'Nogal duidelijk. Ze hebben een tekort aan water, schoon water, want hun eigen water vervuilen ze, ja? Water hebben we hier genoeg, dit gebied bestaat bijna helemaal uit water als je op een kaart kijkt. Nou, en over een poosje, ik schat zo'n jaar of tien, staan ze met hun rug tegen de muur. Dan zullen ze proberen een overeenkomst met de regering te sluiten om ons water goedkoop of voor niets te krijgen, in ruil voor nog meer wasmiddelen of zoiets, en de regering zal toegeven, dat zijn dan net als altijd een stelletje marionetten. Maar tegen die tijd is de Nationale Beweging zo sterk dat ze de regering kunnen dwingen de overeenkomst ongedaan te maken door middel van demonstraties of gijzelingen of zo. Dan sturen die smerige Yanks de Mariniers, ze moeten wel: de mensen in New York en Chicago sterven als ratten, de industrie stagneert, er komt een zwarte handel in water; ze moeten het met tankers uit Alaska aanvoeren. Ze vallen aan via Quebec, dat tegen die tijd afgescheiden is; ze krijgen zelfs de hulp van Pepsi's, voor hen is het een pretje. Ze vallen de grote steden binnen, stellen de communicatiemiddelen buiten werking en nemen de macht over; misschien schieten ze een paar jongelui dood, en de guerillastrijders van de Nationale Beweging trekken zich in de wildernis terug en beginnen bomaanslagen te plegen op de waterpijpleidingen die de Yanks in dit soort gebieden zullen aanleggen om het water naar de Verenigde Staten te transporteren.'

Hij scheen er volkomen zeker van te zijn, alsof het al gebeurd was. Ik dacht aan de overlevingshandboeken: als de Nationale Beweging bestond uit figuren als David en Joe zouden ze de winter nooit doorkomen. Op hulp uit de stad konden ze niet rekenen, daar zaten ze te ver vandaan en de stadsbewoners zouden apathisch zijn, zich niet druk maken om alweer een vlagwisseling. Als ze bij de afgelegen boerderijen zouden aankloppen zouden de bewoners ze met geweren van het erf jagen. De Amerikanen zouden de bomen niet eens hoeven ontbladeren, de guerillera's zouden toch wel van honger en kou omkomen.

'Hoe wilden jullie aan voedsel komen?' zei ik.

'Hoe bedoel je, "jullie"?' zei hij. 'Ik speculeer alleen maar.'

Ik probeerde te bedenken wat er in de geschiedenisboekjes zou komen te staan als het afgelopen was: één alinea met jaartallen en een kort overzicht van de gebeurtenissen. Zo deden ze het altijd op school. In de boekjes kreeg je altijd een neutraal verhaal te horen: een lange lijst van oorlogen, verdragen en allianties, mensen die macht over andere mensen kregen en weer kwijtraakten; maar niemand ging ooit in op de motieven, waaróm ze die macht wilden, of het goed of slecht was. Ze gebruikten lange woorden als 'demarcatie' en 'soevereiniteit' maar ze legden niet uit wat ze ermee bedoelden en je kon er niet naar vragen: op school werd je geacht onafgebroken naar de leraar te staren, als naar een film, en voor een meisje was het nog moeilijker om vragen te stellen dan voor een jongen. Als een jongen een vraag stelde maakten de andere jongens spottende smakgeluiden met hun lippen, maar als een meisje iets vroeg zeiden de andere meisjes later in de toiletruimte: 'Je denkt zeker dat je knap bent'. Op het onbedrukte papier rondom het verdrag van Versailles tekende ik versieringen, planten met kronkelende takken en bloemen in de vorm van harten en sterren. Ik kon tekenen zonder dat iemand er iets van merkte, vrijwel zonder mijn vingers te bewegen.

De generaals en de historische momenten zagen er leuker

uit met een mooi randje. Als je met je ogen heel dicht naar de foto's toeging vervaagden ze tot grijze vlekken.

Anna zat tegen David aangedrukt op de bank en speelde met zijn hand terwijl hij zat te praten. 'Heb ik wel eens tegen je gezegd dat je een moordenaarsduim hebt?' zei ze.

'Val ons niet in de rede,' zei hij, maar toen ze een pruilgezicht trok zei hij, 'Ja, zowat iedere dag,' en klopte op haar arm.

'Hij is aan het eind afgeplat,' zei ze ter verklaring tegen ons.

'Je hebt het huis toch niet aan de vijand verkocht, hoop ik,' zei David tegen mij. Ik schudde mijn hoofd. 'Brave meid,' zei hij, 'je hart zit op de goede plaats. De rest trouwens ook,' zei hij tegen Joe. 'Ik hou van rond en stevig en alles erop en eraan. Anna, je eet te veel.'

Ik waste af en Anna droogde, zoals gewoonlijk. Plotseling zei Anna: 'David is een klier. Hij is een van de klierigste mensen die ik ken.'

Ik keek haar van opzij aan: haar stem klonk scherp, als krabbende nagels; zo had ik haar nog nooit over David horen praten.

'Waarom?' zei ik. 'Wat is er aan de hand?' Tijdens de lunch had hij niets gezegd wat haar van streek had kunnen brengen.

'Je denkt natuurlijk dat hij op je valt.' Ze trok haar mondhoeken strak naar beneden met haar lippen naar binnen, als de bek van een pad.

'Nee,' zei ik verbijsterd, 'waarom zou ik dat denken?'

'Nou, je weet wel, wat hij over je zei, over je billen en over alles erop en eraan,' zei ze ongeduldig.

'Ik dacht dat hij een grapje maakte.' Dat hàd ik ook gedacht, het was een gewoonte, net als in je neus peuteren, alleen verbaal.

'Een grapje, ammehoela, kom nou. Hij zat me te treiteren. Zo doet hij nou altijd tegen andere vrouwen als ik er bij ben, als hij de kans kreeg zou hij ze ter plaatse naaien waar ik bij was. In plaats daarvan naait hij ze ergens anders en vertelt het me achteraf.'

'O,' zei ik. Dat had ik niet gedacht. 'Waarom? Ik bedoel, waarom vertelt hij het je?'

Anna keek broedend, haar droogdoek hing slap neer. 'Hij zegt dat het een kwestie van eerlijkheid is. De zak. Als ik boos word zegt hij dat ik jaloers en bezitterig ben en dat ik me niet zo druk moet maken; hij zegt dat jaloezie burgerlijk is, een overblijfsel van de eigendomsmoraal, hij vindt dat we allemaal zo vrij als een vogeltje met elkaar in bed moeten kunnen duiken. Maar ik vind dat je zulke wezenlijke gevoelens moet kunnen uiten, vind je niet?' Het klonk als een geloofsartikel; ze keek me strak aan, me uitdagend het te bevestigen of aan te vechten; ik wist het niet zeker, dus zei ik niets. 'Hij doet net alsof hij die dingen niet voelt, o nee, nee, hij is zó beheerst,' zei ze, 'maar eigenlijk doet hij het allemaal om te bewijzen dat hij ongestraft zijn gang kan gaan, dat ik hem niet tegen kan houden; al die theorieën zijn grote flauwekul om de zaak onder te sneeuwen.' Ze keek op, nu weer met een vriendelijke glimlach. 'Ik vond dat ik je moest waarschuwen zodat je weet dat als hij je probeert te pakken of zoiets het niet zozeer om jou gaat, maar om mij.'

'Bedankt,' zei ik. Ik vond het jammer dat ze me het verteld had; ik wilde nog steeds geloven dat een 'goed huwelijk' voor sommige mensen mogelijk bleef. Maar het was aardig van haar, attent; ik wist dat ik het in haar plaats niet zou hebben gezegd, ik zou haar haar eigen boontjes hebben laten doppen; het 'Ben Ik Mijn Broeders Hoeder' deed me altijd aan kudden schapen en oppassers in gekkengestichten denken.

12

De gootsteenemmer was vol; ik droeg hem naar de tuin om het vuile water in de greppel te gooien. Joe lag in zijn eentje op de steiger, op zijn buik; toen ik de emmer kwam omspoelen verroerde hij zich niet. Ik kwam Anna tegen op de trap; ze droeg haar oranje bikini en was ingevet voor het zonneritueel.

Terug in de blokhut zette ik de emmer onder het aanrecht. David bekeek peinzend de stoppels op zijn kin in de spiegel; hij liet zijn arm half om me heen glijden en zei met een keelstem: 'Kommt oe mee naar den wc?'

'Nu niet,' zei ik, 'ik moet aan het werk.'

Hij trok een spijtig gezicht. 'O juist,' zei hij, 'een ander keertje dan maar.'

Ik haalde mijn Samsonite koffer te voorschijn en ging aan tafel zitten. Hij leunde over mijn schouder. 'Waar is onze vriend Joe?'

'Op de steiger.' zei ik.

'Hij lijkt uit zijn humeur,' zei David, 'misschien heeft hij wormen, wanneer we terug in de stad zijn moet je eens met hem naar een dierenarts gaan.' En na een ogenblik: 'Waarom lach jij nooit om mijn grapjes?'

Hij bleef rondhangen terwijl ik de penselen en het papier klaarlegde. Tenslotte zei hij: 'Nou, de Natuur roept,' en schuifelde koddig de deur uit, als het slot van een klucht.

Ik draaide de dopjes weer op de tubes, ik was niet van plan aan het werk te gaan: nu ze allemaal uit de buurt waren wilde ik naar het testament gaan zoeken, het eigendomsbewijs. Paul was ervan overtuigd geweest dat hij dood was, daardoor kreeg ik twijfels over mijn eigen theorie. Misschien had de CIA het verduisterd om aan het stuk grond te komen; die meneer Malmstrom was niet helemaal zuiver op de graat; maar nee, dat was belachelijk, ik kon mensen niet zonder reden gaan verdenken.

Ik snuffelde rond in de bergplaats onder de muurbank, zocht de planken af, tastte rond onder de bedden waar de tenten lagen opgeborgen. Misschien had hij de papieren vroeger al in een bankkluis in de stad opgeborgen, daar zou ik ze nooit vinden. Of misschien had hij ze verbrand. In ieder geval waren ze hier niet.

Tenzij ze tussen de bladzijden van een boek zaten: ik doorzocht Goldsmith en Burns door ze bij de rug te houden en te schudden; toen dacht ik aan zijn rare tekeningen, de enige aanwijzing dat hij misschien niet dood was. Ik had ze lang niet allemaal bekeken. In zekere zin zou dat de meest logische bewaarplaats zijn; hij was altijd logisch geweest, en krankzinnigheid is niet meer dan een overmatige vorm van wat je al bent.

Ik tilde de stapel tekeningen van de plank en begon ze te bekijken. Het papier was dun en zacht, als rijstpapier. Eerst de handen en de figuren met geweien, steeds met cijfers in de hoeken gekrabbeld; vervolgens een groter vel met een halve maan waaruit vier stokken met ballen aan het eind te voorschijn kwamen. Ik legde het vel met de goede kant boven door naar de getallen te kijken en het werd een boot met mensen: de ballen waren hun hoofden. Het was een geruststellende ontdekking dat ik uit de tekening wijs kon worden hij stelde tenminste iets voor.

Maar wat de volgende tekening voorstelde was me niet duidelijk. Het lichaam was lang, een slang of een vis; het had vier ledematen of armen en een staart en op de kop stonden twee vertakte horens. Horizontaal gezien was het een dier, een alligator; rechtop had het meer weg van een mens, maar alleen wat betreft de plaatsing van de armen en de recht naar voren kijkende ogen.

Volslagen krankzinnig. Ik vroeg me af wanneer het begonnen was; het moet zijn opgekomen door de sneeuw en de eenzaamheid, hij had te veel van zichzelf geëist; door je ogen dringt het in je, de dunne zwarte kou van de midwinternacht, de witte dagen met het felle zonlicht, de wereldruimte die smelt en weer bevriest tot andere vormen – je geest begint hetzelfde te doen. De tekening stelde iets voor dat hij gezien had, een hallucinatie; of misschien was hij het zelf, zoals hij dacht dat hij zou worden.

Ik schoof de tekening opzij en het volgende vel kwam te voorschijn. Maar het was geen tekening, het was een getypte brief. Ik las hem snel door. Hij was gericht aan mijn vader.

Geachte Heer,

Mijn hartelijke dank voor het sturen van de foto's de schetsen en de bijbehorende kaart. Het materiaal is buitengewoon waardevol en ik zal er zeker gebruik van maken in mijn boek over dit onderwerp waar ik aan bezig ben, natuurlijk met uw toestemming en met bronvermelding. Voor inlichtingen over eventuele verdere ontdekkingen uwerzijds houd ik mij graag aanbevolen.

Hierbij ingesloten vindt u een van mijn recente artikelen waarvoor u wellicht belangstelling zult hebben.

Hoogachtend,

Onder de brief stond een onleesbare handtekening en een universiteitswapen. Met paperclips was er een half dozijn fotokopieën aan bevestigd: 'Rotsschilderingen van het Centrale Schild', door Dr. Robin M. Grove. De eerste pagina's bestonden uit kaarten, grafieken en tabellen; ik keek ze vluchtig door. Aan het eind van het artikel stonden drie paragrafen met de ondertitel 'Esthetische waarde en mogelijke betekenis':

De onderwerpen kunnen in de volgende categorieën worden onderverdeeld: Handen, Abstracte Symbolen, Menselijke Wezens, Dieren en Mythologische figuren. In hun behandeling doen ze, met hun uitgerekte ledematen en sterke vervorming, denken aan kindertekeningen. De starheid staat in opvallende tegenstelling tot de rotsschilderingen van andere culturen, met name de Europese rotsschilderingen.

Uit de bovengenoemde kenmerken moeten we afleiden dat de makers van de schilderingen uitsluitend waren geïnteresseerd in de symbolische waarde, ten koste van expressiviteit en vorm. Naar de aard van die symbolische waarde kunnen we echter slechts gissen aangezien er geen historische bronnen bestaan over deze periode. Geraadpleegde werken geven tegenstrijdige verklaringen. Sommige geleerden stellen dat de locaties van de schilderingen de woonplaatsen van machtige of beschermende geesten waren, wat de gewoonte (zoals die in afgelegen gebieden nog bestaat) om er offers, bestaande uit kleding en bundeltjes 'gebedsstokjes' achter te laten kan verklaren. Een andere geleerde hecht meer geloof aan de theorie dat de schilderingen in verband staan met vastenpraktijken om verklarende of voorspellende dromen te bewerkstelligen.

Ook over de gebruikte technieken bestaan twijfels. De schilderingen schijnen hetzij met de vingers, hetzij met het een of andere grove penseel te zijn uitgevoerd. De overheersende kleur is rood; in mindere mate komen geel en wit voor; dit kan ofwel een gevolg zijn van het feit dat rood bij de Indianen een heilige kleur is, ofwel van het relatief in ruime mate voorhanden zijn van ijzeroxyde. Het bindmiddel wordt momenteel onderzocht; het kan berevet, eiwit van vogeleieren of misschien bloed of speeksel blijken te zijn.

Dit academische proza ademde heldere redelijkheid, mijn hypothesen zakten in elkaar als een berg los zand. Dit was de oplossing, de verklaring; hij verklaarde altijd alles.

Zijn tekeningen waren dus geen originelen maar kopieën. Hij had ze zeker gemaakt als een soort hobby voor gepensioneerden, hij was een ongeneeslijke amateur en enthousiasteling: als die rotstekeningen zijn belangstelling hadden opgewekt had hij ongetwijfeld de hele omgeving er naar afgezocht, ze verzameld met zijn fototoestel en de geleerden voortdurend lastiggevallen met brieven als hij er een vond: een oude man die de illusie had dat hij iets nuttigs deed.

Ik duwde krachtig met mijn vingers op mijn ogen zodat zich felle kleurringen uitbreidden over de poel van duisternis. Ik verminderde de druk en de rode ringen krompen in met een plotselinge pijnscheut. Het geheim was opgehelderd, het was nooit een geheim geweest, ik had er zelf een geheim van gemaakt. Mijn ogen gingen open, ik begon mijn gedachten te ordenen.

Ik wist het eigenlijk al vanaf het begin, dacht ik, ik had niet moeten proberen erachter te komen, dat heeft hem gedood. Ik had nu het onweerlegbare bewijs dat hij bij zijn verstand was en derhalve dat hij dood was. Opluchting, verdriet, het een of het ander moet ik gevoeld hebben. Een leegte, een teleurstelling: krankzinnige mensen kunnen terugkomen van de plek waar ze hun toevlucht gezocht hebben, maar dode mensen kunnen niet terugkeren, dat is verboden. Ik probeerde me hem te herinneren, een beeld van zijn gezicht op te roepen zoals hij geweest was toen hij nog leefde, en ik ontdekte dat ik er niet in slaagde, ik zag alleen de kaartjes die hij voor ons op hield als hij ons overhoorde: $3 \times 9 = ?$ Hij was nu even afwezig als een getal, een nul, het vraagteken dat op de plaats van het ontbrekende antwoord stond. Een onbekende kwantiteit. Net iets voor hem. Alles moest gemeten worden.

Ik staarde neer op de tekeningen die ingelijst werden door mijn armen die evenwijdig aan elkaar op tafel lagen. Ik begon ze weer te zien. Er was een gat, iets onverklaards, iets overgeblevens.

Ik spreidde de eerste zes vellen uit op de tafel en bestudeerde ze met gebruikmaking van wat ze mijn intelligentie noemen, ik legde verbanden. De aantekeningen en de getallen waren kennelijk een plaatsaanduidingscode; het was net of hij een puzzel, een rekenkundig probleem had achtergelaten dat ik moest oplossen; hij leerde ons rekenen, onze moeder leerde ons lezen en schrijven. Meetkunde: het eerste wat ik leerde was hoe je met een passer bloemen kon tekenen, haarscherp als kopergravures. Vroeger dachten ze dat je God op die manier kon zien maar ik zag alleen landschappen en geometrische vormen; dat kwam op hetzelfde neer als wanneer je geloofde dat God een berg of een cirkel was. Hij zei dat Jezus een historische figuur en God een produkt van bijgeloof was, dus iets dat niet bestond. Als je je kinderen vertelt dat God niet bestaat worden ze wel gedwongen om te geloven dat jij god bent, maar wat gebeurt er als ze erachter komen dat jij ook maar een mens bent, dat je onvermijdelijk ook oud wordt en sterft? Wederopstanding: kijk maar naar de planten – Jezus Christus is vandaag opgestaan, zongen ze op de zondagsschool, als het feit dat de eerste narcissen uitgekomen waren gevierd werd; maar mensen zijn geen uien, zoals hij heel juist opmerkte, als ze eenmaal onder de grond zijn gestopt blijven ze ook onder de grond.

De getallen vormden een systeem, een spel; ik zou het met hem meespelen, dan zou hij minder dood lijken. Ik legde de vellen netjes naast elkaar en vergeleek de aantekeningen, nauwkeurig als een juwelier.

Op een van de tekeningen, ook een figuur met een gewei, ontdekte ik tenslotte de sleutel: een naam die ik herkende, White Birch Lake; daar gingen we altijd op baars vissen, het was met het grote meer verbonden door een draagplaats. Ik liep naar David en Anna's kamer waar de kaart van de streek aan de muur geprikt was. Op een landtong was een heel klein kruisje en een getal dat identiek was aan het getal op de tekening. De gedrukte naam van het meer luidde anders, *Lac des Verges Blanches*; de regering had alle Engelse namen in het Frans laten vertalen, alleen de Indiaanse namen bleven hetzelfde. Verspreid over de kaart stonden andere kruisjes, als op een schatkaart.

Ik wilde erheen gaan om te kijken of het klopte, ik wilde de tekening aan de werkelijkheid toetsen; op die manier zou ik er zeker van zijn dat ik het spel volgens de regels had gespeeld en de goede oplossing had gevonden. Ik kon het doen voorkomen alsof we gingen vissen, David had na de eerste poging niets meer gevangen, al had hij het wel geprobeerd. We hadden nog twee dagen over om erheen en weer terug te varen.

Ik hoorde Anna's stem naderbij komen: ze zong maar de woorden stierven weg toen ze buiten adem raakte bij het beklimmen van de trap. Ik ging terug naar de woonkamer.

'Hallo,' zei ze, 'ben ik verbrand?'

Ze zag nu roze, gaargestoofd, er waren witte randjes zichtbaar langs haar oranje badpak; haar hals vormde de scheiding tussen de natuurlijke kleur van haar lichaam en de kunstmatige kleur van haar gezicht. 'Een beetje,' zei ik.

'Luister eens,' zei ze, terwijl haar stem een bezorgde klank kreeg, 'wat is er aan de hand met Joe? Ik heb bij hem op de steiger gelegen en hij heeft geen woord gezegd.'

'Hij is niet zo'n prater,' zei ik.

'Dat weet ik wel, maar dit was anders. Hij lag daar maar te liggen.' Ze drong aan, ze wilde antwoord.

'Hij vindt dat we moeten trouwen,' zei ik.

Haar wenkbrauwen gingen omhoog als voelsprieten. 'Echt waar? Joe? Dat is –'

'Ik wil niet.'

'O,' zei ze, 'dan is het afschuwelijk. Je zult je wel afschuwelijk voelen.' Ze wist wat ze weten wilde; ze smeerde nu aftersun op haar schouders. 'Wil je m'n rug even doen?' zei ze, me de plastic tube toestekend.

Ik voelde me niet afschuwelijk; ik besefte dat ik eigenlijk niets voelde, al een hele tijd. Misschien was ik mijn hele leven zo geweest, net zoals bij sommige baby's die doof of zonder tastzin geboren worden; maar als dat zo was zou ik niet gemerkt hebben dat ik niets voelde. Op een gegeven ogenblik moet mijn nek zijn afgesloten, als een vijver die dichtvriest, of als een wond die dichtgroeit, zodat ik in mijn eigen hoofd was opgesloten; vanaf dat moment was alles van me afgeketst, het was alsof ik in een vaas zat; of zoals in het dorp, waar ik hen wel kon zien maar niet horen omdat ik niet verstond wat er gezegd werd. Flessen vervormen het beeld ook voor degeen die er van buitenaf inkijkt: ik moet in hun ogen een groteske aanblik geboden hebben, als een kikker met uitgestrekte ledematen in een jampotje.

'Bedankt,' zei Anna, 'ik hoop dat ik niet vervel. Je zou eigenlijk eens met hem moeten gaan praten, vind ik.'

'Dat heb ik al gedaan,' zei ik, maar haar blik was verwijtend, ik had niet genoeg gedaan, verzoening, boetedoening. Gehoorzaam liep ik naar de deur.

'Misschien vinden jullie wel een oplossing,' riep ze me achterna.

Joe was nog steeds op de steiger, maar hij zat nu op de rand met zijn voeten in het water. Ik hurkte naast hem neer. Bovenop zijn teen groeiden donkere haartjes, ver uit elkaar als de naalden op een balsemientakje.

'Wat is er,' zei ik, 'voel je je niet lekker?'

'Je weet verdomd goed wat er is,' zei hij.

'Laten we teruggaan naar de stad,' zei ik, 'en op de oude manier doorgaan.' Ik pakte zijn hand zodat ik zijn door het pottenbakkerswiel vereelde handpalm voelde, iets tastbaars.

'Je houdt me aan het lijntje,' zei hij, nog steeds zonder naar me te kijken. 'Ik wil alleen maar een duidelijk antwoord.'

'Waarop?' zei ik. Vlak bij de steiger schoten een paar schrijvertjes over het water, slechts bovengehouden door de oppervlaktespanning; de vluchtige schaduwen van de stipjes waar hun pootjes de oppervlakte raakten vielen op het zand op de bodem, gelijktijdig met de diertjes van plaats veranderend. Zijn kwetsbaarheid bracht me in verlegenheid, hij had nog steeds gevoelens, ik had tactvoller tegen hem moeten optreden.

'Hou je van me, dat is alles,' zei hij. 'Dat is het enige wat er toe doet.'

Weer die taal die voor mij onbruikbaar was omdat het mijn taal niet was. Hij wist ongetwijfeld wat hij bedoelde, maar het was een onnauwkeurig woord; de Eskimo's hadden tweeënvijftig woorden voor sneeuw omdat sneeuw voor hen het belangrijkste was; er zouden er evenveel voor liefde moeten zijn.

'Ik wil van je houden,' zei ik. 'In zekere zin houd ik ook van je.' Ik zocht koortsachtig mijn hersens af naar een emotie die paste bij wat ik net gezegd had. Ik wilde echt van hem houden maar het was net als denken dat God zou moeten bestaan en niet in staat zijn dat ook te geloven.

'Goddome,' zei hij, zijn hand terugtrekkend, 'alleen maar ja of nee, niet eromheen draaien.'

'Ik probeer je de waarheid te zeggen,' zei ik. Het was niet mijn stem, maar de stem van iemand die dezelfde kleren aan had als ik en mij imiteerde.

'De waarheid is,' zei hij bitter, 'dat jij mijn werk waardeloze troep vindt, dat je me een mislukkeling vindt en dat ik de moeite niet waard ben.' Zijn gezicht was vertrokken, het was pijn: ik benijdde hem.

'Nee,' zei ik, maar ik zag geen kans het op de goede manier te zeggen en het was ook niet genoeg voor hem.

'Kom mee naar de hut,' zei ik; Anna was daar, ze zou me helpen. 'Ik zal thee zetten.' Ik stond op maar hij kwam me niet achterna.

Terwijl de kachel warm werd pakte ik het leren fotoalbum van de plank, ging aan tafel zitten waar Anna zat te lezen en sloeg het open. Ik werd niet meer beziggehouden door zijn, maar door mijn eigen dood; misschien zou ik aan de hand van de verschillen in mijn vorige gezichten, levend tot een bepaald jaar, een bepaalde dag, en dan bevroren, kunnen vaststellen wanneer de verandering had plaatsgevonden. Net als die hertogin aan het Franse hof vóór de Revolutie, die niet meer lachte of huilde opdat haar huid niet zou veranderen of rimpelen; ze had succes: ze stierf onsterfelijk.

Eerst grootmoeders en grootvaders, verre voorouders,

vreemden, recht van voren gefotografeerd of ze voor het vuurpeloton stonden: camera's waren in die tijd iets bijzonders, misschien dachten ze dat hun ziel gestolen werd, net als de Indianen. Eronder namen en data, met witte inkt geschreven in de keurige blokletters van mijn moeder. Mijn moeder voor ze getrouwd was, ook een vreemde, met een pagekopje en een gebreid hoedje. Huwelijksfoto's, krampachtige glimlachjes. Mijn broer voor ik geboren was; daarna foto's van mij. Paul die ons een ritje met zijn arreslee op het bevroren meer liet maken voor de dooi inviel. Mijn moeder die in haar leren jasje en met gek lang veertiger-jarenhaar bij het voerplankje staat met haar hand uitgestrekt; de Vlaamse gaaien waren er toen ook al, ze probeert ze tam te maken: er zit er één op haar schouder, die haar met slimme prikoogjes aankijkt, en een andere strijkt neer op haar pols; zijn vleugels zijn onscherp. Het zonlicht wordt gezeefd door de pijnbomen om haar heen, ze kijkt verschrikt recht in de lens, en haar ogen liggen verborgen in de schaduw van haar hoofd als bij een doodskop; een vreemde speling van het licht.

Ik zag hoe ik groter werd. Moeder en vader om de beurt op de foto, bezig het huis te bouwen, eerst de muren, dan het dak, en de tuin beplantend. Rondom de foto's waren randjes wit papier, met op iedere hoek een plakkertje: het waren net grijs-en-witte raampjes die uitkeken op een plek die onbereikbaar voor me geworden was. Ik stond op de meeste foto's, opgesloten in het papier; of eigenlijk niet ik, maar het ontbrekende deel van mij.

Schoolfoto's, mijn gezicht tussen veertig andere en reusachtige onderwijzers die boven ons uit torenen. Ik kon mezelf er altijd uithalen: ik was het meisje dat onscherp was doordat ze bewogen had, of dat de andere kant op keek. Verderop glanzende kleurenfoto's, vergeten jongens met puistjes en corsages, ikzelf in truttige jurken van banen crinoline en tule, als een verjaardagstaart; tenslotte was ik dan toch geciviliseerd, het kant en klare eindprodukt. Ze zei altijd: 'Je ziet er erg lief uit, kindje,' alsof ze het zelf geloofde; maar ze overtuigde me niet; ik wist toen al dat haar oordeel over wat normaal was niet erg betrouwbaar was.

'Ben jij dat?' vroeg Anna, *Het mysterie van Sturbridge* neerleggend. 'God, hoe hebben we dat ooit kunnen dragen.'

De laatste bladzijden van het album waren leeg. Er zaten een paar losse foto's tussen de zwarte bladzijden alsof mijn moeder het karwei niet af had willen maken. Na de foto's met de nette jurken kwam ik niet meer in het album voor; geen huwelijksfoto's, maar er waren toen ook geen foto's gemaakt. Ik sloot het album.

Geen aanwijzingen, geen feiten, ik wist niet wanneer het gebeurd was. Er was toen blijkbaar niets met me aan de hand; maar daarna had ik mezelf in tweeën laten snijden. Een vrouw in een badpak die glimlachend doormidden gezaagd wordt in een houten kist; die truc doen ze met spiegels, dat heb ik eens in een stripverhaal gelezen; alleen was er bij mij iets misgegaan en ik was in twee stukken uiteengevallen. Deze ene helft, de afgesloten helft was de enige die kon leven; ikzelf was de verkeerde helft, zonder houvast, ten dode opgeschreven. Ik was slechts een hoofd, of nee, iets onbelangrijkers, zoals een afgehakte duim, gevoelloos. Op school hadden ze een grapje: ze brachten kleine doosjes met watten erin en een gat in de onderkant mee naar school en dan staken ze hun vinger door het gat en deden of het een dode vinger was.

13

Op Davids horloge was het tien uur toen we afduwden van de steiger. De hemel was aquarelblauw en de wolkengevaarten waren wit op hun rug en grijs op hun buik. De wind kwam recht van voren, golven spatten over de boeg, mijn armen gingen omhoog en zwaaiden licht en automatisch door alsof het hun dagelijks werk was. Ik zat voorin als een boegbeeld; achter me haalde Joe zijn peddel krachtig door het water en de kano schoot vooruit.

De walbakens schoven voorbij, scherp als op een ééndimensionale kaart die als we in de buurt kwamen om ons heen de concrete vorm van een boom of een rots aannam: een landtong, een rotswand, een scheve dode boom, het reigerseiland met het kantwerk van vogelsilhouetten, het bosbesseneiland met zijn pijnbomen als masten van een zeilschip, voorgronden. Op het volgende eiland stond vroeger een pelsjagershut van boomstammen, waartussen de kieren waren opgevuld met gras, een hoop stro diende als slaapplaats; voor zover ik kon zien was er niets van over dan een hoop rottend hout.

's Ochtends hadden we gepraat, zinloos, maar op kalme redelijke toon, alsof we het over de telefoonrekening hadden; dat betekende dat het definitief was. We lagen nog in bed, zijn voeten staken onder de dekens vandaan. Ik hoopte vurig dat ik gauw oud zou worden zodat het allemaal niet meer zou hoeven.

'Als we terug in de stad zijn,' zei ik, 'vertrek ik.'

'Ik wil ook wel weggaan, als je dat liever hebt,' bood hij edelmoedig aan.

'Nee, al jouw vazen en spullen staan daar.'

'Je gaat je gang maar,' zei hij, 'dat doe je altijd.'

Hij beschouwde het als een krachtmeting, zoals de kinderen op school die je arm omdraaiden en zeiden: 'Genade? Genade?' tot je 'genade' zei, dan lieten ze los. Hij hield niet van me, hij hield van een beeld dat hij van zichzelf had en hij wilde daarvoor een medestander hebben, het deed er niet toe wie dat was, ik was van geen belang; waarom zou ik me er dus druk over maken?

De zon stond op zijn hoogste punt: twaalf uur. We lunchten op een rotsig eiland bijna in het midden van het breedste gedeelte van het meer. Toen we aan land gegaan waren ontdekten we dat iemand op de kale rotsige oever al een vuurplaats had aangelegd; er lag afval omheen, sinaasappelschillen, blikjes en een ranzig stinkende prop vettig papier, sporen van mensen. Het waren net honden die tegen een hek pissen: het was alsof de eindeloosheid van het naamloze water en het aan niemand toebehorende land een onweerstaanbare drang in hen opwekte om een teken achter te laten, hun territorium af te bakenen, en het enige waar ze dat mee konden doen was hun afval. Ik gooide de rommel bij elkaar op een hoop; straks zou ik alles verbranden.

'Wat smerig,' zei Anna, 'hoe kun je die troep aanraken.'

'Die rotzooi is het kenmerk van een vrij land,' zei David. 'In Duitsland onder Hitler was alles keurig netjes.'

We hoefden de bijl niet te gebruiken, het eiland lag vol met droog hout, takken die van de bomen waren gerukt. Ik kookte het water en zette thee. We aten kippesoep met vermicelli uit een pakje en sardientjes en appelmoes uit blik.

We gingen in de schaduw zitten. De wind draaide plotseling en we werden gehuld in witte rook en de geur van schroeiende sinaasappelschillen. Ik haalde het kampketeltje van het vuur en schonk de thee in, er dreven asdeeltjes en stukjes hout in.

'Mijne heren,' zei David, zijn kroes opheffend, 'leve de koningin. Dat heb ik een keer in een bar in New York gedaan en meteen kwamen er drie Engelsen op me af om me in elkaar te slaan. Maar ik zei dat het ook onze koningin was, en dat we dus het recht hadden op haar te drinken, en uiteindelijk kreeg ik een borrel van ze.'

'Ik zou het veel beter vinden,' zei Anna, 'als je zou zeggen: 'Dames en heren, leve de koningin en de hertog.'

'Niet van die geëmancipeerde praatjes,' zei David met een arrogante blik, 'of ik zet je op straat. Zo eentje moet ik niet in mijn huis, ze willen alle mannen castreren en zwerven op op straat in woeste benden gewapend met tuinscharen.'

'Zullen we ons erbij aansluiten?' zei Anna schertsend.

Ik zei: 'Ik vind dat mannen superieur horen te zijn.' Maar ze hoorden geen van allen wat ik precies zei. Anna keek me aan of ik haar verraden had en zei: 'Tsjonge, wat ben jij gehersenspoeld' en David zei: 'Wil je een baantje bij me?' en tegen Joe: 'Hoor je dat, je bent superieur.' Maar toen Joe alleen maar gromde zei hij: 'Je moet toch eens een geluidsinstallatie in hem laten aanbrengen. Of hem van een stekker en een kap voorzien, dan zou hij een mooie schemerlamp zijn. Volgend jaar geef ik een gastcursus in het kader van de Permanente Vegetatie, "Hoe communiceren potten", dan kan hij binnen komen lopen en twee uur lang zijn mond houden, daar zullen ze van opkijken.' Eindelijk glimlachte Joe, zij het flauw.

's Nachts had ik gewild dat hij me hielp: als hij ervoor zou kunnen zorgen dat ik mijn lichaam maar intens genoeg voelde, bewoog, zouden er misschien een paar van die rode lichtende synapsen, blauwe neuronen en witgloeiende moleculen door het vlies waarmee mijn keel was afgesloten mijn hoofd binnendringen. Genot en pijn liggen vlak bij elkaar, zo beweert men, maar het grootste deel van de hersenen is neutraal, gevoelloos, als vet. Ik somde allerlei gevoelens voor mezelf op: vreugde, kalmte, schuld, opluchting, liefde en haat, reageren, communiceren; met gevoelens was het net als met kleren: je keek naar anderen en onthield wat je zag. Maar mijn grote angst was dat ik niet echt leefde, een negatief was; het verschil tussen de schaduw van een speld en datgene wat je voelt als je hem in je prikt; vroeger, op school, deed ik dat stiekem in het kastje van mijn schoolbank, met de punt van een pen of een passer, instrumenten der wetenschap, Engels en meetkunde, ze hebben ontdekt dat ratten liever *iets* voelen, zelfs al is het onaangenaam, dan niets. De binnenkanten van mijn armen waren bespikkeld met kleine wondjes, als bij een heroïnespuiter. Ze staken de naald in de ader en ik viel, het was alsof ik dook en van de ene laag duisternis naar een nog diepere, de diepste zonk; toen ik uit de verdoving ontwaakte zag ik eerst lichtgroen en toen daglicht, ik herinnerde me niets.

'Laat hem met rust,' zei Anna.

'Of misschien maak ik er ditmaal een stoomcursus van,' zei David, 'Voor zakenlieden, hoe ze de middenpagina van de *Playboy* alleen met de linkerhand open kunnen slaan zodat ze de rechter vrijhouden; of voor huisvrouwen, hoe ze de tv kunnen inschakelen en hun hersens uitschakelen, meer hoeven ze niet te weten, dan kunnen we naar huis.'

Maar hij wilde niet, hij had zelf behoefte aan hulp en geen van beiden wilde we de cape, de laarzen en het T-shirt met de bliksemflits van Superman aantrekken, we waren allebei bang dat we zouden falen; we lagen met onze ruggen naar elkaar toe en deden of we sliepen terwijl Anna's tot niemand gerichte smeekbeden door de triplex wand klonken. Op de omslag van stuiverromannetjes staat altijd een roze gezicht waarover tranen biggelen, als een smeltende ijslolly; mannenbladen gingen over genot, auto's en vrouwen met een huid zo glad als een binnenband. In zeker opzicht was het wel rustig dat ik gevrijwaard was van gevoelens.

'De ellende met jou is dat je de pest hebt aan vrouwen,' zei Anna fel; ze gooide het restant van haar thee met de theeblaadjes uit haar kroes met een klets in het meer.

David grijnsde. 'Dat is wat je noemt een vertraagde reactie,' zei hij. 'Knijp Anna in haar billen en drie dagen later geeft ze een gil. Kop op, je ziet er zo lief uit als je boos bent.' Hij kroop op handen en voeten naar haar toe en wreef met zijn kin die stekelig was als een distel tegen haar gezicht en vroeg haar hoe ze het zou vinden om door een stekelvarken verkracht te worden. 'Ken je die mop?' zei hij. 'Weet je hoe stekelvarkens vrijen? Heel voorzichtig!' Anna glimlachte naar hem alsof hij een geestelijk gehandicapt kind was.

Even later was hij overeind gekrabbeld en begon hij rare bokkesprongen te maken op de landtong; hij schudde met zijn gebalde vuist en schreeuwde zo hard als hij kon: 'Smeerlappen! Smeerlappen!' Het waren een stel Amerikanen die langsvoeren op weg naar het dorp. Hun bootje danste op en neer op de golven in een mist van buiswater, vlag voor en achter in top. Ze konden hem niet horen door het lawaai van de wind en de motor, dus dachten ze dat hij hen groette en ze wuifden en lachten.

Ik deed de afwas en goot het water uit over het vuur zodat de hete stenen sisten. We pakten onze spullen bij elkaar en we vertrokken weer. Het meer was ruwer geworden, er stonden witte schuimkoppen op het open water, de kano schommelde onder ons, we moesten ons uiterste best doen om te zorgen dat hij niet kapseisde; er liepen schuimsporen over het donkere water, uiteengewaaide golven. Mijn peddel klauwde in het meer, mijn oren werden gevuld met langssuizende lucht; hijgen en zweten, spierpijn, mijn lichaam leefde in ieder geval.

De wind was te hard, we moesten onze koers verleggen; we peddelden naar de hoge wal en bleven daar langs varen, zo dicht mogelijk onder de kust, ons een weg zoekend tussen de rotseilandjes en de ondiepten. Het was wel een eind om, maar we hadden tenminste beschutting van de bomen.

Tenslotte bereikten we de smalle inham waar de draagplaats zich bevond, naar de stand van de zon te beoordelen was het vier uur, de wind had ons oponthoud bezorgd. Ik hoopte dat ik het begin van het pad zou kunnen vinden, ik wist dat het ergens aan de overkant was. Toen we de landtong rondden hoorde ik een geluid, een van mensen afkomstig geluid. Eerst leek het op het starten van een buitenboordmotor, toen werd het een scherp gebrom. Een kettingzaag; ik zag ze nu ook, twee mannen met gele helmen op. Ze hadden een spoor van gevelde bomen die in het water van de baai waren gevallen achtergelaten; de stammen waren glad afgesneden, als met een mes.

Het waren landmeters van de papierfabriek, de regering of de elektriciteitsmaatschappij. Als ze van de elektriciteitsmaatschappij waren wist ik wat dat betekende: ze wilden het peil van het meer verhogen, net als zestig jaar geleden en ze waren nu bezig de nieuwe kustlijn vast te stellen. Weer zes meter hoger en ditmaal zouden ze niet zoals vroeger de moeite nemen alle bomen eerst om te hakken, dat was veel te duur, ze zouden ze gewoon laten wegrotten. De tuin zou onder water komen te staan, maar de hut zou het overleven; de heuvel zou een langzaam afkalvend zandeiland in een krans van dode bomen worden.

Toen we voorbijvoeren keken ze even ongeïnteresseerd opzij naar ons en gingen toen weer door met hun werk. Verkenners, wegbereiders. Ruisend en krakend viel de boom om en met een gedempte plons belandde hij in het water. Vlak bij hem was een paal in de grond geslagen; er stonden getallen op geschilderd met knalrode verf. Het meer interesseerde ze niet, alleen het systeem telde, het meer zou een reservoir worden. Als er oorlog kwam. Ik zou niets kunnen doen. Ik woonde hier niet.

Het landingsstrandje bij de draagplaats was versperd door doorweekt, met mos begroeid drijfhout. We roeiden zo dicht mogelijk naar het strandje toe, tussen de glibberige stammen door, stapten we toen uit en waadden, de kano's meetrekkend, naar land. Onze schoenen werden doornat, het was niet best voor de kano's, ze schuurden met hun kiel over de stammen. Ook hier stonden paaltjes met nummers erop, van recente datum.

We laadden de kano's uit en ik bond de peddels aan de doften vast. Ze zeiden dat zij de tenten en de kano's zouden dragen, dan konden Anna en ik de rugzakken en de rest, de hengels, de kist met visgerei en de pot met kikkertjes die ik die ochtend gevangen had, en de filmuitrusting meenemen. David had erop gestaan de filmuitrusting mee te nemen, ondanks mijn waarschuwing dat we best eens zouden kunnen omslaan.

'We moeten de film opmaken,' zei hij, 'we hebben de camera nog maar voor een week ter beschikking.'

Anna zei: 'Maar we komen toch niets tegen wat voor jullie bruikbaar is' en David zei: 'Hoe weet jij wat voor mij bruikbaar is?'

'Ik weet een prehistorische Indiaanse rotsschildering,' zei ik. 'Die zou je kunnen filmen.' Een bezienswaardigheid, het zou goed passen bij de Flessenvilla en de opgezette elandfamilie, een nieuwe curiositeit voor hun verzameling.

'Hé,' zei David, 'een rotsschildering. Wat leuk,' en Anna zei: 'Moedig hem in godsnaam niet aan.'

Joe noch David had ooit een kano over land gedragen, we moesten hen helpen bij het optillen en in evenwicht brengen van de kano's. Ik zei dat ze misschien beter met z'n tweeën één kano konden dragen, maar David hield vol dat ze het best op de echte manier konden. Als de kano opzij gleed en je kwam er niet snel genoeg onderuit liep je de kans dat je je nek brak. 'Wat zeur je toch,' zei hij. 'Heb je geen vertrouwen in ons?'

Er was kennelijk al een hele tijd niets aan het pad gedaan maar op de modderige plekken zag ik diepe voetsporen, van laarzen. Twee paar die wel heen maar niet terug liepen; wie het ook waren, misschien wel Amerikanen, spionnen, ze waren er nog steeds.

De rugzakken waren zwaar, er zat voedsel voor drie dagen in voor het geval het weer zou omslaan en we van de buitenwereld afgesneden zouden worden; de riemen sneden in mijn schouders en ik leunde voorover tegen het gewicht in; onder het lopen sopten mijn voeten in mijn natte schoenen.

Het pad liep steil omhoog naar een rotskam, de waterscheiding, en vervolgens naar beneden door varens en jonge boompjes naar een langwerpig vennetje, een ondiepe modderpoel, die we per kano moesten oversteken om bij de volgende draagplaats te komen. Anna en ik waren het eerst beneden. We zetten de rugzakken op de grond; Anna had de tijd om een halve sigaret op te roken voor David en Joe het pad kwamen afstrompelen, van de ene berm naar de andere slingerend als paarden met oogkleppen voor. We hielden de kano's omhoog en ze kropen eronderuit. Ze waren roodaangelopen en buiten adem.

'O wee, als er geen vis in dat meer zit,' zei David met zijn mouw zijn voorhoofd afwissend.

'Het volgende pad is korter,' verklaarde ik.

Het wateroppervlak was overdekt met waterleliebladen, de gele bolvormige lelies met hun dikke stampers in het midden staken erbovenuit. Het krioelde van de bloedzuigers, ik zag ze traag kronkelen onder de bruine oppervlakte. Als de peddels bij de oversteek de bodem raakten stegen er gasbellen uit de rottende vegetatie op die openbarstten met de stank van rotte eieren of een wind. De lucht was mistig van de muggen.

We kwamen bij het tweede draagpad dat aangegeven was door een in een boom gekerfd pelsjagersmerkteken dat zo verweerd was dat het de kleur van de boom weer had aangenomen. Ik stapte uit en hield de kano in evenwicht terwijl Joe naar voren klauterde.

Het was achter me, ik rook het voor ik het zag; toen hoorde ik de vliegen. Het was de geur van rotte vis. Ik draaide me om en daar hing hij ondersteboven, aan een dun blauw, om zijn poten gebonden nylondraad, aan een boomtak; zijn vleugels waren opengevallen. Hij keek me aan met zijn verbrijzelde oog.

14

'Smerig,' zei David. 'Wat is het?'

'Een dode vogel,' zei Anna. Ze kneep met twee vingers haar neus dicht. Ik zei: 'Het is een reiger. Je kunt ze niet eten.' Het was me niet duidelijk hoe hij gedood was: met een kogel, met een steen of met een stok. Dit was een heel geschikte plek voor reigers, ze konden hier komen vissen in het ondiepe water, op één poot staand en toeslaand met hun lange speervormige snavel. Ze moeten hem te pakken hebben gekregen voor hij de tijd had om op te stijgen.

'Net iets voor onze film,' zei David. 'We monteren hem na de visse-ingewanden.'

'Gadverdamme,' zei Joe, 'hij stinkt behoorlijk.'

'Dat zie je niet op de film,' zei David, 'je houdt het best vijf minuten uit, het is een prachtig beeld, dat moet je toegeven.' Ze begonnen de camera gereed te maken; Anna en ik wachtten zittend op de rugzakken.

Ik ontdekte een ovaal kevertje met een blauwe rug op de reiger; toen de camera begon te zoemen dook het onder de veren. Een aaskever, een doodskever. Waarom hadden ze hem opgehangen als het slachtoffer van een lynchpartij, waarom hadden ze hem niet gewoon weggegooid, net als dat afval? Om te bewijzen dat ze de macht hadden om te doden. Voor de rest had de reiger geen waarde; van een afstand waren ze mooi maar je kon ze niet tam maken, opeten of leren praten: het enige wat ze met die beesten konden doen was ze vernietigen. Voedsel, slaaf of lijk, er waren maar een paar keuzemogelijkheden; koppen met hoorns of slagtanden, van de romp gezaagd en opgehangen aan de muur van een biljartkamer, opgezette vissen, jachttrofeeën. Het waren vast de Amerikanen geweest; ze waren daar verderop, we zouden ze tegenkomen.

Het tweede pad was korter maar meer overwoekerd: bladeren streken over ons gezicht, takken groeiden over de smalle doorgang alsof ze ons het verdergaan wilden beletten. Kort geleden afgebroken takken waarvan het hout en het merg zichtbaar waren als bij versplinterde botten en vertrapte varens wezen erop dat ze hier geweest waren. Hun laarzen als tractorbanden hadden diepe indrukken in het modderige pad achtergelaten, als uitgravingen, als kraters. De helling liep naar beneden en tussen de bomen door glinsterden streepjes van het meer. Ik vroeg me af wat ik tegen hen zou zeggen, wat ik kón zeggen; hen vragen waarom ze het gedaan hadden was zinloos. Maar toen we het eind van het draagpad bereikten waren ze nergens te bekennen.

Het meer had de vorm van een smalle maansikkel, het achterste gedeelte was niet te zien. *Lac des Verges Blanches*: de witte berken groeiden in groepjes bij elkaar langs de oever; op de lange duur waren ze ten dode opgeschreven door de ziekte, boomkanker, maar zover was het nog niet. De wind die schuin over het meer stond deed hun kruinen heen en weer wuiven. Het wateroppervlak rimpelde, de golven klotsten tegen de oever.

We stapten weer in de kano's en peddelden naar de bocht toe; ik herinnerde me dat daar een open plek was waar we ons kamp konden opslaan. Onderweg zag ik verschillende verlaten beverhuizen; ze zagen eruit als bouwvallige bijenkorven of houten hooibergen; ik onthield waar ze lagen; baarzen hielden van dat soort onderwaterlabyrinten.

We waren later dan ik gepland had, de zon was rood en het licht werd zwakker; David wilde meteen gaan vissen maar ik zei dat we eerst de tenten moesten opzetten en hout sprokkelen. Ook op deze plek lag rommel; de etiketten op de flesjes waren onleesbaar en de blikjes waren verroest. Ik verzamelde alles en nam het mee toen ik tussen de bomen een pleekuil ging graven.

Een laag bladeren en naalden, een laag wortels, vochtig zand. Dat vond ik vroeger het ergste in de stad, die witte gapende wc-potten in die schone betegelde hokjes. Spoelbakken en stofzuigers maakten een hoop lawaai en verzwolgen dingen; destijds was ik doodsbang dat er een machine bestond die je niet alleen je ziel, maar ook je lichaam kon ontstelen. Hendels en knopjes staken uit de machine zoals bloemen uit de wortels van planten spruiten; cirkeltjes en rechthoekjes, zichtbaar geworden logica, er viel niet te voorspellen wat er zou gebeuren als je erop drukte.

Ik liet de drie anderen zien waar ik het gat gegraven had. 'Waar moet je op zitten?' vroeg Anna met opgetrokken neus.

'Op de grond,' zei David, 'dat is goed voor je, daar word je hard van. Je billen mogen best wat steviger.' Anna duwde met haar vingers tegen de gesp van zijn riem en zei hem nabauwend: 'Vet.'

Ik maakte een paar blikjes bonen en doperwten open en warmde ze op. We aten ze met rokerig smakende thee. Vanaf het rotsblok waarop ik de afwas deed zag ik een stukje van een tent tussen de ceders aan het uiterste eind van het meer: hun schuilplaats. Er waren natuurlijk verrekijkers op me gericht, ik voelde hun ogen prikken, het kruisdraad van hun telescoopvizier was op mijn voorhoofd gericht; ik hoefde maar één verkeerde beweging te maken en het was afgelopen met me.

David was ongeduldig, hij wilde waar voor zijn geld, hij was tenslotte niet voor niets hier gekomen. Anna zei dat ze bij de tenten bleef: vissen interesseerde haar niet. We lieten de insektenspray bij haar achter en wij drieën stapten met de hengel in de groene kano. Ik zette de pot met kikkertjes achterin zodat ik er makkelijk bij kon. Ditmaal zat David met zijn gezicht naar me toe; Joe zat in de boeg, hij was ook van plan om te gaan vissen al had hij geen vergunning.

De wind was geluwd, het meer was roze en oranje. We voeren langs de oever waar de koele berken als ijspegels boven ons hingen. Ik was suf van al die zon en al dat water; de huid van mijn gezicht gloeide na alsof hij verbrand was. Als ik mijn ogen sloot zag ik in gedachten weer die reiger, ondersteboven bengelend aan zijn poten. Ik had hem moeten begraven.

We koersten naar het dichtstbijzijnde beverhuis en we legden de kano eraan vast. Ik deed de kist met visgerei open en haakte een spinner aan Davids lijn. Hij was in zijn nopjes en floot met zijn adem mee.

'Hé, misschien sla ik wel een bever aan de haak,' zei hij. 'Het nationale symbool. Dát hadden ze op de vlag moeten zetten in plaats van een esdoornblad, een gespleten bever; voor zo'n vlag zou ik salueren.'

'Waarom gespleten?' zei ik. Het was net als het villen van die kat, ik snapte het niet.

Hij keek vertwijfeld. 'Het is een grapje,' zei hij, en toen ik nog steeds niet moest lachen! 'Hé? Ken je die niet? Het is *slang* voor kut. *The Maple Beaver Forever*, dat zou mooi zijn.' Hij liet zijn lijn in het water zakken en begon vals te zingen:

> *'In days of yore, from Britain's shore*
> *Wolfe, the gallant hero, came:*
> *It spread all o'er the hooerhouse floor*
> *On Canada's fair domain...'**

'Zongen ze dat bij jou op school ook?'

'De vissen horen je,' zei ik en hij hield op.

Een lichaamsdeel, een dood dier. Ik vroeg me af voor welk lichaamsdeel de reiger stond, dat ze hem zo nodig moesten doden.

De sleepboot die vroeger op het meer voer met zijn sleep van houtvlotten dreef mijn gedachten binnen: mannen wuivend vanuit de hut, de zon scheen en de hemel was blauw, alles was volmaakt. Maar zo bleef het niet. Toen we op een keer in de lente naar het dorp gingen was hij naast de ge-

* Dubbelzinnige variant op het Canadese volkslied.

meentesteiger op de kant getrokken, verlaten. Ik wilde zien hoe hun kleine huisje eruitzag, hoe ze daar gewoond hadden; ik wist zeker dat ik daarbinnen miniatuur tafeltjes en minitatuur stoeltjes, klapbedden tegen de muur en gordijnen met bloemetjes voor de ramen, zou aantreffen. We klommen op het schip; de deur was open maar van binnen waren alleen maar kale planken, ze waren niet eens geverfd; er stonden helemaal geen meubelen en de kachel was weggehaald. Het enige wat we vonden waren twee roestige scheermesjes op de vensterbank en een paar tekeningen die met potlood op de muur waren gekrabbeld.

Ik dacht dat het planten of vissen voorstelden, een paar ervan hadden iets weg van mosselschelpen, maar mijn broer lachte, wat betekende dat hij iets wist wat ik niet wist; ik zeurde net zolang tot hij het uitlegde. Ik was geschokt, niet door die lichaamsdelen zelf, daar hadden mijn ouders mij wel over verteld, maar over het feit dat ze los stonden van de lichamen die er toch bij hoorden, alsof ze zichzelf konden losmaken en op eigen houtje konden rondkruipen als slakken.

Ik dacht er nu pas voor het eerst aan terug; maar het waren natuurlijk magische tekeningen net als die rotsschilderingen. Ze hadden genoeg te eten, ze hoefden geen blikjes doperwten en Argentijnse corned beef te tekenen; nee, wat die tekeningen voorstelden, dáárnaar verlangden ze tijdens die eentonige en volstrekt niet idyllische tochten heen en terug over het meer; ze hadden niets te doen dan kaarten, ze moeten zich dood verveeld hebben, iedere dag op en neer, vastgeketend aan de houtvlotten. Ze zijn nu allemaal dood of oud, waarschijnlijk hadden ze de pest aan elkaar.

We hadden tegelijk aan twee lijnen beet. De baarzen vochten wat ze konden, de hengels bogen door. David haalde er een binnenboord maar Joe liet zijn vangst ontsnappen in het labyrint van stokken waar de baars de lijn om een tak wond en stuktrok.

'Hé,' zei David, 'wil jij hem doodmaken?' De baars ging

wild tekeer, hij flapperde rond langs de binnenkant van de boot. Hij spuwde met een sissend geluid water uit zijn vooruitstekende onderkaak; hij was doodsbang of woedend, dat kan ik niet uitmaken.

'Doe jij het maar,' zei ik hem het mes toereikend. 'Ik heb je laten zien hoe het moet, weet je nog wel?'

De klap van metaal op vissebotten, de schedel, de kop die zonder nek overgaat in het lichaam, een volmaakt wezen; ik kon het niet meer, ik had er het recht niet toe. We hadden hem niet nodig, we konden ons best redden met het voedsel uit blik. Wij bedreven deze gewelddaad als sport, als amusement, voor ons plezier, recreatie noemen ze dat: maar dat waren geen afdoende redenen meer. Een van mijn vaders favoriete uitspraken was: het is wel een verklaring, maar geen excuus.

Terwijl ze het slachtoffer van Davids moordlust, het lijk, bewonderden haalden ik de pot met kikkertjes uit de kist met visgerei en schroefde het deksel eraf; ze gleden het water in, groen met zwarte luipaardvlekken en gouden ogen; ze waren gered. Op school: op ieder tafeltje lag een plankje waarop een kikker, die naar ether rook, met uitgestrekte ledematen was vastgeprikt, plat als een servet; de organen werden onderzocht en eruit geknipt; het uit het lichaam verwijderde hart maakte nog langzaam slikkende bewegingen, als een adamsappel; er waren geen letters opgeschreven zoals op de harten van martelaren; de ingewanden leken een touwtje dat in de knoop zat. Een kat op sterk water, volgepropt met plastic, rood voor de slagaderen, blauw voor de aderen, in het ziekenhuis, bij de doodgraver. Zoek de hersens van de worm. Schenk je lichaam aan de wetenschap. Wat we dieren konden aandoen konden we ook elkaar aandoen: we oefenden eerst op de dieren.

Joe gaf me zijn gebroken lijn terug; ik zocht tussen de spinners en vond een nieuw stuk nylondraad, een loodje en een nieuwe haak; ik was medeplichtig.

De Amerikanen waren om de landtong heen komen varen: twee mannen in een zilverkleurige kano. Ze kwamen op ons af. Ik taxeerde ze, trachtte hun vermomming te doorzien; ze waren niet van het zwaarlijvige middelbare type, dat soort maakte gebruik van motorboten en gidsen; ze waren jonger, slanker, met van die frisse gebruinde astronautenkoppen die in tijdschriften zo populair zijn. Toen ze op gelijke hoogte met ons waren gekomen trokken ze hun mond in een brede grijns zodat er twee stel tanden zichtbaar werden, allebei even wit en gelijkmatig als valse gebitten.

'Al wat gevangen?' zei de man die voorin zat met een Midwest-accent; de traditionele begroeting.

'Een heleboel,' zei David hun glimlach beantwoordend. Ik verwachtte dat hij iets beledigends tegen hen ging zeggen, maar dat deed hij niet. Het waren forse knapen.

'Wij ook,' zei de man voorin. 'We zijn hier al een dag of vier, en ze bijten prima, we hebben iedere dag de toegestane maximum hoeveelheid gevangen.' Ze hadden, zoals alle Amerikanen een kleine sticker met een vlag met sterretjes op de boeg van hun kano geplakt. Om te laten zien dat we ons in bezet gebied bevonden.

'Nou, tot kijk,' zei de man die achterin zat. Hun kano gleed langs ons naar het volgende beverhuis.

Hun hengels waren eigenlijk atoomgeweren, hun gezichten waren ondoorgrondelijk als ruimtehelmen, hun ogen loerden, ze hadden iets op hun geweten; schuld straalde van hen af. In mijn gedachten kwamen de verhalen die ik over hen gehoord had boven: er waren er die de drijvers van hun watervliegtuig volstopten met verboden vis, anderen hadden een auto met dubbele bodem waar ze tweehonderd meerforellen op ijs in hadden verstopt, de jachtopziener had hen bij toeval betrapt. 'Wat een rotland is dit,' zeiden ze toen hij hun steekpenningen niet wilde aannemen, 'we komen hier nooit meer terug.' Ze bezatten zich en jaagden voor de lol met hun motorboten op futen, ze bleven er vlak boven varen als de futen doken zodat ze geen kans kregen om weg te vliegen, net zolang tot ze verdronken of vermorzeld werden door de schroefbladen. Zinloos moorden, het was een spelletje, ze verveelden zich na de oorlog.

Het licht van de ondergaande zon verflauwde, en aan de andere kant van de hemel kwam de duisternis op. We namen de vier vissen die we nu hadden mee naar het kamp en ik sneed een gevorkte tak af om de vissen bij hun kieuwen te kunnen oppakken.

'Bah,' zei Anna tegen ons, 'jullie stinken als een vismarkt.'

David zei: 'Ik wou dat we bier hadden. Misschien kunnen we wat van de Yanks overnemen, die hebben vast genoeg bij zich.'

Ik liep naar het meer met een stuk zeep om het vissebloed van mijn handen te wassen. Anna liep me achterna.

'Lieve hemel,' zei ze, 'wat moet ik doen? Ik ben mijn make-up vergeten. Hij vermoordt me als hij het merkt.'

Ik keek haar onderzoekend aan: in de schemering was haar gezicht grauw. 'Misschien merkt hij het niet,' zei ik.

'O ja, maak je maar geen illusies. Nu misschien niet, het is er nog niet helemaal af, maar morgenochtend wel. Hij wil dat ik er altijd als een jonge meid uitzie, anders wordt hij kwaad.'

'Waarom laat je je gezicht niet lekker vies worden?' zei ik.

Daarop gaf ze geen antwoord. Ze ging op de rotsbodem zitten en leunde met haar voorhoofd op haar knieën. 'Ik krijg op mijn donder van hem,' zei ze gelaten. 'Hij heeft een aantal vaste regels. Als ik me er niet aan houd word ik gestraft; het is alleen lastig dat hij ze om de haverklap wijzigt zodat ik nooit weet waar ik aan toe ben. Hij is gek, er ontbreekt iets in hem, snap je wat ik bedoel? Hij vindt het leuk om me aan het huilen te maken omdat hij zelf niet tot huilen in staat is.'

'Maar dat gedoe over die make-up,' zei ik, 'dat meent hij toch niet echt?'

Er kwam een geluid uit haar keel, een kuch of een lach. 'Het gaat ook niet om die make-up, dat is een smoesje. Hij houdt me voortdurend in de gaten, hij wacht op een excuus.

En dan wil hij of helemaal niet met me neuken, of hij steekt hem er zo hard in dat het pijn doet. Schandelijk dat ik je dat vertel, hè?' Haar eiwitte ogen keken naar mij door het halfduister. 'Maar als ik er tegen hem over zou beginnen zou hij er alleen maar grapjes over maken; hij zegt dat ik net als die lui in die soap-opera's denk, hij zegt dat ik het me verbeeld. Maar dat is niet zo, heus.' Ze deed een beroep op mij om een oordeel uit te spreken, maar tegelijk vertrouwde ze me niet, ze was bang dat ik achter haar rug om met hem over haar zou kletsen.

'Je zou bij hem weg kunnen gaan,' zei ik, haar mijn oplossing aanbiedend, 'of scheiden.'

'Soms denk ik wel eens dat hij dat wil, ik weet het ook niet meer. Eerst ging alles goed, begon ik echt van hem te houden en daar kan hij niet tegen, hij kan er niet tegen dat ik van hem houd. Gek hè?' Ze had het leren jasje van mijn moeder om haar schouders, ze had het meegenomen omdat ze geen dikke trui bij zich had. Met Anna's hoofd erboven had het iets ongerijmds, alsof het kleiner geworden was. Ik probeerde aan mijn moeder te denken maar ze was uit mijn geheugen gewist; het enige dat overbleef was een verhaal dat ze eens verteld had: hoe zij en haar zuster als kleine kinderen vleugels voor zichzelf gemaakt hadden van een oude paraplu; ze waren van het dak van de schuur gesprongen om te proberen of ze konden vliegen, en ze had beide enkels gebroken. Ze lachte erom, maar het verhaal was in mijn ogen akelig en verdrietig; de mislukking was onverdraaglijk.

'Soms denk ik dat hij zou willen dat ik doodging,' zei Anna. 'Daar droom ik wel eens van.'

We liepen terug. Ik legde een vuur aan en maakte cacao aan met poedermelk. Alles was nu donker behalve de vlammen; vonken vlogen in spiralen omhoog, de houtskool onderin gloeide rood op als de nachtwind er overheen streek. We zaten op de grondzeilen, David met zijn arm om Anna heen, Joe en ik een halve meter van elkaar.

'Dat doet me denken aan de padvinders,' zei Anna op de

opgewekte toon waarvan ik vroeger dacht dat hij echt was. Ze begon aarzelend en bibberig te zingen:

'There'll be bluebirds over
The white cliffs of Dover
Tomorrow, when the world is free...'

De woorden vervlogen in de schaduwen, ijl en vluchtig als rook. Van de overkant van het meer klonk de roep van een bosuil, snel en zacht als een vleugel die tegen je trommelvlies slaat, dwars door haar gezang heen, alsof ze niet bestond. Ze keek achterom: ze voelde het.

'En nu met z'n allen,' zei ze, in haar handen klappend.

David zei: 'Nou, welterusten kinderen,' en hij verdween met Anna in hun tent. De tent werd van binnenuit verlicht door een zaklantaarn; toen ging het licht uit.

'Ga je mee?' zei Joe.

'Zo dadelijk.' Ik wilde hem de tijd geven om in slaap te vallen.

Ik zat in het donker en het troostende geluid van het nachtelijke meer omgaf me. In de verte gloeide het kampvuur van de Amerikanen als een dof rood cyclopenoog: de vijandelijke linies. Ik wenste hen kwaad toe: Laat hen lijden, bad ik, moge hun kano omslaan, mogen ze verbranden of uiteengereten worden. Uil: antwoord, geen antwoord.

Ik kroop de tent in door de gazen afscherming tegen de muggen; ik tastte naar de zaklantaren maar knipte hem niet aan, ik wilde hem niet uit zijn slaap halen. Ik kleedde me op het gevoel uit; hij lag als een donkere bewegingloze massa naast me, even troostrijk als een boomstronk. Misschien was dat het enige moment dat er van zoiets als liefde sprake kon zijn, als hij lag te slapen en niets vroeg. Ik streelde met mijn hand heel licht over zijn schouder, zoals ik een boom of een steen zou aanraken.

Maar hij sliep niet; hij bewoog en stak zijn arm naar me uit.

'Het spijt me,' zei ik, 'ik dacht dat je sliep.'

'Oké,' zei hij. 'Ik geef me over, jij wint. We vergeten alles wat ik gezegd heb en we doen jouw zin: we gaan gewoon op de oude manier door, goed?'

Het was te laat, het kon niet meer. 'Nee,' zei ik. Ik was al bij hem vertrokken.

Zijn hand verkrampte van woede om mijn arm; toen liet hij me los. 'God allemachtig,' zei hij. Zijn silhouet kwam omhoog in de duisternis. Ik kromp ineen, hij wilde me slaan; maar hij draaide zich met zijn rug naar me toe en trok de slaapzak over zijn hoofd.

Mijn hart bonsde, ik hield mijn adem in en probeerde de geluiden aan de andere kant van de canvaswand te interpreteren. Gekraak, geschuifel in de droge bladeren, gegrom, nachtdieren; geen gevaar.

15

Het dak van de tent was doorschijnend als nat perkament, van buiten bedruppeld met vroege dauw. Vogelzang wervelde om mijn oren, duizendvoudig als een ijsbaan met schaatsers, of als een stroomversnelling, de lucht was vervuld van vloeibare lettergrepen.

Midden in de nacht hoorde ik een gebrul: Joe had een nachtmerrie. Ik raakte hem aan, het kon geen kwaad, hij zat vast in zijn slaapzak als in een dwangbuis. Hij ging overeind zitten, nog niet wakker.

'Dit is de verkeerde kamer,' zei hij.

'Wat was er,' vroeg ik, 'wat heb je gedroomd?' Ik wilde het weten, misschien had ik er iets aan. Maar hij rolde zich op en viel weer in slaap.

Mijn hand lag naast mijn hoofd; hij had de geur van rook van een houtvuur, gemengd met zweet en aarde, en een vleugje vislucht – de geur van het verleden. Als we terug waren in de blokhut konden we de kleren die we gedragen hadden wassen, de bosgeur eruit spoelen, en onszelf weer van een verse zeep- en lotionlaag voorzien.

Ik kleedde me aan, liep naar het meer en dompelde mijn gezicht in het water. Het was niet helder, zoals het water in het grote meer: het was bruinachtig, doordat het dichter bevolkt was met levende wezens, het was ook kouder. De rotsige oever liep steil het meer in als een stoeprand. In maakte de anderen wakker.

Nadat ik de vissen had schoongemaakt haalde ik ze door de bloem en bakte ze. Ik zette koffie. Het vissevlees was wit met blauwe adertjes; het smaakte naar waterplanten en riet. Onder het eten waren ze niet erg spraakzaam, ze hadden slecht geslapen.

Anna's gezicht zag er bij daglicht zonder haar make-up uitgedroogd en enigszins rimpelig uit; haar neus was verbrand en ze had roodpaarse kringen onder haar ogen. Ze zat met haar gezicht van David afgewend maar het scheen hem niet op te vallen, hij zei tenminste niets. Alleen toen ze met haar voet zijn mok aanstootte en wat koffie op de grond morste zei hij: 'Pas op Anna, geen vlekken maken.'

'Wil je nog gaan vissen vanmorgen?' vroeg ik aan David, maar hij schudde zijn hoofd. 'Laten we die rotstekening gaan filmen.'

Ik verbrandde de visgraten. De ruggegraten waren teer als bloemblaadjes, de ingewanden begroef ik in het bos. Het waren geen zaadjes, er zouden in de lente geen kleine visjes uit groeien. Op een keer vonden we op het eiland het karkas van een hert waaraan nog flarden vlees hingen; hij zei dat de wolven het in de winter te pakken hadden gekregen omdat het oud was, dat was heel natuurlijk. Het zou sportief zijn als we naar de vissen doken en ze met onze tanden probeerden te vangen, ze in hun natuurlijke omgeving bevechtend, maar haakjes waren surrogaatmiddelen en de lucht was hun terrein niet.

Ze zaten met z'n tweeën te frunniken aan de filmcamera, aan knopjes draaiend en gewichtig met elkaar overleggend; toen konden we vertrekken.

Volgens de kaart bevond de rotstekening zich in een baai vlak bij het kamp van de Amerikanen. Ze waren blijkbaar nog niet op want er steeg geen rook op van hun vuurplaats. Misschien zijn mijn gebeden verhoord, dacht ik, en zijn ze dood.

Ik keek uit naar een inham in de kust, een lijn die overeenkwam met de lijn op de kaart. En ja, daar was hij op de plaats van het kruisje, onmiskenbaar: een vlakke steile rotswand, precies het soort wand dat ze zouden uitkiezen om een schildering op aan te brengen. Een andere vlakke rotswand was nergens te bekennen. *Hij* was hier geweest, en lang voor hem, de oorspronkelijke bewoners, de eerste verkenners die een teken, een woord voor hem achtergelaten hadden, maar niet de betekenis ervan. Ik boog me voorover en zocht scherp de rotswand af; we lieten de kano's er zijdelings naar toe drijven tot ze tegen de rots schuurden.

'Waar is hij?' zei David, en tegen Joe: 'Jij zult de kano in evenwicht moeten houden want vanaf het land kunnen we niet filmen.'

'Hij is misschien moeilijk op het eerste gezicht te vinden,' zei ik. 'Misschien is hij vervaagd. Hier moet het ongeveer zijn.' Maar er was niets te zien: geen man met een gewei, zelfs geen spoortje rode verf. Ik betastte met mijn hand het granieten oppervlak, korrelig, als maansteen, slechts onderbroken door een rozewitte kwartsader die er schuin doorheen liep, een diagonaal die de langzame kanteling van het land illustreerde; niets menselijks.

Óf ik had niet goed onthouden wat er op de kaart stond, óf zijn aantekening op de kaart was onjuist. Ik had het uitgedokterd. Ik had de aanwijzingen die in zijn puzzels zaten ontrafeld op de manier die hij ons geleerd had en ze bleken nergens toe te leiden. Ik voelde me bedrogen.

'Wie heeft je verteld dat hier een rotstekening was?' vroeg David alsof hij me een kruisverhoor afnam.

'Ik dacht dat het hier was, dat is alles,' zei ik. 'Dat heeft iemand me eens verteld. Misschien bedoelde hij een ander meer.' Eén ogenblik dacht ik dat ik het begreep: het waterpeil van het meer was verhoogd, en de schildering zat nu natuurlijk zes meter onder water. Maar dat kon niet: het waterpeil van het ándere meer was verhoogd, dit meer maakte deel uit van een ander stroomgebied dat door een bergketen van het grote meer gescheiden was. Uit de kaart bleek dat hij ook schilderingen langs het hoofdmeer gevonden had; blijkens de brief had hij er foto's van gemaakt. Maar toen ik de hut doorzocht had ik geen camera gevonden. Geen tekeningen, geen camera, ik had een fout gemaakt, ik zou opnieuw moeten beginnen.

Ze waren teleurgesteld, ze hadden iets schilderachtigs of

iets bijzonders verwacht, iets waar ze gebruik van konden maken voor hun film. Hij had zich niet aan de regels gehouden, hij had vals gespeeld. Ik wilde hem om rekenschap vragen, een verklaring van hem eisen: Jij zei toch dat het hier was.

We voeren terug. De Amerikanen waren opgestaan, ze leefden nog; ze gingen met hun kano het meer op. De man die voorin zat had een hengel vanaf de boeg uitgeworpen. Joe en ik voeren voorop en we koersten in een rechte hoek op hen af.

'Hallo,' zei de man in de boeg tegen mij met een parelwitte grijns. 'Al wat gevangen?' Dat was hun harnas: vriendelijke domheid, hoofden die zo leeg waren als weerballonnen; daarop ketste alles af. Pure kracht was hun pepmiddel; ik kon me de golf van elektriciteit, zenuwsappen, voorstellen als ze hun prooi te pakken kregen, neerhaalden, flapperend als een vleugellam vliegtuig. De onschuldigen worden afgeslacht omdat ze bestaan, dacht ik, geweten noch medelijden remmen deze blijmoedige moordenaars; voor hen waren mensen de enigen die recht op leven hadden, hún soort mensen, gepantserd met de juiste kleren en gewapend met de juiste trucjes. In landen waar een dier de ziel van een voorvader, een kind of een god is was het wat anders, die mensen voelden zich tenminste schuldig.

'Wij zijn niet aan het vissen,' zei ik afgebeten. Mijn arm wilde de peddel opzij zwaaien om hem met het blad op zijn hoofd te slaan; zijn ogen zouden uit hun kassen puilen en zijn schedel zou als een eierschaal verbrijzeld worden.

Zijn mondhoeken zakten naar beneden. 'O,' zei hij. 'Zeg, uit welk deel van de States komen jullie? Aan jullie accent is het moeilijk te horen. Fred en ik dachten Ohio.'

'We komen niet uit de States,' zei ik kwaad dat hij me voor een van hen gehouden had.

'Je meent het.' Zijn gezicht klaarde op, hij had een echte inboorling gezien. 'Komen jullie hiervandaan?'

'Ja,' zei ik, 'allemaal.'

'Wij ook,' zei de man die achterin zat onverwachts.

De man voorin stak zijn hand uit hoewel anderhalve meter water ons scheidde. 'Ik kom uit Sarnia en Fred hier, mijn zwager, komt uit Toronto. We dachten dat jullie Amerikanen waren, met dat lange haar en zo.'

Ik was woedend op hen, ze hadden zich vermomd. 'Wat doet die vlag dan op jullie boot,' zei ik met harde stem. Het verraste ze. De man voorin trok zijn hand terug.

'O die,' zei hij schouderophalend. 'Ik ben een supporter van de Mets, al jaren. Ik steun altijd de underdog. Dat ding heb ik gekocht toen ik naar een wedstrijd ging kijken, in het jaar dat ze de beker wonnen.' Ik keek nog eens goed naar de sticker: het was helemaal geen vlag, het was een blauw met witte rechthoek met in rode letter METS.

David en Anna hadden ons ingehaald. 'Hé, Mets supporters?' zei David. 'Schitterend.' Hij gleed met zijn kano langszij en ze schudden elkaar de hand.

Maar die reiger hadden ze toch maar gedood. Het doet er niet toe uit welk land ze komen, zei mijn verstand, het zijn tóch Amerikanen, zij zijn datgene wat ons te wachten staat, waar wij naar toe gaan. Ze verspreiden zich als een virus, ze dringen door in de hersenen en nemen de cellen in bezit en de cellen veranderen van binnenuit en degenen die met de ziekte besmet zijn merken er niets van. Het zijn buitenaardse wezens uit science-fiction films met ogen als witte eierschalen achter hun donkere brillen, die heimelijk je lichaam binnendringen en zich van je hersens meester maken. Als je er uitziet net als zij, spreekt net als zij en denkt net als zij, ben je net als zij geworden, zei ik bij mezelf, je spreekt hun taal, en taal is alles wat je doet.

Maar hoe waren ze ontstaan, waar kwamen ze oorspronkelijk vandaan? Ze waren niet afkomstig van een andere planeet, het waren aardbewoners. Hoe zijn we slecht geworden? Toen wij klein waren was Hitler de bron van alle kwaad, hij was de grote Boosdoener, een veelarmig monster, oeroud en onverslaanbaar als de Duivel zelf. Het was niet van belang dat hij tegen de tijd dat ik voor het eerst over hem hoorde tot een hoopje as en tanden was vergaan; ik was er zeker van dat hij leefde, hij kwam voor in de strips die mijn broer 's winters mee naar huis bracht en hij kwam ook voor in het schetsboek van mijn broer, hij was het hakenkruis op de tanks, als hij eenmaal verslagen was zou iedereen gered en veilig zijn. Als vader een vuur aanlegde om het onkruid te verbranden gooiden wij takken in de vlammen en zongen 'Hitlers huis is afgebrand, My Fair Lady – O'; we wisten zeker dat het hielp. Alle denkbare gruwelen werden naar hem afgemeten. Maar Hitler was dood en het kwaad, wat het ook was, was gebleven. Toen we van hen wegvoeren terwijl zij naar ons lachten en wuifden stelde ik mezelf de vraag: Zijn de Amerikanen slechter dan Hitler? Het was alsof je een lintworm in tweeën sneed, de helften groeiden weer aan.

We legden aan bij ons kamp, rolden de slaapzakken op, braken de tenten af en pakten ze in. Ik gooide het wc-gat dicht en effende de bodem, de plek camouflerend met takjes en dennenaalden. Laat nooit sporen achter.

David wilde blijven lunchen om met de Amerikanen over de honkbaluitslagen te kletsen maar ik zei dat we de wind tegen hadden en dat we onze tijd hard nodig hadden. Ik spoorde hen aan om op te schieten, ik wilde ervandoor, weg van de vriendelijke ijzeren moordenaars.

We bereikten het eerste draagpad om elf uur. Mijn voeten liepen over de stenen en door de modder, in mijn eigen voetsporen van een dag geleden, ik volgde het spoor terug; in mijn gedachten kwamen draden en sporen bijeen en vertakten zich weer – we hadden behalve Hitler ook andere mensen gedood, dat was voor mijn broer naar school ging en over hem hoorde, vóór onze spelletjes oorlogsspelletjes werden. Voor die tijd speelden we dat we dieren waren; onze ouders waren de mensen, de vijanden die ons wilden doodschieten of vangen, en we verstopten ons voor hen. Maar soms hadden de dieren ook macht: op een keer waren we een zwerm bijen. We beten de vingers, voeten en neus af van onze minst geliefde pop, scheurden haar stoffen lichaam open en plukten de vulling, die grijs en pluizig was als de binnenkant van matrassen, eruit; toen gooiden we haar in het meer. Ze bleef drijven en ze vonden het lichaam. Ze vroegen ons hoe ze daar terecht was gekomen en wij logen dat we het niet wisten. Doden was verkeerd, was ons geleerd: je mocht alleen vijanden en als je honger had, dieren doden. Natuurlijk hadden we die pop geen pijn gedaan, ze leefde niet, maar voor kinderen leeft alles.

Aan de oever van het vennetje halverwege hing nog steeds de reiger in het warme zonlicht, als iets in de etalage van een slager, een geschonden lijk. Hij was nog erger gaan stinken. Rondom zijn kop wemelde het van de vliegen die er hun eitjes in legden. In het verhaal van de koning die de taal der dieren had leren verstaan door het eten van magisch kruid, vertelden de dieren hem waar een schat verborgen lag, ze ontmaskerden een samenzwering, ze redden zijn leven; wat zouden ze in werkelijkheid zeggen? Beschuldigingen, jammerklachten, woedende protesten? Maar ze hadden nu eenmaal geen woordvoerder.

Ik voelde een misselijkmakende medeplichtigheid, die kleefde als lijm, als bloed aan mijn handen, alsof ik erbij aanwezig was geweest en werkeloos en zonder een woord van protest had staan toekijken; een van die zwijgende gesloten gezichten in de massa. Zoals sommige mensen er problemen mee hebben dat ze Duitser zijn, dacht ik, zo heb ik er problemen mee dat ik een mens ben. In zekere zin was het belachelijk om meer van streek te raken om een dode vogel dan om al die andere dingen in de kranten zoals oorlogen, opstanden en moordpartijen. Maar voor oorlogen en opstanden bestond altijd een verklaring, er waren mensen die boeken schreven waarin stond waarom ze gebeurden: de dood van de reiger had geen oorzaak, stond los van alles.

Het laboratorium. Hij was toen ouder. Hij ving nooit vogels, die waren hem meestal te snel af, hij ving tragere dieren. Hij bewaarde ze in potten en blikjes die op een triplexplank in het bos vlak bij het moeras stonden; om erbij te komen legde hij een geheim pad aan, dat alleen was aangegeven met kleine in de bomen gekerfde merktekentjes, een code. Soms vergat hij ze te voeren of misschien was het die nacht wel te koud, want toen ik er op zekere dag ging kijken waren een van de slangen en verscheidene kikkers dood, hun huid was uitgedroogd en hun gele buik was opgezwollen, en de rivierkreeft dreef met zijn pootjes omhoog als een spin in het troebele water. Die potten gooide ik leeg in het moeras. De andere dieren, degene die nog leefden, liet ik vrij. Ik spoelde de potten en blikjes om en zette ze voor ik wegging netjes naast elkaar terug op de plank.

Na de lunch verstopte ik me, maar tenslotte moest ik toch voor het avondeten te voorschijn komen. Hij durfde niets te zeggen waar zij bij waren maar hij wist dat ik het gedaan had, niemand anders kón het gedaan hebben. Hij was bleek van woede, zijn ogen rolden alsof ze mijn aanblik niet konden verdragen. 'Ze waren van mij,' zei hij. Later ving hij andere beestjes en hij verborg ze ergens anders; ditmaal vertelde hij me niet waar. Ik ontdekte ze toch, maar ik durfde ze niet weer vrij te laten. Door mijn angst waren ze doodgegaan.

Ik wilde dat er geen oorlogen en dood waren, ik wilde dat ze niet bestonden; ik wilde dat er alleen maar konijntjes in gekleurde eierenhuisjes bestonden, met een zon en een maan die netjes recht boven een platte aarde stonden, ik wilde dat iedereen gelukkig was. Maar zijn tekeningen, de wapens, de uiteengereten soldaten, kwamen die werkelijkheid meer nabij: hij was een realist, dat vormde zijn bescherming. Hij was eenmaal bijna verdronken maar hij zorgde er wel voor dat hem dat nooit meer overkwam; toen hij van huis ging was hij klaar voor de wereld.

Weer zag ik de bloedzuigers in het lauwe water van het ven; de jonge hingen in kluitjes aan de stengels van de waterlelies, de grotere zwommen rond, plat en zacht als deegslierten. Ik vond het enge beesten, maar afkeer was geen excuus. Als we vroeger in het andere meer zwommen hadden we nooit last van ze, maar toch vingen we de gestippelde soort, de slechte soort volgens hem, en gooiden ze in het kampvuur als mijn moeder even niet keek; we mochten van haar geen dieren mishandelen. Ik had het niet zo erg gevonden als ze maar dood waren gegaan; maar ze kronkelden zich uit het vuur en kropen moeizaam, overdekt met as en dennenaalden terug naar het meer. Het leek wel of ze roken waar het water was. Dan tilde hij ze met twee takjes op en gooide ze weer in de vlammen.

De stad en mijn kwelgeesten op het schoolplein waren niet slecht, wij waren geen haar beter dan zij, we hadden alleen andere slachtoffers. Ook wij hadden het in ons om weer in kleine kinderen, barbaren, vandalen, te veranderen, het was ons aangeboren. Iets in mijn hoofd ging dicht, een hand een synaps, mijn vluchtweg werd afgesneden; dit was de verkeerde weg, de oplossing, de uitweg, was ergens anders, ik moet hem over het hoofd gezien hebben.

We bereikten het hoofdmeer en laadden de kano's weer vol. We sleepten ze over de versperring van boomstammen. In de baai kon je aan de gevelde bomen en de genummerde paaltjes zien waar de landmeters van de elektriciteitsmaatschappij geweest waren. Mijn land werd verkocht en verdronken, er werd een reservoir van gemaakt; de mensen en de dieren werden met het land meeverkocht, een koopje, *solde. Les soldes* werden ze genoemd, de uitgekochten; of de streek onder water zou worden gezet hing af van wie bij de verkiezingen uit de bus zou komen, niet hier, maar ergens anders.

16

Het was de zesde dag en ik moest er nu achter komen; het was mijn laatste kans, morgen kwam Evans ons ophalen. Mijn hersens werkten koortsachtig, de onaangename dingen verhullend en de leemten vullend met een wirwar van berekeningen en getallen, ik moest afmaken waar ik mee bezig was, ik had nog nooit iets afgemaakt. Om precies te zijn, ik moest me concentreren op één ding, op feiten, zekerheden.

Zo gauw ik kon raadpleegde ik nogmaals de kaart. Het kruisje stond op de plaats waar het hoorde te staan, ik had me niet vergist. Er was nog maar één theorie waar ik mijn toevlucht toe kon nemen: een aantal kruisjes konden plaatsen aanduiden waar volgens hem rotsschilderingen konden voorkomen, die hij evenwel nog niet onderzocht had. Ik volgde met mijn vinger de kustlijn en zocht de dichtstbijzijnde met een kruisje gemerkte plaats op; dat was de rotswand waar we de eerste avond bij gevist hadden, de schildering moest zich onder water bevinden. Ik zou moeten duiken. Als ik iets vond zou hem dat in het gelijk stellen, ik zou weten dat hij het bij het rechte eind had; als ik niets vond kon ik het bij het volgende kruisje bij het reigereiland proberen, en daarna het volgende.

Ik had mijn badpak al aan; we hadden de kleren op de steiger gewassen door ze met groene zeep over het geribbelde wasbord te wrijven en ze in het meer uit te spoelen. Ze hingen nu aan knijpers te drogen aan de waslijn achter de blokhut: overhemden, spijkerbroeken, rokken, Anna's gekleurde ondergoed, onze afgeworpen huid. Anna maakte een wat meer ontspannen indruk, ze neuriede vanachter haar vers aangebrachte make-up façade. Ze was bij het meer gebleven om de rook uit haar haar te wassen. Ik trok een T-shirt aan voor het geval er Amerikanen waren. Voor ik wegging zocht ik nog een keer naar de camera waarmee hij de foto's moest hebben gemaakt, maar hij bleef onvindbaar; hij moet hem meegenomen hebben, de laatste keer.

Ik was de eerste treden van de trap al afgelopen voor ik hen zag. Ze zaten met z'n drieën op de steiger; ik zag hen maar gedeeltelijk door de boomtakken heen. Anna zat geknield in haar oranje bikini op het punt van de steiger met een handdoek over haar hoofd gedrapeerd, als een non; David stond vlak naast haar met zijn handen op zijn heupen. Joe zat een eindje van ze af met de filmcamera in zijn handen; zijn benen bengelden over de rand en hij had zijn gezicht afgewend alsof hij beleefd zat te wachten tot ze klaar waren. Toen ik hoorde wat ze zeiden bleef ik staan. Weliswaar lag daar de kano die ik nodig had maar het was te gevaarlijk. Het was een windstille dag, het geluid droeg ver.

'Vooruit, trek nou uit,' zei David op zijn licht ironische toontje.

'Ik laat jou toch ook met rust.' Anna deed kortaf, ontwijkend.

'Het kan toch geen kwaad? We hebben alleen een naakte meid nodig.'

'Waarvoor, verdorie?' Anna klonk nu geïrriteerd, haar gesluierde hoofd was omhooggegaan; haar ogen zouden wel schuin opzij kijken.

'Voor *Zomaar Dingen*,' zei David geduldig en ik dacht: 'Ze hebben alles gehad, er is hier niets waar ze opnamen van kunnen maken. Ze kunnen alleen elkaar nog filmen. Straks moeten ze mij nog hebben.'

'We zetten jou na die dode vogel; dat is je grote kans om een ster te worden. Je wilde toch altijd beroemd worden? Je komt op de schooltelevisie,' voegde hij eraan toe alsof hij haar een bijzonder aantrekkelijk lokaas voorhield.

'Ach, hou in godsnaam op,' zei Anna. Ze pakte haar misdaadroman weer op en deed of ze las.

'Toe nou, we hebben een blote meid met grote tieten en

een dikke kont nodig,' zei David op dezelfde poeslieve toon; ik herkende die dreigende vriendelijkheid, op school ging die altijd vooraf aan de truc, de clou.

'Laat me met rust,' zei Anna. 'Ik bemoei me toch ook niet met jullie zaken, bemoeien jullie je dan ook niet met de mijne.' Ze stond op, waarbij haar handdoek van haar hoofd gleed, en probeerde langs hem heen naar de kant te glippen maar hij deed een stapje opzij zodat ze er niet langs kon.

'Als ze niet wil dan film ik haar niet,' zei Joe.

'Ze verzet zich alleen maar om de schijn op te houden,' zei David, 'ze wil best, in haar hart is ze een exhibitioniste. Ze is trots op haar wulpse lijf, nietwaar liefje? Zelfs al wordt ze te dik.'

'Denk maar niet dat ik je niet doorheb,' zei Anna alsof ze een raadsel had opgelost. 'Je probeert me te vernederen.'

'Wat is er nou voor vernederends aan je lichaam, liefje?' zei David vleiend. 'We vinden het allemaal mooi, je schaamt je er toch niet voor? Dat zou krenterig van je zijn, je moet ons laten delen in je rijkdom; meestal doe je dat trouwens ook.'

Anna was nu kwaad, geprikkeld, haar stem schoot uit. 'Sodemieter op, je wilt weer het onderste uit de kan, hè, maar bij mij hoef je met die smoesjes niet aan te komen.'

'Waarom niet?' zei David, 'meestal heb ik er succes mee. Vooruit, wees een braaf meisje en trek dat badpak uit, of anders doe ik het.'

'Laat haar met rust,' zei Joe, zwaaiend met zijn benen, verveeld of opgewonden, dat was moeilijk te zeggen.

Ik wilde naar de steiger rennen en ze tegenhouden maar vechten was verkeerd. We mochten niet vechten, als we het toch deden kregen we allebei straf, net als in een echte oorlog. Dus vochten we in het geheim, een oorlog zonder oorlogsverklaring, en na een tijdje vocht ik niet meer terug omdat ik toch nooit won. Mijn enige verdediging bestond uit de vlucht, me onzichtbaar maken. Ik ging op de bovenste tree zitten.

'Hou je kop, het is *mijn* vrouw,' zei David. Hij greep haar vast boven haar elleboog. Ze probeerde zich los te rukken. Toen zag ik hoe hij zijn arm om haar heen sloeg alsof hij haar wilde kussen en ze werd opgetild, ondersteboven over zijn schouder, haar haar hing in natte slierten naar beneden. 'Oké, praatjesmaakster,' zei hij, 'je kunt kiezen: je badpak uit of het meer in.'

Anna klampte zich met haar vuist aan zijn overhemd vast. 'Als ik er in val ga jij mee.' Haar woorden kwamen vanachter haar neerhangende haar en ze schopte. Ik kon niet zien of ze lachte of huilde.

'Opnemen,' zei David tegen Joe, en tegen Anna: 'Ik tel tot tien.'

Joe richtte de camera op hen als een bazooka of een vreemd martelwerktuig en drukte op de knop, de trekker, en er klonk een sinister snorrend geluid.

'Goed dan,' zei Anna, toegevend aan zijn dwang, 'vervelende klier.' Hij zette haar neer en stapte opzij. Haar armen worstelden met de ellebogen ver uit elkaar, met de sluiting, als een kevertje dat op zijn rug ligt, en het bovenstuk van haar bikini viel op de grond: ik zag haar in twee helften, aan iedere kant van een dun boompje een borst.

'Je billen ook,' zei David alsof hij het tegen een stout kind had. Anna wierp hem een verachtelijke blik toe en boog zich voorover. 'En nou een beetje sexy kijken, vooruit; doe eens een dansje.'

Anna bleef even staan, bruin-rood verbrand met blond donshaar en witte aftekeningen alsof ze ondergoed aanhad, en staarde hem woedend aan. Toen stak ze haar middelvinger in de lucht, rende naar het eind van de steiger en dook het meer in. Ze maakte een buiklanding en het water spatte alle kanten uit, alsof er een ei kapot viel. Ze kwam boven met haar haar in slierten over haar voorhoofd en ze begon stuntelig met maaiende armen naar de zandhelling te zwemmen.

'Heb je dat?' vroeg David vriendelijk over zijn schouder.

'Gedeeltelijk,' zei Joe. 'Misschien kun je het haar nog eens laten overdoen.' Ik dacht dat hij het ironisch bedoelde, maar zeker was ik er niet van. Hij begon de camera van het statief los te schroeven.

Ik hoorde Anna spetteren en daarna de zandhelling beneden opklauteren, ze huilde nu echt, haar adem klonk gierend. De struiken ritselden, ze vloekte; toen kwam ze boven de rand van de heuvel te voorschijn, ze moet omhooggeklommen zijn door zich aan de overhangende bomen op te trekken. Haar roze make-up was doorgelopen, haar huid was besmeurd met zand en dennenaalden, als een verbrande bloedzuiger. Ze liep de blokhut in zonder naar me te kijken of iets tegen me te zeggen.

Ik stond op. Joe was weg maar David zat nog op de steiger, in kleermakerszit. Apart waren ze minder gevaarlijk; ik liep naar de kano.

'Hallo,' zei hij, 'hoe is 't?' Hij wist niet dat ik gekeken had. Hij had zijn schoenen uit en pulkte aan een teennagel alsof er niets gebeurd was.

David is net als ik, dacht ik, wij zijn degenen die niet weten hoe je moet liefhebben, er ontbreekt iets wezenlijks aan ons, zo zijn we nu eenmaal geboren – zoals Madame in de winkel met haar ene hand – astrofie van de ziel. Joe en Anna boften; weliswaar hadden ze tengevolge van hun vermogen om lief te hebben heel wat te verduren, maar het is beter om te kunnen zien dan blind te zijn, zelfs al moet je dan ook misdaden en gruwelen aanzien. Of misschien zijn wij wel normaal en vormen degenen die kunnen liefhebben de uitzondering; ze hebben een extra orgaan, zoals het rudimentaire oog voor op de kop van amfibieën waarvan niemand begrijpt waar het toe dient.

Anna's bikini lag verkreukeld op de steiger als een afgeworpen cocon. Hij raapte het bovenstuk op en begon aan het gespje te frunniken. Ik was niet van plan geweest er iets over te zeggen, tenslotte waren het mijn zaken niet, maar voor ik het wist had ik toch gevraagd: 'Waarom deed je dat?' Mijn stem klonk neutraal en ik realiseerde me dat ik het niet voor Anna vroeg, dat ik niet voor haar opkwam; ik vroeg het voor mezelf, ik wilde het begrijpen.

Even hield hij zich van de domme. 'Wat?' zei hij, met een onschuldige grijns.

'Wat je daarnet met haar deed.'

Hij keek scherp naar me om te zien of ik hem beschuldigde maar ik was bezig de kano los te maken, ik was zo onpersoonlijk als een muur, als een biechtstoel, en dat stelde hem gerust. 'Je weet niet wat ze me aandoet,' zei hij op enigszins jammerende toon. 'Ze vraagt erom, ze brengt me ertoe.' Zijn stem kreeg een sluwe klank. 'Ze gaat met andere mannen naar bed, ze denkt dat ik niets in de gaten heb, maar ze pakt het zo stom aan dat ik het steeds ontdek; ik ruik het. Als ze het maar open en eerlijk zou doen zou ik het niet erg vinden, God weet dat ik niet jaloers ben.' Hij glimlachte tolerant. 'Maar ze doet het stiekem, dat kan ik niet uitstaan.'

Dat had Anna me niet verteld, ze had iets weggelaten, of hij loog. 'Maar ze houdt van je,' zei ik.

'Gelul,' zei hij, 'ze probeert me kapot te maken.' Zijn blik was eerder bedroefd dan vijandig, alsof hij in haar teleurgesteld was.

'Ze houdt van je,' herhaalde ik, alsof ik bloemblaadjes van een madeliefje plukte; het was het toverwoord maar het had geen effect omdat ik er niet in geloofde. Mijn man placht het eindeloos te herhalen, als het op de band opgenomen telefonische weerbericht, hij trachtte het in mijn hersens te griffen; en met net zo'n teleurgesteld gezicht als David, alsof ik degene was die hem gekwetst had, en niet andersom. Een ongelukje, zo noemde hij het.

'Tegen *mij* zegt ze dat nooit,' zei hij. 'Ik krijg de indruk dat ze weg wil, dat ze haar kans afwacht om ervandoor te gaan. Maar ik heb haar er niet naar gevraagd, we praten niet veel meer, behalve als er anderen bij zijn.'

'Misschien zouden jullie juist eens met elkaar moeten praten,' zei ik, niet overtuigd, niet overtuigend.

Hij haalde zijn schouders op. 'Waar zouden we over moeten praten. Ze is te stom om te snappen wat ik tegen haar zeg, Jezus, ze beweegt zelfs haar lippen als ze naar de tv kijkt. Ze weet niks, iedere keer dat ze haar mond opendoet maakt ze zichzelf belachelijk. Ik weet wat je denkt,' zei hij, bijna smekend, 'maar ik ben er helemaal voor een vrouw als gelijke te behandelen, maar zij is nu eenmaal mijn gelijke niet, en dat is toch zeker niet mijn schuld? Ik ben getrouwd met een stel tieten, ze heeft me het huwelijk in gemanipuleerd; dat was toen ik theologie studeerde, ik wist toen niet beter. Maar zo is het leven.' Hij liet zijn snor op en neer wippen en lachte zijn Woody Woodpeckerlach; zijn ogen hadden een verbijsterde uitdrukking.

'Volgens mij kunnen jullie best een oplossing vinden,' zei ik. Ik legde de peddel dwars over de dolboorden en klom in de kano. Ik herinnerde me wat Anna had gezegd over 'je emotioneel helemaal inzetten': zij hadden zich emotioneel ook helemaal ingezet, dacht ik, ze haten elkaar; dat eist natuurlijk evenveel van je als liefde. Mijn ideaal: het weermannetje en het weervrouwtje in hun houten huisje, als heiligenbeeldjes in hun nis op Pauls voorveranda; het was alleen jammer dat ze niet van hun plaats konden; het was hun lot om voorgoed huisje-in huisje-uit te schuiven, ontsnappen was onmogelijk. Wanneer hij haar straks weer zag zouden er geen schuldbekentenissen, uitgebreide verzoeningen of vergeving zijn, dat stadium waren ze al voorbij. Ze zouden er geen van beiden over beginnen, ze hadden een evenwicht dat bijna op vrede leek bereikt. Vader en moeder aan de zaagbok, achter de hut: moeder hield de boom, een witte berk, vast en vader zaagde terwijl het zonlicht door de takken op hun haar viel. Een bekoorlijk tafereeltje.

Ik draaide de kano om zijn as. 'Hé,' zei hij, 'waar ga je heen?'

'O...' Ik gebaarde naar het meer.

'Heb je iemand nodig om achterin te peddelen?' zei hij. 'Ik kan het erg goed, ik heb zo langzamerhand heel wat ervaring.'

Zijn stem klonk smekend, alsof hij behoefte aan gezelschap had maar ik had er geen zin in, ik zou moeten uitleggen wat ik ging doen en hij kon me toch niet helpen. 'Nee,' zei ik, 'bedankt voor het aanbod.' Ik knielde en liet de kano naar één kant overhellen.

'Goed hoor,' zei hij, 'tot kijk dan maar.' Hij sloeg zijn benen van elkaar, kwam overeind en drentelde de steiger af naar de hut. Zijn gestreepte T-shirt lichtte op tussen de boomstammen en verdween achter me toen ik vanuit de baai het open water op gleed.

17

Ik voer naar de rotswand toe. De zon stond laag, het was nog ochtend. Het licht was niet geel, maar helder wit. Recht boven mij vloog een vliegtuig, zo hoog dat ik het bijna niet kon horen; het verbond twee steden met een dunne rookdraad; een kruis in de lucht, een ongewijde crucifix. De vorm van de reiger die de eerste avond toen we waren gaan vissen over ons heen vloog, met zijn poten en nek uitgestrekt, en zijn vleugels breed uitgeslagen, als een blauwgrijs kruis, en de andere reiger, of was het misschien dezelfde, die dood aan de boomtak hing. Ik vroeg me af of hij vrijwillig, met instemming, was gestorven, of Christus vrijwillig was gestorven: ieder wezen dat in onze plaats lijdt en sterft is Christus; als ze geen vogels en vissen hadden gedood zouden ze ons gedood hebben. De dieren sterven opdat wij leven, ze dienen als vervanging voor mensen; de herten die in de herfst door jagers worden gedood, ook zij zijn Christus. En we eten ze op, uit blikjes of op een andere manier; wij zijn eters van de dood, het dode vlees van Christus herrijst in ons en schenkt ons het leven. Vlees in blik, Jezus in blik, zelfs planten zijn Christus. Maar wi; weigeren te aanbidden; het lichaam aanbidt met bloed en spieren maar datgene wat er in die knol, ons hoofd, zit aanbidt niet, weigert te aanbidden; het hoofd is hebzuchtig, het neemt maar dankt niet.

Ik bereikte de rotswand en er waren geen Amerikanen. Ik voer er vlak langs op zoek naar de beste plek om te duiken; de rotswand was naar het oosten gericht en werd door de zon beschenen. Dit was het aangewezen uur. Ik zou aan de linkerkant beginnen. In je eentje duiken was gevaarlijk, er zou eigenlijk iemand bij moeten zijn. Maar ik dacht dat ik nog wel wist hoe het moest: vroeger gingen we er met de kano's op uit of we doken van vlotten die we hadden gebouwd van drijfhout en planken; vaak knapten in de lente als het ijs ging kruien de meertouwen en dreven ze weg; soms kwamen we ze later weer tegen, ronddrijvend als van een gletsjer afgebroken schotsen.

Ik haalde de peddel binnenboord en trok mijn T-shirt uit. Ik was van plan om een paar meter uit de rotswand in het water te duiken en er dan naar toe te zwemmen; op die manier liep ik niet het risico dat ik mijn hoofd zou stoten; de rotswand leek loodrecht in de diepte te verdwijnen, maar er zou zich onder water een richel kunnen bevinden. Ik knielde met mijn gezicht naar de achtersteven op het achterbankje, plaatste toen mijn voeten op de beide dolboorden en kwam langzaam overeind. Ik boog door mijn knieën en richtte mijn bovenlichaam op. De kano wipte op en neer als een duikplank. Ik zag mijn andere ik in het water, niet mijn weerspiegeling maar mijn schaduw, verkort, onscherp, met een stralenkrans om mijn hoofd.

Mijn ruggegraat kromde zich, ik dook het water in en zwom met krachtige slagen van mijn benen naar beneden. Ik gleed de diepte in, van laag naar laag, van grijs naar donkergrijs, van koel naar koud. Ik maakte een bocht, en de rotswand doemde voor me op, grijs, roze, bruin; ik schoof er langs, tastend met mijn vingers, als een slak over een glibberig oppervlak. Door het water zag ik alles wazig. Toen begon ik het benauwd te krijgen; ik trok mijn benen op, strekte mijn lichaam en zweefde terwijl ik lucht uit mijn mond liet ontsnappen als een kikker en mijn haren voor mijn gezicht slierden omhoog naar de kano die boven mij, half in het water, half in de lucht hing, als een tussenstation, een veilig eiland. Ik kantelde hem met mijn gewicht, liet me er over de zijkant inrollen en rustte uit. Ik had niets gezien. Mijn armen deden nog pijn van de vorige dag en van de nieuwe inspanning; mijn lichaam werkte niet mee, het was de bewegingen verleerd; het was alsof ik weer leerde lopen na een langdurig ziekbed.

Ik wachtte een paar minuten, peddelde de kano een eindje verder en dook opnieuw; ik tuurde ingespannen al wist ik niet wat ik kon verwachten: een handafdruk of een dier, het hagedisselichaam met de horens, de staart en de naar voren gerichte kop, een vogel of de kano met de als paaltjes getekende inzittenden; of iets kleins, iets abstracts, een cirkel, een maan; of een lange vervormde figuur, stijf en kinderachtig getekend, een mens. Ik had geen lucht meer, ik kwam boven. Hier was het niet, het moest verderop zijn, of dieper; ik was ervan overtuigd dat de schildering er was; hij had de kaart niet voor niets zo methodisch van aanduidingen en getallen voorzien, dat zou in strijd met zijn normale gedrag zijn: hij hield zich altijd aan zijn eigen regels, zijn axioma's.

Bij de volgende poging meende ik net toen ik me omdraaide om weer naar de oppervlakte te zwemmen iets te zien, een vlek, een schaduw. Ik was duizelig, ik zag alles door een mist. Terwijl ik lag uit te rusten zwoegde mijn borstkas op en neer. Ik zou zeker een half uur rust moeten nemen, maar ik was buiten mijzelf van vreugde, daar onder water was de schildering, ik zou hem vinden. Zonder me om het gevaar te bekommeren zette ik me schrap op de dolboorden en dook.

Groenig licht, dan duisternis, laag na laag, nog dieper dan daarnet, naar de bodem van de zee; het water leek dikker geworden en er flitsten lichtjes als speldeprikken doorheen, rood en blauw, geel en wit; ik zag dat het vissen waren, bewoners van de diepte; de randjes van hun vinnen glinsterden fosforiserend, hun tanden gloeiden als neonlampen. Heerlijk was het om zo diep te duiken, ik keek naar de vissen, ze zwommen voorbij als de figuren die je ziet als je je ogen dicht hebt, mijn armen en benen waren gewichtloos, ik zweefde; ik vergat bijna de rotswand af te speuren naar de vage vorm die ik had gezien.

Hij was er, maar het was geen schildering, en hij bevond zich ook niet op de rotswand. Hij was onder me en dreef naar me toe vanuit de diepste diepte waar geen leven was, een donker ovaal met slappe ledematen. Ik zag de vorm slechts wazig maar hij had ogen die open waren, het was iets dat ik kende, een dood ding, het was dood.

Ik draaide me om, angst borrelde zilver uit mijn mond, paniek snoerde mijn keel dicht, mijn schreeuw werd gesmoord en ik stikte bijna. De groene kano was ver boven me, het zonlicht gloeide eromheen, een baken, veiligheid.

Maar ik zag niet één kano, het waren er twee, de kano had zich in tweeën gesplitst of ik zag dubbel. Mijn hand schoot uit het water en greep het dolboord, mijn hoofd volgde; water liep uit mijn neus, ik hapte naar adem, mijn maag en longen trokken krampachtig samen en mijn haren plakten om mijn hoofd als waterplanten; het meer was vol verschrikkingen, de dood waarde er in rond, ik werd erdoor aangeraakt.

Joe zat in de andere kano. 'Hij zei dat je deze kant was uitgegaan,' zei hij. Hij moest al vlakbij geweest zijn toen ik dook maar ik had hem niet gezien. Ik was niet bij machte iets te zeggen, mijn longen snakten naar lucht en ik had nauwelijks genoeg kracht in mijn armen om mezelf in de kano te hijsen.

'Wat voer jij in godsnaam uit?' zei hij.

Ik ging op de bodem van de kano liggen en sloot mijn ogen; ik verwenste zijn aanwezigheid. Voor mijn geestesoog doemde het beeld weer op: eerst dacht ik dat het mijn verdronken broer was, zijn gezicht omkranst door deinende lokken, een beeld dat ik me van vóór mijn geboorte herinnerde; maar hij kon het niet zijn, hij was tenslotte helemaal niet verdronken, hij was ergens anders. Toen herkende ik het: ik had me nooit mijn broer herinnerd, dat was een drogbeeld geweest.

Ik wist wanneer het was: het zat ineengedoken in een fles en staarde me aan als een kat op sterk water; het had enorme geleiachtige ogen, vinnen in plaats van handen en vissekieuwen; ik kon het niet vrijlaten, het was al dood, het was in de lucht verdronken. Het hing boven me in de lucht toen ik wakker werd, als een miskelk, een boosaardige graal en ik dacht: Wat het ook is, een deel van mezelf of een ander wezen, ik heb het gedood. Het was geen kind maar het had een kind kunnen zijn, ik had het niet geboren laten worden.

Water droop van me af in de kano, ik lag in een plasje. Ik was woedend op hen geweest, ik had het van tafel geslagen, mijn leven kletterde op de grond, als een glazen ei, het bloed spatte in het rond, er was niets aan te doen.

Nee, dat was onzin, dat had ik nooit gezien. Ze veegden het in een emmer en gooiden het weg, God mag weten waar, het spoelde al door de riolen toen ik wakker werd, terug naar de zee, ik strekte mijn hand er naar uit en het verdween. De fles was logisch geweest, volkomen verklaarbaar, het was een herinnering aan die opgesloten en rottende dieren, door mijn hersens weggeborgen achter een muur die de dood van me vandaan hield. Het was niet eens in een ziekenhuis gebeurd; geen wettiging, geen officiële procedures. Het gebeurde in een huis: een armoedige wachtkamer met tijdschriften, een rode loper in de gang, klimplanten en bloemen, de geur van citruswas, steeds gesloten deuren en gefluister, ze wilden je zo gauw mogelijk kwijt. De zogenaamde verpleegster met haar zure okselgeur en haar masker van bezorgdheid. Ik wankel door de gang, van bloem naar bloem, haar schuldige hand steunt mijn elleboog, haar andere hand tegen de muur. De ring om mijn vinger. Het was maar al te reëel, het was een werkelijkheid die mij mijn hele leven zou achtervolgen: ik kon de verminking, de vernieling die ik in mijzelf had aangebracht, niet verwerken. Ik had behoefte aan een andere lezing van het gebeurde. Ik paste alles zo goed mogelijk aan elkaar, alles gladstrijkend als in een plakboek, een collage, de gedeelten die me niet zinden plakte ik weg. Een gefantaseerd fotoalbum met valse herinneringen, als een vervalst paspoort; maar een papieren huis was beter dan helemaal geen huis en ik kon er bijna in wonen, tot nu toe hád ik er in gewoond.

Hij was niet meegegaan naar dat huis waar ze het deden; zijn eigen kinderen, de echte, hadden een verjaarsfeestje.

Maar hij kwam me na afloop wel afhalen. Het was een warme dag en toen we buiten in het zonlicht kwamen zagen we een ogenblik lang niets. Het was geen trouwerij, er waren geen duiven, het postkantoor en het gazon waren in een ander deel van de stad, ik ging er wel eens postzegels kopen; de fontein met de dolfijn en met het engeltje met het halve gezicht kwam uit het fabrieksstadje; ik had ze erbij verzonnen om er een persoonlijke noot aan toe te voegen.

'Het is voorbij,' zei hij. 'Gaat het een beetje?'

Ik was leeggemaakt, geamputeerd; ik stonk naar zout en desinfecterende middelen; ze hadden de dood in me geplant als een zaadje.

'Je hebt het koud,' zei hij, 'kom mee, het lijkt me beter dat ik je naar huis breng.' Hij keek onderzoekend naar mijn gezicht in het zonlicht, handen aan het stuur, stoer, het was beter zo. Op mijn lege schoot stond een tas, een koffertje. Ik kon niet naar huis gaan, ik ben er nooit meer geweest, ik heb ze een kaart gestuurd.

Ze hebben het nooit geweten, ze hebben nooit begrepen waarom ik ben weggegaan. Hun naïveteit was de reden waarom ik het hen niet kon vertellen; een gevaarlijke naïveteit die hen als achter glas isoleerde – ze leefden in een kunstmatige tuin, in een broeikas. Ze hadden ons niets geleerd over het kwaad, daar wisten ze niets van, dus hoe had ik het hen moeten beschrijven? Ze kwamen uit een andere, prehistorische tijd, toen iedereen trouwde en een gezin stichtte – de kindertjes groeiden als zonnebloemen in de tuin; ze stonden even ver van het leven af als Eskimo's of mastodonten.

Ik opende mijn ogen en ging rechtop zitten. Joe zat nog steeds naast me, zijn kano met zijn hand langszij houdend.

'Gaat het?' zei hij. Zijn stem drong vaag tot me door, alsof hij door een deken heen praatte.

Hij zei dat ik het moest doen, hij heeft me ertoe aangezet; hij praatte erover alsof het normaal en doodeenvoudig was, zoiets als het laten weghalen van een wrat. Hij zei dat het nog geen mens was maar een dier; ik had moeten begrijpen dat dat geen verschil maakte; het verborg zich in mij als in een hol en in plaats van het een veilig onderkomen te bieden had ik toegestaan dat ze het vingen; daardoor was ik één van hen geworden: een moordenaar. Na de slachting, de moord, begreep hij niet waarom ik hem niet meer wilde zien; het verbijsterde hem, hij nam het me kwalijk, hij verwachtte dat ik hem dankbaar was omdat hij het voor me geregeld had, en me had laten opknappen zodat ik weer zo goed als nieuw was, andere mannen, zo zei hij, zouden die moeite niet genomen hebben. Sindsdien had ik het zaad van de dood in mij gedragen; ik had het ingekapseld als een gezwel, een tumor, een zwarte parel; nee, de dankbaarheid die ik nu voelde gold hem beslist niet.

Ik moest aan land gaan en iets achterlaten: je hoorde een kledingstuk als offer achter te laten. Ik had spijt van al die kwartjes die ik zo braaf voor de collecteschaal had meegenomen, ik had er zo weinig voor teruggekregen: er school geen kracht meer in hun suikerzoet gekleurde prentjes van Jezus of in de stijve gestyleerde standbeelden van de anderen de heilige drievuldige naam was gedegradeerd tot een vloek. Deze goden hier aan de oever of in het water, verguisd of vergeten, waren de enigen die me ooit iets gegeven hadden waaraan ik behoefte had; en zonder er iets voor terug te vragen.

Ik begreep nu wat de kruisjes op de kaart en de tekeningen betekenden: aanvankelijk had hij waarschijnlijk alleen maar naar rotstekeningen gezocht, hij had hun ligging bepaald, ze opgespoord en op foto vastgelegd, louter als hobby. Maar later had hij ontdekt wat hun bedoeling was. De Indianen hadden de Verlossing niet in pacht, maar lang geleden hadden ze geweten waar ze hem konden vinden en hun tekeningen markeerden de heilige plaatsen, de plaatsen waar je de waarheid kon vinden. Aan het Witte Berkenmeer en hier waren geen rotsschilderingen omdat zijn latere tekeningen niet naar voorbeelden op de rotsen gekopieerd waren. Hij had nieuwe heilige plaatsen, nieuwe orakels ontdekt, zijn tekeningen stelden dingen voor die hij gezien had zoals ik ze gezien had: visioenen die hij tenslotte kreeg nadat de logica gefaald had. Toen het voor het eerst gebeurde moet hij zich dood geschrokken zijn: het was alsof je door een gewone deur stapte en je je plotseling in een ander melkwegstelsel met paarse bomen, rode manen en een groene zon bevond. Ik zwaaide de peddel buitenboord, Joe liet los en ik voer naar de oever. Ik trok mijn tennisschoenen aan, rolde mijn T-shirt op en stapte uit de kano. Ik legde hem vast aan een boom en begon toen de helling die naar de top van de rots leidde te beklimmen. Aan de ene kant stonden bomen, aan de andere kant verhief zich de rotswand. Ik rook balsemien, mijn blote benen werden geschramd door het kreupelhout. Van het meer af had ik gezien dat er een richel was, daar kon ik mijn T-shirt opgooien. Ik kende de namen van degenen aan wie ik dit offer bracht niet, maar ze waren er en ze hadden goddelijke macht. Kaarsen voor een standbeeld, krukken op traptreden, bloemen in jampotjes voor crucifixen langs de weg, dankbetuigingen voor genezingen, hoe ingebeeld en onbeduidend ook. Kleren waren een betere offerande: ze waren onmisbaarder en essentiëler en wat ik er voor gekregen had was belangrijker dan een hand of een oog, er sijpelde langzaam weer gevoel in me, ik tintelde als een slapende voet.

Ik kwam bij de richel; hij was begroeid met door rendiermos overwoekerde takken, als een verentooi, de uiteinden van de takken leken rood op te gloeien in het zonlicht. De richel bevond zich op slechts een armlengte afstand tegen de steile rotswand. Ik vouwde mijn T-shirt netjes op en legde het erop.

Achter me hoorde ik lompe voetstappen door het kreupelhout kraken. Het was Joe, ik was hem totaal vergeten. Toen hij me bereikte pakte hij me bij mijn schouders.

'Gaat het?' zei hij weer.

Ik hield niet van hem, ik stond te ver van hem af, het was alsof ik hem door een beslagen raam of overtrekpapier zag, hij hoorde hier niet. Maar hij bestond, hij verdiende te leven.

Ik wilde dat ik hem kon zeggen hoe hij moest veranderen om datgene te vinden wat ik gevonden had.

'Ja,' zei ik. Ik raakte zijn arm met mijn hand aan. Mijn hand raakte zijn arm aan. Hand raakt arm aan. De taal deelt ons op in fragmenten en ik wilde juist één ondeelbaar geheel zijn.

Hij kuste me; ik stond achter de glazen ruit. Toen hij zijn hoofd terugtrok zei ik: 'Ik hou niet van je.' Ik wilde het uitleggen maar hij scheen me niet te horen; zijn mond drukte op mijn schouder, zijn vingers frunnikten aan het gespje op mijn rug en gleden toen langs mijn lendenen; hij wrikte aan me alsof hij probeerde een strandstoel op te vouwen, hij wilde dat ik op de grond ging liggen.

Ik strekte mijn lichaam uit op de grond en ik voelde twijgjes en dennenaalden onder me. Op dat moment dacht ik: 'Misschien ben ik voor hem wel de toegang tot het geheim, zoals het meer de toegang voor mij was.' Het bos balde zich in hem samen, het was twaalf uur, de zon stond achter zijn hoofd; zijn gezicht was onzichtbaar, de zonnestralen kwamen uit een duister middelpunt, mijn schaduw.

Zijn handen gingen naar beneden; het geluid van een ritssluiting, metalen tandjes op metalen tandjes, hij kwam omhoog uit zijn harig omhulsel, stevig en zwaar; maar toen hij zijn kleren uit had zag ik dat hij een mens was en ik wilde niet dat hij in me kwam, dat was heiligschennis, hij was een van de moordenaars, hij had een spoor van verminkte lemen slachtoffers achtergelaten en hij had er geen oog voor gehad, hij kende zichzelf niet, wist niet dat er een moordenaar in hem stak.

'Niet doen,' zei ik, terwijl hij zich op mij liet zakken, 'ik wil het niet.'

'Wat is er met jou aan de hand?' zei hij boos. Toen drukte hij me tegen de grond met zijn handen als bankschroeven, hij perste zijn tanden tegen mijn lippen, mij het spreken belettend en hij schurkte met zijn lichaam tegen mij aan, geen tegenspraak duldend.

Ik schoof mijn arm tussen ons in tegen zijn keel, zijn luchtpijp, en duwde zijn hoofd achterover. 'Direct word ik nog zwanger,' zei ik, 'dit is de gevaarlijke tijd.' Het was de waarheid en het was genoeg om hem te laten ophouden: vlees dat vlees voortbrengt, een wonder waarvoor ze allemaal terugschrikken.

Hij liet me ver achter zich, zijn woede stuwde de kano voort als een motor en hij was het eerst bij de steiger. Toen ik aanlegde was hij in geen velden of wegen meer te bekennen.

18

Er was niemand in de hut en hij was anders, groter, alsof ik er een hele tijd niet geweest was: de helft van mij die begon terug te komen was er nog niet aan gewend. Ik liep weer naar buiten, deed het hek van de omheinde rechthoek open en ging voorzichtig op de schommel zitten, de touwen konden mijn gewicht nog dragen. Ik schommelde zachtjes heen en weer, met mijn voeten op de grond. Rotsen, bomen, de zandbak waarin ik huizen met ramen van steentjes bouwde. Ook de vogels waren er, Vlaamse gaaien en koolmezen, maar ze bleven op een afstand, ze waren niet tam.

Ik speelde met de ring aan mijn linkerhand. Een herinnering: hij had hem aan mij gegeven, het was een gouden ring zonder diamanten, omdat hij naar hij zei niet van uiterlijk vertoon hield. We werden door die ring gemakkelijker in hotels toegelaten, hij opende deuren voor ons; de rest van de tijd droeg ik hem aan een kettinkje om mijn hals. De kille badkamers die overal hetzelfde waren, koude tegels onder je voetzolen, waar je gewikkeld in andermans handdoek rondliep; het was in de tijd van de condooms en de voorzorgsmaatregelen. Hij zette zijn horloge altijd rechtop op de nachtkastjes om te zorgen dat hij niet te laat kwam.

In zijn ogen had ik iedereen kunnen zijn, maar voor mij was hij uniek, de eerste, mijn leraar. Ik aanbad hem, ik was zijn jonge bruidje, hij was mijn afgod. Ik bewaarde zijn weggegooide velletjes schoonschrift als relikwieën, hij schreef nooit brieven, ik kreeg alleen zijn met rood potlood geschreven kritische opmerkingen die hij met paperclips aan mijn tekeningen hechtte. Hij gaf me altijd onvoldoendes, hij was een idealist, hij zei dat hij niet wilde dat onze relatie (zoals hij het noemde) zijn esthetisch oordeel zou beïnvloeden. In feite wilde hij dat onze relatie helemaal niets zou beïnvloeden, hij moest gescheiden blijven van het werkelijk leven. Het was een soort diploma aan de muur dat bewees dat hij nog jong was.

Hij heeft echt gezegd dat hij van me hield, dat gedeelte was waar, ik had het niet verzonnen. Het was op die avond dat ik mezelf opsloot en het water in de badkuip liet stromen en hij aan de andere kant van de deur stond te jammeren. Toen ik me tenslotte liet vermurwen en naar buiten kwam liet hij me foto's van zijn vrouw en kinderen zien, zijn duffe gezinnetje, ze hadden zelfs namen, en zei dat ik me volwassen moest gedragen.

Ik hoorde het hoge zoemen van een motorboot naderbij komen, als de boor van een tandarts: alweer Amerikanen. Ik stapte van de schommel en liep tot halverwege de trap zodat ik verborgen bleef achter de bomen. Ze lieten de motor langzamer lopen en voeren met een boog de baai in. Ik hurkte neer en keek toe; eerst dacht ik dat ze aan land wilden gaan, maar ze keken alleen maar spiedend rond, plannen beramend om aan te vallen en de hut in bezit te nemen. Ze wezen naar de hut en praatten; ik zag een verrekijker schitteren. Toen gaven ze weer gas en koersten naar de rotswand waar de goden woonden. Ze zouden niets vangen, daar zouden de goden voor zorgen. Het was gevaarlijk voor hen om daarheen te gaan zonder dat ze op de hoogte waren van de geheime krachten die daar huisden; er zou ze iets kunnen overkomen door een verkeerde handeling, zoals het neerlaten van stalen vishaken in het heilige water, waardoor de geheime kracht in werking zou treden als een elektrische stroom of een handgranaat. Ik had het er alleen maar levend afgebracht omdat ik een talisman had; mijn vader had me een leidraad nagelaten in de vorm van de mens-dieren en de getallenpuzzel.

Het zou gepast zijn als mijn moeder me ook iets had nagelaten, een erfenis. Zijn erfenis was gecompliceerd, een ingewikkelde puzzel, maar die van haar zou waarschijnlijk doodsimpel, maar wel afdoende zijn. Ik had nog niet alles; er moest van beiden een geschenk zijn.

Ik wilde er net naar gaan zoeken toen David in looppas het pad naar de wc af kwam hollen. 'Hoi,' riep hij, 'heb je Anna gezien?'

'Nee,' zei ik. Als ik terug naar de hut of de tuin inging zou hij me achternakomen en met me willen praten. Ik stond op, liep de laatste treden af en schoot het hoge gras in op het punt waar het pad begon.

Ik betrad de groene koelte tussen de bomen: jonge bomen en stronken, de laatste met een korst van houtskool, schurftig en verminkt, overblijfselen van een vroegere ramp. Mijn blik gleed over de grond, mijn ogen filterden de vormen; de namen van de dingen waren vervaagd maar ik kende nog steeds hun vorm en hun gebruiksmogelijkheden; dieren weten zonder woorden wat ze wel en wat ze niet kunnen eten. Zes bladeren, drie bladeren, de wortel van deze plant is knapperig. Witte stengels, gekromd als vraagtekens, viskleurig in het schemerige licht, lijkenplanten, oneetbaar. Vingervormige gele zwammen, soort onbekend, ik heb hun namen nooit allemaal kunnen onthouden; en verderop een paddestoel met een hoed en een ring, krijtwitte sporeplantjes en een naam: de Engel des Doods, dodelijk giftig. Eronder het onzichtbare deel, een ondergronds netwerk van draden, waarvan dit de zichtbare bloem was, vergankelijk als een ijspegel, bevroren groei; morgen zou hij gesmolten zijn, maar de wortels zouden blijven. Als ons lichaam onder de grond leefde, terwijl alleen ons haar boven de humuslaag uitstak zou het lijken alsof we slechts draadjesplanten waren.

De reden waarom de mensen doodkisten hebben uitgevonden om de doden in te stoppen, waarom ze ze balsemen en make-up opsmeren is dat ze niet willen dat ze zich ondergronds verspreiden of in iets anders veranderen. De zware steen met de naam en datum erop dient om de doden op hun plaats te houden. Ze zal die kist wel gehaat hebben, misschien heeft ze wel geprobeerd eruit te komen; ik had haar stiekem die kamer uit moeten loodsen, haar hierheen moeten brengen en haar het bos in sturen; ze zou hoe dan ook gestorven zijn, maar op die manier zou ze sneller en bij haar volle verstand aan haar einde gekomen zijn, niet zoals in die glazen kist.

De paddestoel stak omhoog uit de grond, louter vreugde, louter dood, brandend wit als sneeuw.

De dorre bladeren achter mij ritselden: hij was me heimelijk over het pad gevolgd. 'Hoi, wat ben jij aan het doen?'

Ik draaide me niet om en zei niets, maar hij verwachtte geen antwoord en ging naast me zitten. 'Wat is dat?' vroeg hij.

Ik moest me concentreren om tegen hem te spreken. De Engelse woorden leken vreemd, buitenlands; het was alsof ik twee verschillende gesprekken die dwars door elkaar heen gevoerd werden probeerde te volgen. 'Een paddestoel,' zei ik. Daar zou hij wel geen genoegen mee nemen; hij wilde natuurlijk de precieze benaming horen. Ik trekkebekte als een stotteraar en bracht tenslotte het Latijnse woord eruit: 'Amanita.'

'Mooi,' zei hij, maar het interesseerde hem niet. Ik wenste in stilte dat hij weg zou gaan maar dat deed hij niet. Na een tijdje legde hij zijn hand op mijn knie.

'Nou?' zei hij.

Ik keek hem aan. Hij glimlachte als een welwillende oom; achter zijn voorhoofd school een plan dat zijn huid deed rimpelen. Ik duwde zijn hand weg en hij legde hem weer terug.

'Wat vind je ervan?' zei hij. 'Je wilde toch dat ik je zou volgen?'

Zijn vingers knepen, hij zoog een deel van de geheime kracht uit me weg; zonder die kracht zou ik weer overgeleverd zijn aan de leugens. 'Niet doen, alsjeblieft,' zei ik.

'Toe nou, stribbel nou niet tegen,' zei hij. 'Je bent een lekkere meid, je kent het klappen van de zweep en je bent niet getrouwd.' Hij legde zijn arm opdringerig om me heen en trok me naar zich toe; zijn nek was rimpelig en sproetig, het zou niet lang meer duren voor de huid slap ging hangen; hij rook naar schedelhuid. Zijn snor schuurde over mijn gezicht.

Ik rukte me los en stond op. 'Waarom doe je dit?' zei ik. 'Je stoort.' Ik veegde mijn arm af waar hij hem had vastgepakt.

Hij begreep niet wat ik bedoelde, hij glimlachte nog breder. 'Maak je niet zo druk,' zei hij, 'ik zal het niet tegen Joe vertellen. Het is lekker, het is goed voor je en het is gezond.' Toen deed hij 'yuk yuk', als Goofy.

Hij praatte erover alsof het een trainingsprogramma, een atletische prestatie of een demonstratie kunstzwemmen in een naar chloor ruikend zwembad ergens in Californië betrof. 'Het zou helemaal niet gezond zijn,' zei ik, 'ik zou zwanger worden.'

Hij trok ongelovig zijn wenkbrauwen op. 'Maak dat je grootje wijs,' zei hij, 'we leven toch zeker in de twintigste eeuw.'

'Nee,' zei ik. 'Hier niet.'

Hij stond ook op en deed een stap naar me toe. Ik deinsde terug. Hij liep vlekkerig roze aan, zijn nek deed aan een kalkoen denken, maar zijn stem klonk nog redelijk. 'Luister,' zei hij, 'ik weet wel dat je een beetje wereldvreemd bent, maar ga me nu niet vertellen dat je niet weet waar Joe nu uithangt; die is niet zo nobel, die ligt nu ergens in de bosjes met die slet te naaien.' Hij wierp een snelle blik op zijn horloge alsof hij hun tijd opnam; hij scheen veel lol te hebben in zijn eigen woorden, zijn ogen glinsterden als reageerbuisjes.

'O,' zei ik; ik dacht even na. 'Misschien houden ze van elkaar.' Dat zou logisch zijn, zij wisten hoe dat moest. 'Hou jij van mij?' vroeg ik, voor het geval ik hem niet begrepen mocht hebben, 'wil je daarom met me vrijen?'

Hij dacht dat ik hem voor de gek hield of me dommer voordeed dan ik was en hij zei: 'Jezus.' Toen zweeg hij even, een nieuwe pijl op zijn boog leggend. 'Je laat het er toch zeker niet bij zitten?' zei hij. 'Oog om oog, zoals het spreekwoord luidt.' Hij sloeg zijn armen over elkaar, zijn pleidooi was afgelopen, wraak was zijn laatste argument: hij vond waarschijnlijk dat op mij de plicht rustte om wraak te nemen, een kwestie van rechtvaardigheid. Symmetrische seks, hij had mij nodig voor een abstract principe; voor hem zou het al voldoende zijn als onze geslachtsdelen losgekoppeld konden worden als twee keukenapparaten en in de lucht met elkaar zouden copuleren, dan was de balans voor hem weer in evenwicht.

Zijn polshorloge glinsterde, glas en zilver: misschien was dat zijn kiesschijf, de sleutel die hem opwond, zijn startknop. Er moest een zinsnede, een woordcombinatie bestaan die effect op hem had. 'Het spijt me,' zei ik, 'maar ik vind je niet opwindend.'

'Jij... jij,' zei hij, zoekend naar woorden, hij was zijn zelfbeheersing nu kwijt, 'frigide trut.'

De kracht vloeide naar mijn ogen. Ik kon dwars door hem heen kijken, hij was een bedrieger, een naprater; de stapels politieke pamfletten, bladzijden uit tijdschriften, affiches, werkwoorden en zelfstandige naamwoorden waarmee hij volgeplakt was werden nu van hem afgescheurd en hingen in flarden aan de oorspronkelijke grondlaag. Eens was hij jong geweest, toen hij in een zwart pak langs de deuren ging, en zelfs dat was een maskeradepak, een uniform geweest; nu viel zijn haar uit en wist hij niet meer welke taal hij moest spreken; zijn eigen taal was hij vergeten, hij moest een voorbeeld hebben. Flarden tweedehands Amerikaans overdekten hem als schurft of korstmos. Hij was erdoor aangetast, verminkt, en ik kon hem niet helpen: het zou te veel tijd kosten hem te genezen, hem te bevrijden, hem af te krabben tot zijn ware persoonlijkheid weer te voorschijn kwam.

'Stik dan maar,' zei hij. 'Ik ga hier niet opzitten en pootjes geven voor zo'n kouwe kikker als jij.'

Ik liep in een boogje om hem heen en begaf me op de terugweg naar de hut. Meer dan ooit wilde ik datgene wat ze voor me verborgen had vinden; de kracht die ik door mijn vaders toedoen had verworven was niet voldoende om me te beschermen, hij verschafte alleen kennis, en bovendien waren er meer goden dan die van hem: zijn goden waren de goden van het hoofd, geweien die geworteld waren in de hersenen. Ik wilde niet alleen kunnen begrijpen, maar ook kunnen handelen.

Ik dacht dat hij daar zou blijven staan, in ieder geval tot ik uit het gezicht verdwenen was, maar hij kwam me achterna: 'Het spijt me dat ik me zo liet gaan.' zei hij. Zijn stem klonk nu anders, onderdanig ditmaal. 'Dit blijft tussen ons, goed? Het is nergens voor nodig om het aan Anna te vertellen, vind je wel?' Als hij succes had gehad zou hij niet geweten hebben hoe snel hij het haar moest vertellen. 'Ik respecteer je houding, echt waar.'

'Goed hoor,' zei ik; ik wist dat hij loog.

Ze gingen op hun normale plaats aan tafel zitten en ik diende het avondeten op. We hadden niet geluncht maar niemand zei daar iets van.

'Hoe laat komt Evans morgen?' vroeg ik.

'Tien uur, half elf,' zei David. 'Leuke middag gehad?' vroeg hij aan Anna. Joe prikte een aardappel aan zijn vork en stak hem in zijn mond.

'Heerlijk,' zei Anna. 'Ik heb gezonnebaad, mijn boek uitgelezen en toen heb ik een lang gesprek met Joe gehad en daarna ben ik een eindje gaan wandelen.' Joe kauwde, zijn gesloten mond bewoog: een zwijgend protest. 'En jij?'

'Héérlijk,' zei David op overdreven verrukte toon. Hij legde zijn arm op tafel waarbij hij zogenaamd per ongeluk over mijn hand streek, zodanig dat ze het goed kon zien. Ik trok mijn hand terug, hij loog over mij, dieren liegen niet.

Anna glimlachte verdrietig naar hem. Ik keek naar zijn gezicht: hij lachte niet, hij staarde haar aan en de plooien in zijn gezicht leken dieper en slapper. Ze wisten alles van elkaar, dacht ik, daarom waren ze zo bedroefd; maar Anna was meer dan bedroefd, ze was wanhopig, haar lichaam was haar enige wapen en ze vocht voor haar leven, hij was haar leven, haar leven was een strijd: ze verzette zich tegen hem omdat als ze zich ooit zou overgeven het machtsevenwicht verstoord zou worden en hij er vandoor zou gaan. Om de oorlog voort te zetten.

Ik had geen zin om het spelletje mee te spelen. 'Ik weet wat je denkt, maar zo is het niet gegaan,' zei ik tegen Anna. 'Hij heeft het me wel gevraagd, maar ik heb nee gezegd.' Ik wilde haar duidelijk maken dat ik haar geen streek had geleverd.

Haar ogen schoten van hem naar mij. 'Wat kuis van je,' zei ze. Ik had een fout gemaakt, ze nam het me kwalijk dat ik niet toegegeven had, het was een indirect verwijt aan haar.

'O, kuis is ze zeker,' zei David, 'ze is een kuis nonnetje.'

'Joe vertelde me dat ze met hem ook niet wou,' zei Anna me nog steeds aankijkend. Joe zei niets, hij nam nog een aardappel.

'Ze haat mannen,' zei David luchtig. 'Of ze wil een man zijn, een van tweeën. Heb ik gelijk?'

Een kring van ogen, een tribunaal; zo dadelijk zouden ze elkaar een hand geven en een rondedans om me heen maken; en daarna de strop en de brandstapel, de straf voor ketterij.

Misschien was het waar. Ik ging alle mannen na die ik gekend had om uit te maken of ik hen al of niet haatte. Maar toen besefte ik dat het niet de mannen waren die ik haatte; het waren de Amerikanen, de menselijke wezens, zowel mannen als vrouwen. Ze hadden de kans gekregen maar ze hadden zich tegen de goden gekeerd en het werd tijd dat ik besliste aan welke kant ik stond. Ik wou dat er een machine bestond waarmee ik hen kon laten verdwijnen, een knop die ik maar in hoefde te drukken om hen in rook te doen opgaan, zonder dat de andere levende wezens er last van hadden. Op die manier zou er meer ruimte voor de dieren zijn, het zou hun redding betekenen.

'Krijgen we nog antwoord?' zei Anna pesterig.

'Nee.' zei ik.

Anna zei: 'Mijn God, ze is echt onmenselijk,' en ze glimlachten allebei treurig.

19

Ik ruimde de tafel af en schraapte de vetrandjes van de ham uit blik van de borden in het vuur, voedsel voor de doden. Als je ze genoeg te eten gaf zouden ze terugkomen; of was het juist omgekeerd, bleven ze weg als je ze genoeg te eten gaf? Het stond ergens in een boek, maar ik was het vergeten.

Anna zei dat ze de afwas zou doen. Misschien was het bedoeld als boetedoening, om het feit dat ze het voor deze ene keer gemakkelijker had gevonden om aan zijn zijde dan tégen hem te vechten, weer goed te maken. Ze liet het bestek in de pan kletteren en begon te zingen om een discussie te vermijden, het moment voor een vertrouwelijk gesprek was al voorbij; met haar stem nam ze bezit van de kamer, alsof ze haar territorium afbakende.

Het moest ergens in huis zijn. Vóór het avondeten had ik toen ik de schop ging halen de gereedschappenschuur doorzocht en bij het uitspitten van de aardappels had ik in de tuin rondgekeken, maar daar was het niet, anders zou het me beslist opgevallen zijn. Het moest iets zijn dat er niet hoorde, iets dat er niet was toen ik wegging, zoals de appel in het rijtje sinaasappels in die oude rekenboekjes. Ze had het natuurlijk speciaal hierheen meegenomen en het zodanig verborgen dat ik het pas zou ontdekken als de tijd rijp was; net als de puzzel van mijn vader zou het een bemiddelende rol spelen, we kunnen hen niet rechtstreeks benaderen. Ik droogde de borden af terwijl Anna afwaste en ik bekeek ze één voor één nauwkeurig om me ervan te vergewissen dat ik ze kende. Maar er was niets bij gekomen sinds ik hier voor het laatst was, het geschenk was geen bord.

Het was niet in de woonkamer. Na de afwas ging ik naar de kamer van David en Anna: haar leren jasje hing aan de muur, ze hadden het na onze tocht nog niet in mijn kamer teruggelegd. Ik doorzocht de zakken; er zat niets anders in dan een leeg metalen aspirinebuisje, een oud papieren zakdoekje en schilletjes van zonnebloempitten plus een half verbrand filter van een van Anna's sigaretten dat ik op de grond gooide en met mijn voet plattrapte.

Nu bleef alleen mijn kamer nog over. Zodra ik er binnen stapte voelde ik de aanwezigheid van de kracht, hij stroomde door mijn handen en mijn armen, ik was er dichtbij. Ik liet mijn blik langs de muren en de boekenplanken glijden, maar daar was het niet. Mijn geschilderde dames keken me met hun zwaarbewimperde ogen aan. Toen wist ik het ineens zeker: het zat in de schetsboeken, ik had ze onder het bed geschoven zonder ze allemaal door te kijken. Het was de laatste mogelijkheid en ze hoorden hier niet, ze hoorden in de kist in de stad.

Ik hoorde het gebrom van een motor op het meer, de toonhoogte was anders, zwaarder dan die van een gewone motorboot.

'Hé, kijk!' riep Anna vanuit de woonkamer, 'een grote boot!' We liepen naar de zandhelling: het was een politievlet van hetzelfde type waar de jachtopzieners altijd in rondvoeren. Ze kwamen natuurlijk controleren of we dode vissen en de bijbehorende visvergunning in ons bezit hadden, een gewone routineklus.

De vlet minderde vaart en voer op de steiger aan. David was toch beneden, hij moest het maar opknappen, tenslotte had hij de papieren. Ik liep weer naar binnen en ging voor het raam staan. Anna slenterde nieuwsgierig de trap af naar hen toe.

Het waren twee mannen, politiemensen of waarschijnlijk jachtopzieners in burger, en een derde man, blond, waarschijnlijk Claude uit het dorp en een vierde oudere man met het postuur van Paul. Het was vreemd dat Paul met de vlet was meegevaren, als hij op bezoek kwam zou hij met zijn eigen boot zijn gekomen. David gaf hen een hand en ze bleven in een kluitje op de steiger staan en praatten met gedempte stem. David zocht in zijn zak naar zijn visvergunning; toen krabde hij zijn achterhoofd alsof hij ergens mee in zat. Joe dook op uit het pad naar de wc en ze begonnen weer te praten; Anna's hoofd draaide in mijn richting. Toen zag ik David haastig met twee treden tegelijk de trap oprennen. De hordeur sloeg met een klap achter hem dicht. 'Ze hebben je vader gevonden,' zei hij, nahijgend van de klim. Hij vertrok zijn gezicht in een poging van zijn medeleven blijk te geven.

De deur werd opnieuw met een klap dichtgegooid, het was Anna. Hij sloeg zijn arm om haar heen en ze bestudeerden me beiden met diezelfde scherpe roofvogelblik waarmee ze tijdens het diner ook al naar me hadden gekeken.

'O,' zei ik. 'Waar?'

'Een paar Amerikaanse knapen hebben hem in het meer gevonden. Ze waren aan het vissen en sloegen hem bij toeval aan de haak; het lijk was onherkenbaar maar een oude kerel, Paul-en-nog-wat, hij staat daar beneden, hij zegt dat hij je kent, heeft de kleren geïdentificeerd. Ze namen aan dat hij van een rots was gevallen of zoiets, want hij had een schedelbreuk.' Een tweederangs goochelaar uit het warenhuis die mijn vader uit het niets te voorschijn toverde, als een opgezet konijn uit een hoed.

'Waar?' vroeg ik nogmaals.

'Het is afschuwelijk,' zei Anna. 'Het spijt me echt voor je.'

'Ze weten niet waar het gebeurd is,' zei David, 'hij is waarschijnlijk door de stroom meegevoerd; hij had een camera om zijn nek, een grote, ze denken dat hij door het gewicht daarvan onder water gehouden is, anders hadden ze hem wel eerder gevonden.' Zijn ogen hadden een wrede uitdrukking, alsof hij ervan genoot.

Slim van hem om te gokken op die zoekgeraakte camera, ik had ze er niets over verteld. Hij moet razendsnel nagedacht hebben om dat hele verhaal in zo'n korte tijd te verzinnen. Ik wist dat hij loog. Hij deed het natuurlijk om wraak te nemen. 'Hebben ze naar je visvergunning gevraagd?' zei ik.

'Nee,' zei hij, verrassing voorwendend. 'Wil je hen spreken?'

Dat was een gok, hij had beter moeten nadenken, zo liep hij het risico dat ik erachter kwam dat hij het hele verhaal uit zijn duim had gezogen. Misschien wilde hij dat ook wel, misschien was het bedoeld als een practical joke. Ik besloot net te doen of ik hem geloofde om te zien hoe hij zich eruit zou redden. 'Nee,' zei ik, 'zeg maar dat ik te veel van streek ben. Ik regel morgen wanneer we terug zijn in het dorp de zaken wel met Paul.' Zo heette dat, de zaken regelen. 'Hij zou het liefst hier begraven willen worden.' Overtuigende details: als hij ze kon verzinnen kon ik dat ook. Ik had genoeg detectiveverhalen gelezen; voor de detectives, excentrieke kluizenaars, orchideeënkwekers, scherpzinnige oude dametjes met grijsblauw haar, meisjes met knipmessen en zaklantarens, klopte alles altijd. Maar in het echte leven is het anders, wilde ik tegen hem zeggen, je bent te slim geweest.

Anna en hij wierpen elkaar een blik toe: het was duidelijk hun bedoeling geweest me te kwetsen. 'Goed,' zei hij.

Anna zei: 'Zou je niet liever...' en hield toen op. Ze liepen de trap weer af, teleurgesteld omdat ik niet in hun val gelopen was.

Ik ging naar de slaapkamer en haalde de schetsboeken onder de matras vandaan. Er was nog genoeg licht om te kunnen zien, maar ik sloot mijn ogen en liet mijn vingertoppen over de omslag glijden. Een van de schetsboeken voelde zwaarder en warmer aan; ik pakte het op en liet het openvallen. Het geschenk van mijn moeder zat daarin, ik mocht het nu zien.

De rest van het schetsboek bevatte kindertekeningen van mensen met haar dat van hun hoofd afstond als stralen of spijkers, en zonnen met gezichten, maar het geschenk zelf bestond uit een losgescheurde bladzijde waarop met krijt figuren waren getekend. Links stond een vrouw met een buik als een volle maan, de baby zat rechtop binnen in haar naar buiten te kijken. Tegenover haar stond een man met een soort koeiehoorn op zijn hoofd en een staart met stekels.

De tekening was van mij, ik had hem gemaakt. De baby was ik zelf voor mijn geboorte, de man stelde God voor, ik had hem getekend toen mijn broer die winter op school over de Duivel en God geleerd had; als de Duivel een staart en horens had moest God ze ook hebben, het waren tenslotte handige dingen.

Dat was toen de betekenis van de tekeningen, maar hun oorspronkelijke bedoeling was nu verloren gegaan, net als de bedoeling van de rotsschilderingen. Ze moesten me nu tot leidraad dienen, het waren pictogrammen, ze had ze speciaal voor me bewaard; ik moest hun nieuwe betekenis zien te ontcijferen met behulp van mijn nieuw verworven kracht. De goden, hun evenbeelden: het is fataal hen in hun ware gedaante te zien. Tenminste, zolang je menselijk bent: maar na de transformatie kun je contact met hen maken. Om te beginnen moest ik me verdiepen in de andere taal.

Geronk van de vlet, hij vertrok. Ik schoof de bladzij terug in het schetsboek en legde het weer onder de matras. Voetstappen van de anderen op de trap, ik bleef in de slaapkamer. Ze staken de lamp aan. Gerommel van David, toen het geluid van speelkaarten, hij legde een spelletje patience uit; Anna's stem, ze wilde meespelen. Ze speelden met z'n tweeen; ze smeten de kaarten op tafel als beroepsgokkers, en mompelden eenlettergrepige woorden al naar gelang ze wonnen of verloren. Joe zat in een hoek op de bank, ik hoorde hem tegen de wand schuifelen.

Voor hem is de waarheid nog niet onbereikbaar, zijn zwijgzaamheid is zijn redding, maar de anderen veranderen al in metaal, hun huid galvaniseert, hun hoofd stolt tot een koperen bol waarin onderdelen en een ingewikkeld stelsel van draden uitkristalliseren. De kaarten tikken op tafel.

Ik open mijn gebalde vuist, ik ontspan hem, het wordt

weer een hand; in de palm een netwerk van streepjes, de levenslijn, verleden, heden en toekomst, de breuk in de lijn sluit zich als ik mijn vingers krom. Als de hartlijn en de hoofdlijn samenvallen, heeft Anna ons eens verteld, ben je een misdadiger, een idioot of een heilige. Wat moet ik doen?

Hun stemmen mompelen, ze kunnen niet over me praten, ze weten dat ik luister. Ze bemoeien zich niet met me, ze vinden dat ik me ongepast gedraag, ze vinden dat ik onder de indruk van het sterfgeval, in de rouw, behoor te zijn maar er is niets gestorven, alles leeft, alles wacht erop om tot leven gewekt te worden.

3

20

De zon was rood ondergegaan, een heldere tulpenkleur, de hemel was bedekt met vleeswebben, vliezen. Nu restten er nog slechts wat paarse en rode strepen. Het gedeelte van de hemel dat ik door het venster zie wordt in stukjes gedeeld door de sponningen en daarachter door de wirwar van takken en bladeren. Ik lig in bed, onder de deken; mijn kleren liggen op een hoopje op de grond; hij komt zo, ze kunnen het niet eindeloos uitstellen.

Gemompel, de kaarten worden opgeruimd, borstelen en spuwen: ze poetsen hun tanden. Blazen en verflauwend licht, de lamp gaat uit, de lichtbundels van hun zaklantarens vegen over het plafond. Hij doet de deur open, blijft aarzelend staan en knipt de lantaren die hij in zijn hand heeft uit; na wat er vanochtend en vanmiddag gebeurd is weet hij niet goed hoe hij me moet benaderen. Ik doe of ik slaap en hij zoekt tastend een weg de kamer in, geruisloos alsof hij over mos loopt, en ritst zijn mensenhuid open.

Hij denkt dat ik verdriet heb, en hij tracht eraan te ontkomen door zich op te rollen met zijn rug naar me toe, maar ik streel hem, ik laat mijn hand over zijn lichaam glijden en hij schrikt ervan omdat ik wakker blijk te zijn. Even later draait hij zich naar me om, hij wordt stijf, hij slaat zijn armen om me heen en ik ruik Anna's geur, zonnebrandolie, roze vettige make-up en sigaretterook, maar dat doet er niet toe; wat er wel toe doet zijn die andere geuren, van de lakens, wol en zeep, chemisch geprepareerde huiden; ik kan het hier niet. Ik ga overeind zitten en zwaai mijn benen uit bed.

'Wat is er?' zegt hij fluisterend.

Ik trek aan zijn handen. 'Niet hier.'

'Verdomme.' Hij probeert me omlaag te trekken maar ik klem mijn benen om de rand van het bed.

'Niet praten,' zeg ik.

Hij klautert uit bed en loopt achter me aan de kamer uit, en over de houten vloer van de woonkamer. Als ik de hordeur en de houten deur heb ontgrendeld pak ik zijn hand: daar buiten is iets waar ik tegen beschermd ben, maar hij niet, ik moet hem dichtbij me houden, binnen mijn veilige cirkel.

We lopen naakt en blootsvoets over de aarde, de maan komt op, in het grijsgroene licht glanzen zijn lichaam en de boomstammen, de witte ovalen van zijn ogen. Hij loopt als een blinde, hij struikelt over in de schaduw verborgen stenen, hij stoot zijn tenen, hij heeft nog niet geleerd in het donker te zien. Mijn van voelsprieten voorziene voeten en mijn vrije hand vinden de weg, als honden die een spoor ruiken; schoenen zijn een barrière tussen je tastzin en de aarde. Een dubbele roffel, mijn hart staat even stil: het zijn konijnen die ons en elkaar waarschuwen. Op de andere oever roept een uil, zijn kreet is geveerd en geklauwd, zwart op zwart, bloed in het hart.

Ik ga liggen met de maan aan mijn linkerhand en de onzichtbare zon aan mijn rechter. Hij knielt, hij huivert, de bladeren onder ons en om ons heen zijn nat van de dauw, of komt het door het meer dat optrekt door de rotsen en het zand, we zijn vlak bij de oever, de golfjes kabbelen. Zijn vacht moet dikker worden.

'Wat is er?' zegt hij. 'Wat scheelt eraan?' Mijn handen rusten op zijn schouders, hij is zwaar, vormeloos, een silhouet zonder gezicht, zijn haar en baard zijn als manen; achter hem de maan. Hij buigt zich over me heen; zijn ogen glinsteren, hij beeft, angst, spanning of kou. Ik trek hem neer, zijn baard en zijn haren bedekken me als varens, zijn mond is zacht als water. Zwaar ligt hij op me, een warme steen, bijna levend.

'Ik hou van je,' zegt hij met zijn gezicht in mijn nek – de liturgische tekst. Hij knarst met zijn tanden, hij houdt zich in, hij wil er een bouwwerk met barokke krullen, ingewikkeld als een computer van maken, maar ik ben ongeduldig, genot golft over me heen, dieren kennen geen genot. Ik leid hem in me, de tijd is rijp, ik haast me.

Hij siddert en ik voel hoe het kind dat ik ben kwijtgeraakt in me herboren wordt, me vergeeft, met fosforescerende ogen en tanden opduikt uit het meer waarin het zolang opgesloten is geweest; de twee helften grijpen in elkaar, zich met elkaar verstrengelend als vingers, de knop ontluikt, bladeren groeien. Ditmaal zal ik het helemaal zelf doen, hurkend op oude kranten in een hoekje, of op bladeren, een hoop dorre bladeren, dat is schoner. De baby zal moeiteloos naar buiten glijden, als een ei, als een jong katje en ik zal hem schoonlikken en de navelstreng doorbijten; het bloed zal weerkeren naar de grond waar het thuishoort; de maan zal vol zijn, trekkend. 's Morgens zal ik hem kunnen zien: hij zal een glanzende vacht hebben, een god, ik zal hem nooit woorden leren.

Ik knel mijn armen om hem heen en zijn rug ontspant; ik ben hem dankbaar, hij heeft me dat deel van zichzelf gegeven dat ik wilde hebben. Ik zal hem naar de blokhut terugbrengen, dwars door de geheime kracht die nu op ons drukt als de diepzee op een duiker, daarna kan ik hem loslaten.

'Goed?' vraagt hij. Hij ligt bovenop me, ademend, gesmolten. 'Was het goed?'

Hij bedoelt twee verschillende dingen; maar ik zeg 'Ja' als antwoord op de derde onuitgesproken vraag. Niemand mag erachter komen, anders doen ze het weer, dan binden ze me weer vast op de Machine des Doods, de leegzuigmachine, met mijn benen in het stalen frame, geheime messen. Ditmaal zal ik ze de kans niet geven.

'Dan is het goed,' zegt hij; hij steunt op zijn ellebogen en streelt mijn wangen en haar met zijn vingers en lippen. 'Dat van vanmiddag was niets, het stelde niets voor; *zij* wilde het.' Hij rolt van me af, hij gaat naast me liggen en wrijft naar warmte zoekend met zijn neus over mijn schouder; hij huivert weer. 'Verdomme.' zegt hij, 'het is hier steenkoud.' Dan, voorzichtig: 'Hou je nu van me?'

Het rituele woord, hij wil het weer weten; maar ik kan het verlossende woord niet uitspreken, zelfs niet als leugen. We wachten allebei op mijn antwoord. De wind waait ruisend door de longen van de bomen, overal om ons heen kabbelt het water.

21

Als ik wakker word is het ochtend, we liggen weer in bed. Hij is al wakker, zijn hoofd is boven me, hij heeft naar me gekeken terwijl ik lag te slapen. Hij glimlacht, een grove tevreden glimlach; zijn baard staat bol als de keel van een pad die zijn lokroep laat horen en hij buigt zijn gezicht naar me toe om me te kussen. Hij begrijpt het nog steeds niet, hij denkt dat hij een overwinning behaald heeft; dat hij met zijn lichamelijke daad een touw, een halsband, om mijn nek geslagen heeft waaraan hij me naar de stad terug zal voeren om me aan hekken en deurknoppen vast te binden.

'Je bent is slaap gevallen,' zegt hij. Hij probeert op me te schuiven maar ik kijk naar de zon, het is laat, bijna kwart voor negen. Ik hoor het kletteren van metaal op metaal in de woonkamer, ze zijn al op.

'We hebben geen haast,' zegt hij, maar ik duw hem weg en kleed me aan.

Anna maakt eten klaar. Ze schraapt met een lepel over de bodem van de koekepan. Ze heeft haar paarse tuniek en haar witte broek met wijduitlopende pijpen aan, haar stadstenue, en haar gezicht gaat schuil achter haar make-up als achter een vizier.

'Ik vond dat ik wel wat aan het eten kon doen,' zegt ze, 'zodat jullie nog wat konden slapen.' Ze heeft vannacht natuurlijk de deur open en dicht horen gaan; ze tovert een warme samenzweerderige glimlach op haar gezicht en ik weet welke schakelingen er nu in haar hersens tot stand komen: door met Joe te vrijen heeft ze ons weer bij elkaar gebracht. De wereld redden, dat wil iedereen; mannen denken dat ze het met geweren kunnen en vrouwen met hun lichaam, de liefde overwint alles, overwinnaars hebben allen lief, hersenschimmen die opgewekt worden door woorden.

Ze schept het ontbijt op de borden. Bonen uit blik, het normale ochtendeten is op.

'Varkensvlees en bonen en vruchten zoet van tonen, hoe meer je er van eet, hoe luider je scheet,' zegt David en kwaakt als Donald Duck, een vrolijk en voldaan gezicht trekkend.

Anna staat aan zijn zijde, eensgezind en broederlijk; ze tikt met haar vork op zijn knokkels en zegt: 'Mallerd.' Dan herinnert ze zich mijn droeve situatie en ze zet haar tragediemasker weer op. 'Hoe lang gaat het duren, in het dorp, bedoel ik?'

'Ik weet het niet,' zeg ik. 'Niet zo lang.'

We pakken onze spullen in en ik help hen de bagage naar beneden te sjouwen, ook die van mezelf, een koffer vol vreemde woorden en mislukte tekeningen, een bundeltje opgerolde kleren, niets waar ik wat aan heb. Ze zitten op de steiger te praten; Anna rookt, het is haar laatste.

'God,' zegt ze. 'Ik zal blij zijn als we weer in de stad zijn. Kan ik een nieuwe voorraad inslaan.'

Ik loop nog een keer de trap op om te controleren of ze niets hebben laten liggen. De Vlaamse gaaien zijn er weer, ze zweven in duikvlucht van boom tot boom, en waarschuwen elkaar met hun kreten, een primitief seinsysteem; ze trekken zich terug op de bovenste takken, ze hebben nog steeds niet uitgemaakt of ik te vertrouwen ben. De blokhut ligt er weer net zo bij als we hem aantroffen; als Evans komt zal ik hem afsluiten.

'Voor hij komt moeten jullie de kano's naar boven dragen,' zeg ik als ik weer beneden ben. 'Ze moeten in de gereedschappenschuur.'

'Best,' zegt David. Hij raadpleegt zijn horloge maar ze staan niet op. Ze hebben de camera te voorschijn gehaald en praten over de film; de tas met de ritssluiting voor de uitrusting, het statief en de filmspoel in de blikken liggen naast hen.

'Volgens mij kunnen we over een week of twee, drie beginnen met het monteren,' zegt David op een toon die voor professioneel moet doorgaan. 'Om te beginnen moeten we hem ontwikkelen.'

'Er is nog wat film over,' zegt Anna. 'Jullie moeten haar filmen, jullie hebben mij genomen, maar haar niet één keer.' Ze kijkt me aan, er kringelt rook uit haar neus en mond omhoog.

'Dat is een goed idee,' zegt David. 'We komen er allemaal in voor, behalve zij.' Hij kijkt me schattend aan. 'Maar waar stoppen we haar? We hebben nog geen neukscène; ik zal het wel doen,' zegt hij tegen Joe, 'jij moet de camera bedienen.'

'Ik bedien hem wel,' zegt Anna, 'dan kunnen jullie het met z'n tweeën doen,' en ze lachen alle drie.

Even later komen ze overeind; ze tillen de rode kano op, ieder aan een eind en dragen hem de heuvel op. Ik blijf met Anna op de steiger zitten.

'Vervelt mijn neus?' zegt ze terwijl ze erover wrijft. Ze haalt een rond verguld poederdoosje met viooltjes op de bovenkant uit haar handtas. Ze doet het open, haar alter ego onthullend, en ze veegt met haar vingertoppen om haar mondhoeken, eerst links, dan rechts; dan schroeft ze een roze staafje open, stipt haar wangen aan en wrijft de rouge uit; ze verandert haar uiterlijk, ze bedrijft de enige magie die haar nog gelaten is.

Haar lichaam op een plunjezak als op een haremkussen, rouge op haar wangen en een vleugje zwart om haar ogen, rood als bloed, zwart als ebbenhout; een gerimpelde en gegroefde imitatie van een tijdschriftfoto, die op zijn beurt weer een imitatie is naar een niet bestaand origineel: een haarloze vlezige engel in dezelfde hemel waar God een cirkel is, een gevangen prinses in iemands hoofd. Ze is opgesloten, ze mag niet eten, niet poepen, niet huilen, niet baren, er komt niets in, er gaat niets uit. Ze trekt haar kleren uit of trekt ze aan, haar kartonnen poppegarderobe, ze copuleert onder schijnwerpers met het lichaam van een man terwijl zijn hersenen vanuit een glazen controlekamertje aan de andere kant van de kamer toekijken, ze vertrekt haar gezicht tot uitdrukkingen van verrukking en volkomen overgave, dat is alles. Ze verveelt zich niet, ze heeft geen belangstelling voor andere dingen.

Daar zit Anna, haar ogen zijn hol en donker, een schedel met een kaars erop. Ze knipt het poederdoosje dicht en drukt haar sigaret uit op de steiger; ik herinner me nog hoe ze huilde en de zandhelling opklom, dat was gisteren, sindsdien is ze gekristalliseerd. De machine werkt geleidelijk, hij haalt steeds een klein stukje uit je weg om tenslotte alleen het omhulsel over te laten. Zolang ze zich tot dode dingen beperkten was er niets aan de hand, de doden kunnen zichzelf verdedigen, halfdood zijn is erger. Maar ze hebben het ook elkaar aangedaan, zonder dat ze het wisten.

Ik rits de tas met de filmuitrusting open en haal de filmartikelen eruit.

'Wat doe je?' vraagt Anna ongeïnteresseerd.

Ik rol de film af in het volle zonlicht en laat hem het meer inkrinkelen. 'Dat zou ik maar niet doen,' zegt Anna. 'Ze vermoorden je.' Maar ze houdt me niet tegen, en ze roept ze niet.

Als ik de spoelen heb afgewikkeld maak ik de camera aan de achterkant open. De film rolt zichzelf op het zand onder water op, ondergehouden door de spoelen; de onzichtbare gevangen beelden zwemmen weg, het meer in, als kikkervisjes: Joe en David naast hun verslagen boomstam als houthakkers met hun armen over elkaar, Anna die zonder kleren van het eind van de steiger springt, met haar vinger opgeheven, honderden piepkleine naakte Anna'tjes bevrijd uit flessen op rekken.

Ik kijk haar onderzoekend aan om te zien of haar opluchting een verandering bij haar heeft teweeggebracht, maar haar groene ogen staren me onbewogen aan vanuit haar porseleinen gezicht. 'Ze krijgen je wel,' zegt ze, somber en onheilspellend. 'Dat had je niet moeten doen.'

Ze staan nu op de rug van de heuvel en komen naar beneden om de andere kano te halen. Ik ren er snel heen, kantel hem met zijn goede kant naar boven, gooi er een peddel in en sleep hem over de steiger.

'Hé!' roept David. 'Wat voer jij uit?' Ze zijn er bijna, Anna slaat me gade, bijtend op een knokkel, ze weet niet of ze het moet vertellen of niet, als ze haar mond houdt zullen ze haar als medeplichtige beschouwen.

Ik laat de achterkant van de kano het eerst in het water zakken, ik buk, ik stap in, ik duw af.

'Ze heeft jullie film weggegooid,' zegt Anna achter me.

Ik steek het blad van de peddel in het water, ik draai me niet om, ik hoor hoe ze in het meer staan te turen.

'Verdomme,' zegt David, 'verdomme, verdomme, verdomme nog an toe, waarom heb je haar niet tegengehouden?'

Als ik bij de zandhelling ben kijk ik om. Anna staat met haar armen slap langs haar lichaam ongeïnteresseerd terzijde; David zit op zijn knieën met zijn handen in het water te vissen en hij haalt de film als een handvol spaghetti naar boven, hoewel hij heus wel weet dat het geen enkele zin heeft, alles is ontsnapt.

Joe is er niet bij. Dan doemt hij bovenaan de zandhelling op, hij rent, hij blijft staan. Hij brult woedend mijn naam: als hij een steen had zou hij hem naar mijn hoofd gooien.

De kano glijdt voort en draagt ons beiden langs de scheefhangende bomen buiten hun bereik. Ze hadden de andere kano kunnen halen om me te achtervolgen, maar daarvoor is het nu te laat, verrassingsaanvallen hebben succes door de verwarring die ze stichten. Ik weet in welke richting ik moet varen, ik besef dat ik dit allang van plan was, hoe lang weet ik niet.

Ik glijd langs de bomen, de beweging van de boot en van mijn armen vormen één geheel, als een amfibie; het water sluit zich achter me, ik laat geen spoor achter. De kustlijn buigt af en wij volgen de bocht, een versmalling, dan een doorgang en ik ben in veiligheid, verborgen in het labyrint van kreken langs de oever.

Er schemeren rotsblokken onder het wateroppervlak, bruine schaduwen als wolken, dreigend, een barrière. Aan twee kanten lopen de oevers steil omhoog. Aan de rotsen hangen klimplanten. De bodem van het meer, vroeger de bodem van het land, loopt op: het is nu zo ondiep dat een motorboot er niet door kan. Nog een bocht en ik ben in de baai, een door land omsloten moeras, een ondiep laagje lauw water boven de zwarte veenmodder, waaruit riet en lisdodden omhoogsteken, rondom de afgezaagde stompen van vroeger torenhoge bomen. Hier heb ik de dode beestjes in gegooid en de blikjes en potjes omgespoeld.

Ik dobber voort, ik hoef niet meer te peddelen. Verderop steken de bomen die ze niet hebben gekapt voor ze het land onder lieten lopen uit het water omhoog, geknakt en grijswit; ze zijn omgevallen en hun reusachtige kronkelige wortels zijn gebleekt en ontschorst; op de vermolmde stobben groeien hele plantenkolonies die zich voeden met de rotting: laurier en zonnedauw, de insekteneter met zijn teennagelvormige blaadjes waarop zich rode kleverige haartjes bevinden. De bloemen steken omhoog uit de bladerkrans, zuiver wit; het vlees van muggen en vliegen omgezet in bloemblaadjes.

Ik ga op de bodem van de kano liggen en wacht. Het stilstaande water zuigt de hitte op; vogelgeluiden, diep in het bos een specht, ergens hoor ik een lijster, het zonlicht valt door de bomen; het moeras om me heen smeult, de rottingsenergie wordt omgezet in groei: groen vuur. Ik denk weer aan de reiger, op dit moment is hij al veranderd in insekten, kikkers, vissen, andere reigers. Ook mijn lichaam verandert; het wezen in me, half plant half dier, schiet wortel; ik draag het veilig van dood naar leven, ik vermenigvuldig me.

Ik word wakker van het geluid van een naderende motorboot; het komt van het meer, het zal Evans wel zijn. Ik laat de kano op de oever lopen en leg hem vast aan een boom. Vanuit deze richting zullen ze me niet verwachten; ik wil me ervan overtuigen dat ze echt vertrekken; het is net iets voor hen om net te doen of ze weggaan en dan te blijven om me te grijpen als ik terugkom.

Het is maar een paar honderd meter door het bos; dode takken vermijdend en mijn voeten voorzichtig neerzettend loop ik over de overblijfselen van het geheime pad naar de plek waar vroeger de laboratoriumplanken waren. Als ik niet wist dat het pad hier moest zijn zou ik het nooit hebben gevonden. Als Evans de boot aan de steiger afmeert bevind ik me achter hem, vlak bij de houtstapel; ik ga plat op de grond liggen en houd mijn hoofd naar beneden. Ik zie hen door het scherm van planten.

Ze bukken zich, ze laden de spullen in de boot, ik vraag me af of ze mijn bagage ook mee willen nemen, mijn kleren, halfafgemaakte tekeningen.

Ze staan met gedempte stem, onhoorbaar, met Evans te praten; ze zullen hem wel uitleg geven; ze zullen een reden moeten verzinnen waarom ik niet meega; een ongeluk bijvoorbeeld; ze werken natuurlijk een plan uit om me weer te pakken te krijgen. Of zouden ze echt vertrekken en me in de steek laten, verdwijnen in de catacomben van de stad, mij als vermist opgeven, en mij met alle ouderwetse kleren en opvattingen uit hun herinnering bannen? Voor hen zal ik al gauw net zo tot het verleden behoren als bebop-haar en liedjes uit de oorlog, als een halfvergeten gezicht uit een oude schoolalmanak, een medaille voor het krijgsgevangen maken van een vijand: gedenkwaardigheden of misschien dat niet eens.

Joe komt de trap oplopen, roepend; Anna roept ook mijn naam, schril als de stoomfluit van een trein vlak voor het vertrek. Het is te laat, ik heb geen naam meer. Ik heb al die jaren getracht beschaafd te zijn en ik heb geen zin meer om te doen of ik dat ben.

Joe loopt naar de voorkant van de hut, onzichtbaar voor mij. Even later komt hij weer te voorschijn en loopt de heuvel weer af. Zijn schouders hangen verslagen neer. Misschien begrijpt hij het niet.

Ze klauteren in de boot. Anna blijft nog even staan, ze kijkt precies in mijn richting; haar gezicht is verwonderd en dwaas wanhopig in het zonlicht; ziet ze me, zal ze ten afscheid wuiven? Dan steken de anderen hun handen uit en tillen haar in de boot, een gebaar dat van een afstand bijna aan liefde doet denken.

De boot puft achteruit de baai in, keert en gromt. Evans met zijn bolle kop staat achter het stuurrad, in zijn geruite overhemd, flegmatiek, Amerikaans, ze zijn nu allemaal Amerikanen. Maar ze gaan echt weg, ze zijn weg, een ijl gezoem in mijn oren, dan stilte. Ik kom langzaam overeind, mijn lichaam is stijf van het stilliggen: in het blote vlees van mijn benen staan de afdrukken van bladeren en takjes.

Ik loop naar de oever en laat mijn blik langs de kustlijn glijden, zoekend naar de doorgang waardoor ze verdwenen zijn; ik wil zeker weten dat ze weg zijn. Het is waar, ze hebben me achtergelaten; dit is wat ik wilde, hier alleen blijven. Naar alle redelijke maatstaven gemeten gedraag ik me als een idioot, maar er zijn geen redelijke maatstaven meer.

22

Ze hebben de deuren van de gereedschappenschuur en de blokhut op slot gedaan; Joe heeft het gedaan, misschien is hij ervan uitgegaan dat ik wel met de kano naar het dorp zal komen. Nee, het was boze opzet. Ik had de sleutels niet aan de spijker moeten laten hangen, ik had ze in mijn zak moeten steken. Maar het was stom van ze om te denken dat ze me konden buitensluiten. Straks zijn ze in het dorp, in de auto, in de stad; wat zouden ze nu over me zeggen? Dat ik gevlucht ben; maar met hen meegaan zou een vlucht geweest zijn, de waarheid is hier.

Ik ga op het trapje bij de voordeur staan en leun opzij, me vasthoudend aan het raamkozijn en ik kijk naar binnen. Ze hebben de canvas plunjezak met mijn kleren verplaatst, hij ligt op tafel bij mijn koffer; ernaast ligt Anna's misdaadroman, de laatste, een schrale troost, maar een troost, de dood is logisch, er is altijd een motief. Misschien las ze ze daarom, om de theologie.

De zon is weg, de lucht wordt donker, het zou wel eens kunnen gaan regenen. Wolken stapelen zich op boven de heuvels, aambeelden, dreigende hamerkoppen, het wordt een onweersbui, maar misschien drijft hij voorbij, soms blijven ze dagenlang op een afstandje hangen, ze komen wel dichterbij maar ze barsten niet los. Ik moet naar binnen. Inbreken in mijn eigen huis; *laat doorgaan, laat doorgaan*, dat was vroeger een liedje, waarbij ze hun armen als een brug omhooghielden.

De draagberrie ligt onder de hut, op zijn vaste plek naast de stapel brandhout: twee staken waar plankjes dwars overheen zijn gespijkerd, als laddersporten. Ik trek hem te voorschijn en zet hem rechtop tegen de muur onder het enige raam waar geen hor achter zit. Het raam zit met wervels tegen de vier hoeken geklemd, ik zal vier kleine ruitjes moeten breken. Ik doe het met een steen. Ik wend mijn hoofd af en houd mijn ogen dicht vanwege de scherven. Ik steek mijn hand voorzichtig tussen de scherpe punten door, draai de wervels los en til het raam naar binnen op de divan. Als ik de gereedschapsschuur kan openmaken kan ik de schroevedraaier gebruiken om de klamp van het hangslot van de deur te schroeven, maar er zitten geen ramen in. In de gereedschapsschuur liggen de bijl, de *machete*, de zaag, het ijzeren gereedschap.

Ik stap op de divan en vandaar op de grond, ik ben binnen. Ik veeg de glasscherven bij elkaar; daarna klem ik het raam weer op zijn plaats. Vervelend dat ik steeds naar binnen en naar buiten zal moeten klimmen en het raam iedere keer losmaken, maar voor de andere ramen zitten vaste horren en ik heb niets om ze mee los te snijden. Ik zou het met het mes kunnen proberen: als ik snel moet vluchten is het handiger gebruik te maken van de achterramen, want die zitten dichter bij de grond.

Het is gelukt; maar ik weet niet wat ik nu moet doen. Ik blijf luisterend midden in de kamer staan: geen wind, stilte, het meer en de bomen houden hun adem in.

Om wat te doen te hebben pak ik mijn kleren weer uit en hang ze aan de spijkers in mijn kamer. Mijn moeders jasje hangt er weer, ik heb het voor het laatst in Anna's kamer gezien, ze hebben het weer op z'n plaats gehangen. Mijn voetstappen zijn het enige geluid; het holle bonken van schoenen op hout.

Er moet nu een volgende stap zijn, maar de kracht is me ontvloden, mijn vingers zijn leeg als handschoenen, mijn ogen zijn weer gewoon, er is niets dat me leidt.

Ik ga aan tafel zitten en blader een oud tijdschrift door: herders met verweerde koppen die hun eigen sokken breien; vrouwen met dichtgeregen keurslijfjes en roodgeverfde lippen die wasmanden op hun hoofd in evenwicht houden, glimlachend om hun tanden en hun geluk te tonen; rubberplantages en verlaten tempels waar de jungle serene godenbeelden overwoekert. Er zit een kring van een nat kopje op het omslag; die kan er gisteren of tien jaar geleden op zijn terechtgekomen.

Ik maak een blik perziken open en eet twee vlezige helften op waarbij het stroperige sap van mijn lepel druipt. Dan ga ik op de divan liggen en de slaap daalt neer op mijn gezicht, zwart, langwerpig, droomloos.

Als ik wakker word is het diffuse licht buiten verder naar het westen gezakt, ik heb het gevoel dat het laat is, het moet bijna zes uur zijn, etenstijd; David was de enige met een horloge. Er is honger in mij, een onderdrukt zeurderig gevoel. Ik maak het raam los en klim naar buiten; ik zet mijn ene voet op de wiebelende draagberrie en ik schaaf mijn knie als ik op de grond spring. Ik zou eigenlijk een ladder moeten maken; maar ik heb gereedschap noch planken.

Ik loop de tuin in. Ik ben het mes en de schaal vergeten maar die heb ik ook niet nodig, met mijn vingers gaat het ook. Ik maak het hek open en ik ben ingesloten door de muren van kippegaas; buiten de omheining laten de bomen hun takken hangen alsof ze stervende zijn, en de planten binnen de omheining zijn vaal in het grijzige licht; de lucht is zwaar, neerdrukkend. Ik begin uien en wortelen uit de grond te trekken.

Ik huil, voor het eerst, en ik sla mezelf gade: ik zit geknield bij de kroppen sla, ze zijn uitgebloeid en in het zaad geschoten, mijn adem gaat met horten en stoten, mijn lichaam is gespannen, mijn mond loopt vol water, het smaakt naar vis. Maar ik treur niet, ik beschuldig hen: *Waarom hebben jullie het gedaan?* Ze hebben zelf gekozen, ze hadden zeggenschap over hun eigen dood, ze hebben zelf besloten dat het tijd was om te gaan en ze zijn gegaan, *zij* hebben deze barrière opgeworpen. Ze hebben geen rekening met mijn gevoelens gehouden, ze hebben er niet bij stilgestaan wie er voor mij zou moeten zorgen. Ik ben woedend omdat ze het zover hebben laten komen.

'Hier ben ik,' roep ik. 'Hier ben ik!' Mijn stem wordt steeds hoger, eerst van teleurstelling, dan van angst omdat ik geen antwoord hoor, net als die keer toen we na het avondeten verstoppertje speelden en ik me té goed en té ver weg verborgen had zodat ze me niet konden vinden. De boomstammen lijken allemaal precies op elkaar, even groot, dezelfde kleur, het is onmogelijk het pad terug te vinden, oriënteer je in plaats daarvan op de zon, hoe je ook loopt, je komt altijd bij water uit. Het grootste gevaar is dat je in paniek raakt en in cirkels gaat rondlopen.

'Ik ben hier!' Maar er gebeurt niets. Ik veeg de zoute tranen van mijn gezicht met mijn bemodderde vingers.

Als ik het maar vurig genoeg wens, als ik bid, kan ik ze terugroepen. Ze zijn hier nu, ik voel dat ze wachten, net buiten mijn gezichtsveld op het pad of in het hoge gras buiten de omheining, ze stribbelen tegen maar ik zal zorgen dat ze te voorschijn komen uit hun schuilplaats, waar die ook is.

Ik maak de kachel aan en kook het eten terwijl het in de kamer langzaam donkerder wordt. Ik zie geen reden om borden neer te zetten; ik eet met een lepel uit de pot en de koekepan. Ik spaar de vuile vaat wel op tot er genoeg is om af te wassen, als de emmer voor het afwaswater vol is zal ik hem aan een touw uit het raam moeten laten zakken.

Ik klim weer naar buiten en leg de restanten van het ingeblikte vlees op het voederplankje. Donkergrijs, de wolken hangen laag en komen dichterbij; de eerste windvlagen komen over het meer aanzetten als een rimpeling. In het zuiden verheft zich een zuil van regen. Lichtflitsen maar geen donder, plotseling geritsel van bladeren.

Ik loop de heuvel op naar het stilletje; ik dwing mezelf rustig te lopen, ik houd de paniek op een afstand, ik houd hem in het oog. Als ik binnen ben doe ik het haakje op de deur; ik ben bang voor dichte deuren omdat je er niet doorheen kunt kijken, ik ben bang voor deuren die uit zichzelf openwaaien. Ik hol het pad naar beneden af en houd mezelf voor dat ik rustig moet blijven, ik ben nu oud genoeg, ik ben oud.

De kracht zou me beschermd hebben maar hij is verdwenen, uitgeput, hij is nu van even weinig nut als zilveren kogels of het kruisteken. Maar het huis zal me beschermen, het heeft de goede vorm. Als ik weer binnen ben klem ik het raam weer in de sponningen, ik sluit mezelf in achter een barricade van houten tralies. Hoe maak ik die gebroken ruitjes weer dicht? Ik probeer ze te dichten met verfrommelde bladzijden uit de tijdschriften, *National Geographic Magazine*, maar dat lukt niet, de gaten zijn te groot, de proppen vallen op de grond. Had ik maar een hamer en spijkers.

Ik steek de lamp aan, maar door de tocht uit het kapotte raam gaat hij flikkeren en wordt de vlam blauw en bovendien kan ik als de lamp brandt niet zien wat er buiten gebeurt. Ik blaas hem weer uit en blijf in het donker zitten luisteren naar het suizen van de wind; het regent niet.

Na een tijdje besluit ik naar bed te gaan. Ik ben niet moe, ik heb vanmiddag nog geslapen, maar ik kan weinig anders doen. In mijn kamer blijf ik een hele tijd staan, me afvragend waarom ik mijn kleren niet durf uit te trekken: ik ben bang dat ze terug zullen komen om me te halen en in dat geval moet ik er snel vandoor kunnen gaan; maar nee, als het onweert durven ze vast niet, Evans weet maar al te goed dat het op het meer levensgevaarlijk is vanwege de bliksem: water en vlees geleiden uitstekend.

Ik bind het gordijn op zodat het wat lichter in de kamer is. Het jasje van mijn moeder hangt aan de spijker naast het raam, er zit niemand in, ik druk mijn voorhoofd er tegenaan. De geur van leer, de geur van onherstelbaar verlies. Maar daar wil ik niet aan denken. Ik ga met mijn kleren aan op het bed liggen en even later valt de eerste regen op het dak. Eerst getikkel, dan een gestaag gedreun, als het geraas van een lawine, overal om me heen. Ik voel hoe het meer stijgt, over de oever, over de heuvel; de bomen verzinken in de vloed, hun wortels worden uit de grond gerukt, het huis wordt van zijn ankers geslagen en drijft slingerend en stampend op de deining.

Midden in de nacht word ik wakker van de stilte, de regen is opgehouden. Inktzwarte duisternis, ik zie niets, ik probeer mijn handen te bewegen, maar het lukt niet. De angst komt op me af als golven, als voetstappen, hij heeft geen kern, hij omsluit me als een harnas, het is mijn huid die bang is, verstijfd. Ze willen binnenkomen, ze willen dat ik de ramen en de deur openzet, zelf kunnen ze dat niet, ik ben de enige die dat kan, ze zijn van mij afhankelijk, maar ik weet niet meer wie ze zijn; in welke gedaante ze ook terugkomen, ze zullen niet meer hetzelfde zijn, ze zullen veranderd zijn. Ik heb gewenst dat ze kwamen, ik heb hen opgeroepen, het is logisch dat ze gekomen zijn; maar logica is een muur, ik heb hem zelf gebouwd, en aan de andere kant loert de angst.

Boven mij op het dak klinkt het vingergetik van het water dat uit de bomen lekt. Ik hoor ademen, ingehouden, luisterend, niet binnen maar overal rondom het huis.

23

‘s Morgens herinner ik me hoe het silhouet van het raam zich langzaam begon af te tekenen; ik moet hebben liggen kijken tot de zon bijna opging. Dan bedenk ik dat het waarschijnlijk een droom is geweest, zo’n soort droom waarbij je denkt dat je wakker bent.

Mijn ontbijt bestaat uit hutspot uit blik die ik eerst in een pannetje opwarm en oploskoffie. Er zijn te veel ramen, ik ga op de muurbank zitten zodat ik ze allemaal in de gaten kan houden.

Ik zet de borden in de emmer bij de vuile vaat van de vorige avond en giet de rest van het warme water eroverheen. Dan ga ik voor de spiegel staan om mijn haar te borstelen.

Maar als ik de borstel oppak gaat er een schok van angst door mijn hand, de kracht is teruggekomen, maar in een andere vorm; hij moet via de grond in me gestroomd zijn tijdens het onweer. Ik weet dat de borstel verboden is, ik mag mezelf niet in de spiegel zien. Ik kijk voor het laatst naar mijn vervormde glazen gezicht: lichtblauwe ogen, rood verbrande huid, haren die warrig van mijn hoofd af staan, mijn spiegelbeeld staat het visioen in de weg. Ik moet niet mezelf zien, ik moet *zien.* Ik keer de spiegel met het glas naar de muur zodat ik er niet langer in gevangen zit, zoals Anna’s ziel in het gouden poederdoosje: dát had ik kapot moeten maken, niet de film.

Ik maak het raam los en klim naar buiten. Ineens ben ik mijn angst kwijt, alsof een knellende hand mijn keel heeft losgelaten. Er moeten spelregels zijn: op sommige plaatsen mag ik komen, op andere niet. Ik moet goed luisteren, als ik hen mijn vertrouwen schenk zullen ze me vertellen wat wel en wat niet mag. Ik had hen binnen moeten laten, misschien was het wel mijn laatste kans geweest.

De omheining met de schommel en de hoop zand zijn verboden terrein, dat weet ik zonder er een voet te zetten. Ik loop naar het meer. Het is spiegelglad, over het water lopen stuifmeelstrepen, mistflarden drijven uit de inhammen en vanachter de eilanden, ze trekken op en lossen op in de zonnewarmte; de zon is warm en helder, alsof het licht door een brandglas valt. Er schittert iets op het wateroppervlak, een zwemmend dier of een dode boom; als het niet waait drijft alles weg van de oever. De lucht ruikt naar aarde, midzomer.

Ik loop de steiger op: de angst zegt 'nee', ik mag bij het meer komen, maar niet op de steiger. Ik was mijn handen, gehurkt op de platte steen. Als ik alles maar in de juiste volgorde doe, als ik maar nergens anders aan denk. Welk offer verlangen ze, wat willen ze?

Als ik zeker denk te weten wat ze van me willen loop ik terug naar de hut en ga naar binnen. Het vuur dat ik voor het ontbijt heb aangemaakt smeult nog; ik steek er nog een blok hout in en zet de schuif open.

Ik klik mijn koffer open en haal de tekeningen en het manuscript van de '*Volksverhalen uit Quebec*' te voorschijn – ze zijn voor mijn uitgever in de stad gemakkelijk te vervangen, evenals mijn verprutste prinsessen en de Gouden Phoenix, vormeloos en dood als een gemummificeerde parkiet. Ik hou de stapel in mijn handen en schuif de bladen één voor één in de kachel om het vuur niet te verstikken; dan volgen de tubes verf en de penselen, ze zijn mijn toekomst niet meer. Nu moet ik nog op de een of andere manier van mijn Samsonite-koffer af zien te komen, verbranden kan ik hem niet. Ik kerf met het grote mes een kruis in het deksel, weg ermee.

Ik schuif de ring van mijn linkerringvinger – mijn zogenaamde echtgenoot, hij is het volgende waar ik voorgoed mee af moet rekenen – en gooi hem in het vuur, op het altaar, hij zal wel niet smelten maar hij zal in ieder geval gelouterd worden, het bloed zal eraf branden. Alles uit mijn verleden moet vernietigd worden, de cirkels, de aanmatigende vierkante vellen papier. Ik rommel onder de matras en haal de schetsboeken te voorschijn; ik scheur ze in stukken, de dames, hun jurken en hun beschilderde porseleinen gezichten, de zonnen, de manen, de konijnen en hun archaïsche eieren, mijn schijnvrede; zijn oorlogen, vliegtuigen, tanks, en de gehelmde ruimtevaarders; misschien voelt mijn broer aan de andere kant van de wereld het gewicht van zich afvallen, voelt hij hoe de bevrijding zijn armen vederlicht maakt. Zelfs mijn gidsen, de wonderlijke dikke vrouw en de gehoornde god moeten in rook opgaan, evenals de dames aan de muur met hun borsten als watermeloenen en hun rokken als lampekappen, al mijn kunstwerken.

Ook hun bezittingen moet ik offeren: de kaart, die ik van de muur scheur, de rotsschilderingen die mijn vader me heeft nagelaten, en het fotoalbum, mijn moeders levensloop, de foto's die mij gevangen houden. Mijn gezichten krullen op, worden zwart, de afbeeldingen van mijn vader en moeder veranderen in asvliesjes. Het is de tijd die ons gescheiden houdt, ik ben een lafaard geweest, ik wilde hen niet toelaten tot mijn tijd, tot de plek waar ik ben. Nu moet ik zien door te dringen tot hun tijd, hun plaats.

Als ik alle papieren verbrand heb gooi ik de glazen, de borden en het lampeglas aan gruizels. Uit elk boek scheur ik één pagina, Boswell en *Het mysterie van Sturbridge*, de bijbel en de *Eetbare paddestoelen*, *Het bouwen van een blokhut*; het zou te veel tijd kosten alle woorden te verbranden. Alles wat ik niet kan breken, de koekepan, de geëmailleerde schaal, lepels en vorken, smijt ik op de grond. Daarna steek ik met het grote mes een gat in alle dekens, lakens, bedden, tenten en tenslotte in mijn eigen kleren, het leren jasje van mijn moeder, mijn vaders grijze vilthoed en de regenjassen: deze omhulsels zijn niet meer nodg, ik schaf ze af, ik moet ruimte scheppen.

Als er niets meer heel is en het vuur alleen nog nasmeult loop ik het huis uit. Ik neem een van de gehavende dekens mee, die zal ik nodig hebben tot ik een vacht gekregen heb. Het huis gaat met een klik achter me dicht.

Ik bevrijd mijn voeten van mijn schoenen en loop naar de oever van het meer; de aarde is vochtig, koud en pokdalig door de regendruppels. Ik leg de deken opgevouwen op het rotsblok, stap het water in en ga liggen. Wanneer ik helemaal nat ben trek ik mijn kleren uit, ik scheur ze van mijn lichaam als behang. Ze dobberen naast me, de mouwen staan bol als ballonnen.

Mijn rug ligt op het zand, mijn hoofd rust tegen het rotsblok, schuldeloos als plankton; mijn haar waaiert uit, vloeibaar, deinend op het water. De aarde draait om zijn as en houdt mijn lichaam vast zoals ze de maan vasthoudt; de zon staat als een pulserende vuurbal die rode vlammen en stralen uitzendt aan de hemel, hij schroeit het omhulsel waarin ik gevangen zit van me af, me doorwekend als een droge regen, en warmt het bloedrode ei dat ik in me draag. Ik dompel mijn hoofd onder water om mijn ogen te wassen.

Op de oever zit een fuut, hij steekt zijn kop naar beneden, heft hem dan weer op en roept schel. Hij ziet me wel maar besteedt verder geen aandacht aan me, hij accepteert me als iets dat hier thuishoort.

Als ik schoon ben sta ik op uit het water; mijn schijnlichaam blijft aan de oppervlakte drijven, als een katoenen lokaas; het deint op de golven die ik veroorzaak en stoot zachtjes tegen de steiger.

Vroeger offerden ze symbolisch kleren, een deel voor het geheel, maar de goden zijn veeleisend, ze willen alles, onvoorwaardelijk.

De zon heeft driekwart van zijn baan afgelegd, ik heb honger. Het voedsel in de hut is me verboden, ik mag niet teruggaan naar die rechthoekige houten gevangenis. Blikjes en potten zijn ook verboden, ze zijn van glas en metaal. Ik begeef me naar de tuin en loop er speurend doorheen; dan hurk ik neer, gewikkeld in mijn deken. Ik eet de erwtjes en de bonen rauw uit de dop en trek de wortels met mijn vingers uit de grond, ik zal ze eerst in het meer wassen.

Tussen de wirwar van onkruid en uitlopers vind ik één

late aardbei. Rood voedsel, de kleur van het hart, is het beste, het is heilig; dan komt geel en dan blauw; groen voedsel ontstaat uit een kruising van geel en blauw. Ik trek een biet uit de grond, krab de modder eraf en bijt erin, maar de schil is te taai, ik ben nog niet gehard.

Bij zonsondergang verorber ik de gewassen wortelen, die ik in het gras verborgen had en een stuk van een kool. Het stilletje is verboden terrein dus deponeer ik mijn uitwerpselen, mest, op de grond en krab er aarde over. Alle dieren die in holen leven doen dat.

Vlak bij de houtstapel graaf ik een kuil. Ik bedek de bodem met dorre bladeren en maak een dak van dode takken waar ik vers naaldhout doorheen vlecht. Er zijn muggen, ze steken; het is beter ze niet dood te slaan, want de geur van bloed lokt de anderen aan. Ik slaap bij stukjes en beetjes, als een kat; mijn maag doet pijn. Om me heen ruist de ruimte; een uil roept, aan de overkant van het meer of binnenin me, de afstand krimpt. Een licht briesje, de golfjes praten tegen de oever, het water spreekt vele talen.

24

Ik word wakker door het licht dat in vlekjes door de takken van het dak valt. Mijn botten doen pijn, de honger knaagt, mijn buik is opgezwollen als de buik van een dode haai. Het is warm, de zon staat bijna op zijn hoogste punt, ik heb bijna de hele ochtend door geslapen. Ik kruip naar buiten en hol naar de tuin om iets te eten.

Het hek houdt me tegen. Gisteren mocht ik er nog door, maar vandaag niet: ze volgen de weg van de geleidelijkheid. Ik leun tegen de omheining en mijn voeten maken diepe indrukken in de modder, die nat is door de regen, de dauw, het meer dat optrekt door de bodem. Dan krijg ik kramp in mijn buik, doe een stap opzij en ga in het hoge gras liggen. Er zit een kikker met groene vlekjes en goudomrande ogen, een voorvader, naar me te kijken; hij glanst, alleen zijn ademende keel beweegt.

Ik blijf op de grond liggen, met mijn handen onder mijn kin en probeer mijn honger te vergeten. Ik kijk door de zeshoekjes van het kippegaas naar de tuin: rijen, vierkanten, stokken, paaltjes. De planten bloeien, ze groeien bijna zichtbaar, het vocht opzuigend door hun wortels en hun sappige stengels; zweetdruppels parelen op de bladeren die felgroen kleuren in de zonnestralen; tussen onkruid en 'echte' planten bestaat in dat opzicht geen enkel verschil. Onder de grond kronkelen de wormen als roze aderen.

De omheining is ondoordringbaar, hij kan alles buiten houden behalve onkruidzaad, vogels, insekten en het weer. Aan de voet van de omheining bevindt zich een zestig centimeter diepe greppel op de bodem waarvan glasscherven van gebroken potten en flessen liggen die op hun beurt weer bedekt zijn met een laag aarde en steengruis zodat marmotten en stinkdieren geen tunnels kunnen graven. Kikkers en slangen kunnen er doorheen, maar dat mag.

De tuin is een stunt, een truc. Zonder de omheining zou hij niet kunnen bestaan.

Nu heb ik de regel door: ze kunnen niet binnenkomen in iets dat afgebakend, omheind is. Zelfs als ik de deuren en hekken zou openzetten zouden ze niet in huizen of kooien kunnen binnendringen, ze kunnen zich alleen in de ruimte ertussen verplaatsen, ze hebben het niet op grenzen begrepen. Als ik met hen wil praten moet ik mij zoveel mogelijk in hun situatie verplaatsen; ondanks mijn honger moet ik de verleiding om het hek open te maken weerstaan, het zou zonde zijn om het nu op te geven.

Maar er is vast wel ander voedsel te vinden, iets dat niet verboden is. Ik bedenk wat ik zou kunnen vangen: rivierkreeftjes, bloedzuigers; nee, nog niet. De eetbare planten langs het pad, de paddestoelen ik weet welke giftig zijn en welke we vroeger verzamelden, sommige kun je rauw eten.

Er hangen frambozen aan de scheuten, een paar maar, ze zijn verschrompeld, maar wel rijp. Ik zuig ze op, hun zoete, zure smaak prikt in mijn mond en de zaadjes knarsen tussen mijn tanden. Ik loop het pad op, een koele tunnel tussen de bomen, en zoek intussen de grond af naar eetbare dingen, het doet er niet toe wat. Zij zullen er voor zorgen dat ik voedsel vind, ze hebben aanpassing en overleving in de natuur altijd aangemoedigd.

Ik vind de zesbladige planten weer terug, het zijn er twee en graaf de knapperige witte wortels uit. Ik kauw ze op zonder de tijd te nemen ze eerst in het meer af te spoelen. Er koekt aarde onder mijn afgebrokkelde nagels.

De paddestoelen staan er nog steeds, de dodelijke witte soort die ik pas zal opeten als ik immuun ben geworden en de gele eetbare soort die op gele vingers lijkt. Een groot aantal is nu te oud en rimpelig geworden, maar ik pluk de zachtere exemplaren. Ik houd ze een hele tijd in mijn mond voor ik ze doorslik, ze smaken muf, als beschimmeld canvas, ik ben er niet zeker van of ze nog wel goed zijn.

Wat is er nog meer? Wat is er nog meer? Voorlopig genoeg. Ik ga zitten en sla de deken die vochtig is van het gras, om me heen. Ik heb koude voeten. Ik heb behoefte aan ander voedsel, misschien kan ik een vogel of een vis met mijn blote handen vangen, dat is sportief. Binnenin me groeit hij, hij neemt wat hij nodig heeft, als ik hem niet voed zal hij mijn tanden en botten opslorpen, mijn haar zal dun worden en met handenvol tegelijk uitvallen. Maar ik heb hem daar zelf geplant, ik heb hem zelf opgeroepen, de behaarde god met staart en horens; hij neemt al vorm aan. Hoe voelen moeders van goden zich? Komen er stemmen en stralend licht uit hun buik? Voelen zij zich misselijk, duizelig? Mijn maag krimpt ineen van pijn, ik buig me voorover en duw mijn hoofd tegen mijn knieën.

Langzaam loop ik terug over het pad. Er is iets gebeurd met mijn ogen, mijn voeten zweven, ze komen afwisselend in mijn gezichtsveld, wel tien centimeter boven de grond. Ik ben helder als kristal, doorzichtig, mijn botten en het kind in mij zijn zichtbaar door de groene webben van mijn vlees, mijn ribben zijn schaduwen, mijn spieren gelei; met de bomen is het al net zo: ze lichten op, hun merg gloeit door het hout en de schors.

Het bos schiet omhoog, het neemt reusachtige vormen aan, zoals vroeger, voor het gekapt werd, zuilen van bevroren zonlicht; grote keistenen zweven, smelten, alles is water, zelfs de rotsen. Er bestaat één taal die geen zelfstandige naamwoorden kent, alleen werkwoorden die even langer duren

Dieren hebben geen taal nodig, waarom zou je praten als je een woord bent

Ik leun tegen een boom, ik ben een boom die leunt

Ik wankel uit het bos het felle zonlicht weer in en zak in elkaar, mijn hoofd slaat tegen de grond

Ik ben geen dier of boom, ik ben datgene waar de dieren

en de bomen zich in bewegen en groeien, ik ben een plaats

Ik moet opstaan, ik sta op. Door de bodem heen, ik kom aan de oppervlakte, ik sta weer op mijn voeten, zwevend. Ik sla met gebogen hoofd de deken om mijn schouders.

Ik hoor de Vlaamse gaaien onophoudelijk krijsen alsof ze een vijand of voedsel hebben gevonden. Ze zitten vlak bij de hut, ik loop de heuvel op naar ze toe. Ik zie ze in de bomen zitten en in duikvlucht van boom tot boom vliegen, waarbij het lijkt of de lucht zich verdicht tot vogels. Ze blijven maar krijsen.

Dan zie ik haar; ze staat voor de hut met haar hand uitgestrekt en ze draagt haar grijs leren jasje; ze heeft lang haar dat tot op haar schouders hangt, in de stijl van dertig jaar geleden, voor ik geboren was, ze staat half met haar rug naar me toe, ik zie alleen haar wang. Ze verroert zich niet, ze voert ze: er strijkt er een neer op haar pols en een andere op haar schouder.

Ik ben stil blijven staan. Aanvankelijk ben ik volstrekt niet verrast, natuurlijk is ze hier, ze heeft hier al die tijd al gestaan. Dan, terwijl ik toekijk en er niets verandert, word ik bang, ik verkil van angst, ik ben bang dat ze niet echt is, een kartonnen pop door mijn ogen uitgeknipt, een verbrande foto, als ik met mijn ogen knipper verdwijnt ze.

Ze moet mijn angst gevoeld hebben. Ze draait haar hoofd om en kijkt me aan en dan langs me heen, alsof ze weet dat er iets is maar het niet precies kan zien. De Vlaamse gaaien krijsen weer, ze vliegen op van haar arm en schouder, de schaduwen van hun vleugels fladderen over de grond en ze is verdwenen.

Ik loop naar de plek waar ze zoëven stond. De Vlaamse gaaien zitten hoog in de bomen en krassen naar me; er liggen nog wat etensresten op het voederplankje, een gedeelte hebben ze op de grond gegooid. Ik tuur omhoog en probeer te ontdekken welke Vlaamse gaai zij is; ze wippen op en neer, ze plukken met hun snavels aan hun veren, ze draaien hun kopjes en kijken me eerst met hun ene, dan met hun andere oog strak aan.

25

Het is weer dag; ik word met een schok wakker door het dreigende geluid van een motorboot. Het is bijna te laat. Ze zijn met een boog de inham binnengevaren, hebben vaart geminderd en voeren al langzaam op de steiger af toen ik wakker werd. Ik krabbel op handen en voeten mijn hol uit met een bruine wollen deken als camouflage over me heen en ren gebukt dieper het bos in; ik werk me onder een paar hazelaarstruiken en ga plat op mijn buik liggen zodat ik ze in het oog kan houden.

Misschien zijn ze erop uitgestuurd om me op te sporen, mogelijk op verzoek van de anderen, misschien zijn het politiemensen; het kunnen ook toeristen zijn, nieuwsgierige dagjesmensen. Evans zal het hele verhaal wel in de winkel verteld hebben zodat het hele dorp ervan weet. Of misschien is de oorlog uitgebroken, de invasie, en zijn het Amerikanen.

Ze zijn niet te vertrouwen. Ze zullen me ten onrechte voor een menselijk wezen, een naakte vrouw in een deken houden. Misschien zijn ze daarvoor wel hierheen gekomen: als het vrij rondloopt en het behoort aan niemand toe mag je het toch zeker inpikken? Ze hebben er waarschijnlijk geen vermoeden van wat ik werkelijk ben. Maar als ze mijn ware gedaante, mijn identiteit, ontdekken zullen ze me doodschieten of mijn schedel met een knuppel inslaan en me met mijn voeten aan een boom hangen.

Ze klauteren nu onhandig uit de boot, ze zijn met z'n vieren of vijven. Ik kan hun gezichten niet duidelijk zien omdat mijn uitzicht belemmerd wordt door stengels en bladeren, maar ik ruik ze en hun geur maakt me misselijk: een muffe lucht van busstations en sigaretterook, van monden met een rand van smerige pluche, de scherpe smaak van koperdraad of muntstukken. Hun huid is rood, groengeruit, blauwgestreept. Het duurt even voor ik me herinner dat dit hun onechte huid, hun vlag is. Hun echte huid die boven hun kraag uitkomt is wit en slap met plukjes haar erbovenop, een slordig geheel van beharing en kaalte, als bedorven worstjes of het lijf van bavianen. Ze evolueren, ze zijn al voor de helft een machine en het overgebleven vlees is verwekelijkt en verziekt, voos als een blinde darm.

Twee van hen beklimmen de helling naar de hut. Ze praten, hun woorden zijn duidelijk hoorbaar maar ze klinken mij slechts als klanken in de oren, als een buitenlandse nieuwsuitzending. Het moet Engels of Frans zijn, maar ik herken het niet als een taal die ik ooit gehoord of gekend heb. Geschuifel en gebrom, ze gaan door de deur of het open raam naar binnen, hun laarzen knerpen binnen over de glasscherven. Een van hen lacht als het krassen van een griffel over een lei.

De drie anderen staan nog op de steiger. Dan beginnen ze te roepen: ze hebben zeker mijn kleren gevonden, een van hen knielt. Het is Joe, ik probeer me voor te stellen hoe Joe eruitziet. Maar het maakt niet uit, hij helpt me toch niet, hij staat aan hun kant; waarschijnlijk heeft hij ze de sleutels gegeven.

De twee mannen komen de hut uit en klossen de trap weer af naar de steiger; hun onechte huid slobbert om ze heen. Ze staan in een kluitje bij elkaar, ze kwetteren en ratelen als een snel afgedraaid bandje, en ze maken opgewonden gebaren met de vorken en lepels aan de uiteinden van hun armen. Misschien denken ze dat ik me verdronken heb, het is net iets voor hen om op zo'n stompzinnig idee te komen.

Hou je stil, zeg ik, ik bijt in mijn arm, maar ik kan me niet inhouden, ik proest het uit. Ik schrik ervan, ik hou onmiddellijk op, maar het is te laat, ze hebben me al gehoord. Rubber voeten bonken over de steiger en kogelvrije koppen draaien in mijn richting; wie zijn het? David en Joe, Claude uit het dorp, Evans, Malmstrom de spion, de Amerikanen, de menselijke wezens, ze zijn hierheen gekomen omdat ik het huis niet wilde verkopen. Het is niet van mij, het is van niemand, zeg ik tegen ze, jullie hoeven me niet te doden. Ik sta voor de keuze van een konijn: doodstil blijven zitten, erop gokken dat ze je niet zullen zien of ervandoor gaan.

Ik heb een redelijke voorsprong op hen en ik heb geen schoenen aan. Ik ren geruisloos, dode takken vermijdend naar het pad dat naar het moeras voert, daar ligt de kano; ik kan er gemakkelijk als eerste aankomen. Op het meer zelf kunnen ze me de pas afsnijden met hun motorboot maar als ik het moeras invaar, tussen de dode boomwortels door, ben ik in veiligheid; ze zouden me achterna kunnen waden, maar de modder is zacht, ze zouden er als bulldozers in wegzinken. Achter mij klinkt gestamp, gekraak van hun laarzen, vage kreten, elektronische signalen die tussen hen heen en weer flitsen, *hoeoe hoeoe*, hun taal bestaat uit getallen, de stem van de rede. Gekletter van hun zware wapens en hun ijzeren pantserplaten.

Maar ze lopen in een halve cirkel en sluiten me in, vijf ijzeren vingers die zich tot een vuist ballen. Ik maak een scherpe draai. Ik moet een nieuwe list verzinnen: een boom in, maar de tijd dringt en er is geen boom die hoog genoeg is. Me verstoppen achter een rotsblok, 's nachts wel, maar nu niet, bovendien zijn er geen rotsblokken, ze zijn in de aarde verzonken net nu ik ze nodig heb. Vluchten, een andere mogelijkheid is er niet; hoewel ik bid heeft de kracht me in de steek gelaten, niets of niemand staat aan mijn kant, zelfs de zon niet.

Ik zwenk af naar het meer en stuit op een hoge steile aardwal die voornamelijk uit zand bestaat. Ik klim eroverheen en laat me er aan de andere kant vanaf glijden, op een knie en een elleboog, diepe groeven achterlatend, ik hoop dat ze de sporen niet zien. Ik trek de deken om me heen zodat mijn witte huid niet zichtbaar is en hurk neer met mijn gezicht tegen de boomwortels die boven de afgekalfde zandhelling hangen. Ze zijn kronkelig: ceders. Ik heb een snee in mijn voet en in mijn arm, ik voel hoe het bloed uit de wonden welt als plantesap.

Het gekraak en geschreeuw dendert me voorbij, verwijdert zich en komt dan weer dichterbij. Ik blijf doodstil zitten: verraad jezelf niet. Ze komen achter me in het bos bij elkaar: ze praten en lachen. Misschien hebben ze eten meegebracht, in manden en thermosflessen, misschien beschouwen ze het als een picknick. Mijn hart bonst wild en komt weer tot rust, ik luister ernaar.

Het geluid van de startende motor zet me weer in beweging. Ik kruip over de rand van de aardwal en hurk neer achter de haag van boomstammen; als ik aan de kant van het meer blijf zitten zouden ze me kunnen zien. Het geronk zwelt plotseling aan als de boot als een granaat om de landtong heen komt scheuren; ze varen zo dicht onder me langs dat ik ze een steen naar hun hoofd zou kunnen gooien. Ik tel ze en overtuig me ervan dat ze inderdaad met z'n vijven zijn.

Zo zijn ze, ze gunnen je je rust niet, ze willen niet dat je iets hebt wat ze zelf niet hebben. Ik blijf op de zandwal liggen en lik mijn schrammen; mijn huid is nog niet behaard, zover is het nog niet.

Ik begeef me hinkend op de terugweg naar de hut, mijn voet bloedt nog steeds, zij het niet meer zo hevig. Ik ben boos op de goden, hoewel ze me misschien wel gered hebben. Misschien hebben ze wel vallen gezet, ik kan beter uit de buurt van mijn schuilhol blijven. Dieren die in een klem zitten knauwen vaak hun voor- of achterpoot af om los te komen, dat zou ik ook kunnen doen.

Ik heb de tijd niet gekregen om honger te voelen en zelfs nu heb ik er geen last van, de honger knaagt niet; waarschijnlijk raak ik eraan gewend, binnenkort kan ik het helemaal zonder voedsel stellen. Straks ga ik langs het andere pad naar eten zoeken; aan het eind bevindt zich een rotsige heuvel waarop bosbessen groeien.

Als ik in de buurt van de gereedschapsschuur kom voel ik de angst, de kracht weer, ditmaal in mijn voetzolen: hij komt uit de grond als een geluidloos zoemen. Ik mag niet op de paden lopen. Alles wat door metaal is beroerd, verwond, is verboden; de paden zijn uitgehakt met bijlen, er is orde geschapen met messen. Hij heeft iets gedaan wat hij niet had mogen doen: hij heeft in feite als verkenner gefungeerd: hij heeft de bomen benoemd en geteld zodat de anderen konden kappen en graven. Hij is zich daar nu waarschijnlijk van bewust. Ik ga in de berm van het pad lopen en daal af naar het meer, de plaatsen die door schoenen zijn betreden vermijdend.

Hij staat bij de omheining met zijn rug naar me toe en kijkt naar de tuin. Het late middaglicht valt schuin tussen de stammen op de heuvel door op hem en hult hem in een oranje nevel; hij is onscherp alsof ik hem onder water zie.

Hij is zich ervan bewust geworden dat hij een indringer was: de hut, de omheining, de vuren en de paden waren schendingen. Hij wil er een eind aan maken, hij wil de grenzen uitwissen, hij wil dat het bos weer overwoekert wat hij het door zijn verstand heeft ontnomen: hij wil zijn fouten goedmaken.

Ik zeg: 'Vader'.

Hij draait zich naar me om en het is mijn vader niet. Hij is datgene wat mijn vader zag, datgene wat je tegenkomt als je hier te lang alleen blijft.

Ik ben niet bang, het is te gevaarlijk om bang te zijn, hij staart me een tijdlang aan met zijn gele ogen, wolveogen, diepteloos maar zacht gloeiend als de ogen van dieren die je 's nachts in het licht van je koplampen ziet. Reflectors. Hij keurt mijn aanwezigheid niet af, hij keurt mijn aanwezigheid niet goed, hij laat merken dat hij me niets te zeggen heeft behalve het feit dat hij er is.

Dan wendt hij zijn hoofd met een onhandige, bijna kreupele beweging af: ik boezem hem geen belangstelling in, ik ben een stuk van het landschap, ik zou ieder willekeurig ding kunnen zijn, een boom, een geraamte van een hert, een rotsblok.

Ik begrijp nu dat hoewel hij mijn vader niet is hij datgene is wat er van mijn vader geworden is. Ik wist wel dat hij niet dood was.

Een vis springt op uit het meer

Het beeld van een vis die springt

Een vis springt op, een uit hout gesneden vis met stippen op de zijkanten geschilderd, nee, een visachtig ding met een gewei dat met rode verf op een rotswand geschilderd is, een beschermgod. Hij hangt in de lucht, levend vlees veranderd in een ikoon, hij is opnieuw van gedaante veranderd en teruggekeerd in het water. Hoeveel vormen kan hij aannemen?

Ik kijk er wel een uur lang naar: dan valt hij terug en wordt weer beweeglijk, de kringen breiden zich uit, het is weer een gewone vis geworden.

Als ik naar de omheining loop zie ik de voetafdrukken naast elkaar in de modder. Mijn adem gaat sneller, het is echt gebeurd, ik heb het gezien. Maar de afdrukken zijn te klein en ze hebben tenen; ik zet mijn voeten erin en ontdek dat ze van mezelf zijn.

26

's Avonds maak ik een nieuw hol, dieper het bos in en beter verborgen. Ik eet niets maar ik ga op mijn buik op de rotsbodem liggen en drink uit het meer. 's Nachts droom ik weer hoe ze waren toen ze nog leefden en ouder werden; ze zitten in een boot, de groene kano, en varen de inham uit.

Als ik 's morgens wakker word weet ik dat ze voorgoed vertrokken zijn, terug naar de aarde, de lucht, het water, terug naar waar ze vandaan kwamen toen ik hen opriep. De regels gelden niet meer. Ik mag nu gaan en staan waar ik wil, ik mag de hut en de tuin weer in, ik mag weer op de paden lopen. Ik ben de enige levende mens die nog op het eiland is.

Toch waren ze hier, daarvan ben ik overtuigd. Ik heb hen gezien en ze hebben met me gepraat, in de andere taal.

Ik heb geen honger meer, maar ik sjok terug naar de hut en maak een blikje bonen open. Ik moet leven, dat ben ik hen verschuldigd. Ik ga met mijn benen gekruist op de muurbank zitten en eet de bonen met mijn vingers uit het blik, met kleine hapjes, het is gevaarlijk om op je nuchtere maag te veel tegelijk te eten. Rommel op de vloer, kapotte spullen, heb ik dat gedaan?

David en Anna zijn hier geweest, ze sliepen in de achterste slaapkamer, ik herinner me hen, maar vaag en nostalgisch, zoals ik me mensen van heel vroeger herinner. Ze wonen nu in de stad, in een andere tijd. Ik herinner me nu ook mijn zogenaamde echtgenoot, maar scherper, en ik heb alleen nog maar medelijden met hem. Hij was volstrekt niet zoals ik geloofd had: het was een doodgewone man, van middelbare leeftijd, tweederangs, egoïstisch, en niet minder aardig dan het gemiddelde. Maar ik was niet voorbereid op het gemiddelde met alle daarbij behorende leugentjes en wreedheden. Mijn broer zag het gevaar al vroeg. Je moest ergens volledig in opgaan, in een oorlog bijvoorbeeld, of je ging ten onder. Er zouden meer keuzemogelijkheden moeten zijn.

Binnenkort is het herfst en dan winter; eind augustus beginnen de bladeren te verkleuren en begin oktober valt de eerste sneeuw, en dat gaat door tot de sneeuwlaag tot boven de ramen of zelfs tot de rand van het dak reikt, en het meer zal dichtvriezen. Of ze sluiten voordien de spuigaten van de dam af zodat ik iedere dag kan kijken hoe het water stijgt; misschien zijn ze daarom wel met de motorboot hierheen gekomen, niet om me te achtervolgen maar om me te waarschuwen. Ik kan hier in ieder geval toch niet voor altijd blijven, er is niet genoeg voedsel, de tuin is niet onuitputtelijk en de blikjes en flessen raken op den duur op; de schakel tussen mij en de fabrieken is verbroken, ik heb geen geld meer.

Als ze naar me op zoek waren zullen ze bij terugkomst misschien zeggen dat ze me gezien hebben, of misschien dat ze alleen dachten dat ze me gezien hadden. Als ze niet naar me op zoek waren zullen ze niets zeggen.

Ik zou met de kano die nu in het moeras ligt vastgebonden de vijftien kilometer naar het dorp kunnen peddelen, nu, of morgen, als ik wat gegeten heb en weer op krachten gekomen ben. En vandaar terug naar de stad en de opdringende vijand, de Amerikanen. Ze bestaan, ze rukken op, er moet iets aan gedaan worden, maar misschien is het mogelijk hen in de gaten te houden, hun volgende stap te voorspellen en hen tegen te houden voor we net als zij zijn geworden.

Er zijn nu geen goden meer die me kunnen helpen, hun bestaan is nu weer twijfelachtig, theoretisch, net als Jezus. Ze hebben zich teruggetrokken in het verleden, ergens binnen in mijn schedel. Ze zullen nooit meer voor me verschijnen, dat kan ik me niet meer veroorloven; van nu af aan moet ik weer een normaal leven leiden en de goden afmeten aan hun afwezigheid, de liefde aan de mislukkingen, de kracht aan het verlies ervan, zijn verzaking. Ik vind het jammer: maar ze bieden slechts één soort waarheid, één hand.

Geen totale verlossing en wederopstanding. Onze vader, Onze moeder, ik bid u, steek me uw helpende hand toe, maar het heeft geen zin; ze krimpen, ze groeien, ze worden weer wat ze waren, mensen. Ik heb hen nooit op hun menselijke waarde geschat; een gevolg van het feit dat ik hun totalitaire naïveteit ook had overgenomen.

Voor het eerst probeer ik me in hen te verplaatsen: mijn vader die door zich op een eiland terug te trekken ons en zichzelf midden in een oorlog en in een arme streek tegen de buitenwereld wilde beschermen; wat moet het hem een moeite gekost hebben om zijn illusies van redelijkheid en vrijwillige orde in stand te houden – misschien is het hem niet gelukt. Mijn moeder die de seizoenen, het weer en onze gezichten vastlegde in haar nauwgezet bijgehouden annalen, die haar in staat stelden de rest weg te laten: de pijn, de eenzaamheid en een gebeurtenis uit een verloren gegaan verleden waar ze tegen vocht, ik zal er nooit meer achter komen. Ze zijn nu onbereikbaar, ze behoren zichzelf toe, meer dan ooit.

Ik zet het halflege blikje op tafel en loop voorzichtig, de glasscherven met mijn blote voeten vermijdend, over de vloer. Ik draai de spiegel om: ik zie een wezen dat noch dier noch mens is, zonder vacht, slechts gehuld in een vuile deken, in elkaar gedoken, met ogen blauw als ijs die me vanuit de diepe kassen aanstaren, de lippen bewegen. Een gek zoals de mensen zich die voorstellen: sprietjes stro in het haar, onbegrijpelijke taal uitslaand, of helemaal niet pratend. Hun definitie van normaal zijn: met iemand kunnen praten in begrijpelijke taal.

Dat vormt nu het echte gevaar: het gekkenhuis of de dierentuin, daar stoppen ze ons in – soort of individu – als we de werkelijkheid niet meer aankunnen. Ze geloven nooit dat dit het beeld van een vrouw in haar natuurlijke staat is, volgens hen is dat een gebruind lichaam op een strand met gewassen haar dat als een sluier in de wind wappert; maar zeker niet dit: een bemodderd gezicht, een vervuilde korstige huid, en haar als een rafelige badmat waarin bladeren en takjes hangen. Een nieuw soort pin-up girl.

Ik lach en het klinkt alsof er een dier gedood wordt: een muis, een vogel.

27

Vóór alles moet ik weigeren me als een slachtoffer te gedragen. Voordat ik daarin slaag kan ik niets doen. Ik moet mijn dwalingen erkennen en het oude bijgeloof opgeven dat ik zwak ben en daarom nooit in staat zijn zal iemand te kwetsen. Een leugen die altijd rampzaliger was dan de waarheid zou zijn geweest. De woordspelletjes, de spelletjes waarbij je wint of verliest zijn afgelopen; op het ogenblik zijn er geen andere, maar die zullen bedacht moeten worden, je terugtrekken is niet meer mogelijk en het alternatief is de dood.

Ik laat de deken op de grond vallen en loop mijn onttakelde kamer in. Mijn reservekleren liggen hier, er zitten weliswaar messteken in maar ze zijn nog best draagbaar. Ik kleed me onhandig aan, ik heb moeite met de knopen; ik keer terug in mijn eigen tijd.

Maar uit het verre verleden van vijf nachten terug breng ik de tijdreiziger mee, een oermens die zal moeten leren; hij heeft nu de vorm van een goudvis en ondergaat zijn veranderingen. Woordgroeven vormen zich al in zijn proto-brein, onbetreden paden. Hij is geen goed, ik weet niet eens zeker of hij wel echt bestaat; ik kan het nog niet weten, het is nog te vroeg. Maar ik ga ervan uit dat hij er is: als ik sterf, sterft hij ook, als ik honger heb, heeft hij dat ook. Misschien is hij de eerste, de eerste echte mens; hij moet geboren worden, hij moet de kans krijgen.

Ik sta in de tuin als de boot komt. Het is niet die van Evans; het is Pauls boot, lomp, traag en witgeverfd, hij heeft hem zelf gebouwd. Paul zit achterin bij de antieke motor; voorin zit Joe.

Ik loop door het hek de tuin uit en trek me terug achter de bomen, een groepje witte berken langs het pad; ik haast me niet, ik loop niet weg, maar ik ben voorzichtig.

De motor zwijgt, de boeg bonst tegen de steiger. Paul staat rechtop met een vaarboom in zijn handen, hij meert af; Joe stapt uit, legt de boot vast en doet een paar passen in de richting van de oever.

Hij roept mijn naam en wacht dan: 'Ben je daar?' Echo: daar, daar?

Hij heeft zeker in het dorp gewacht; de zoekers hebben natuurlijk verteld dat ze me gezien hebben, misschien was hij er wel bij. Hij is achtergebleven toen David en Anna met hun auto vertrokken, of hij is met ze mee naar de stad gereden en teruggelift, of teruggelopen, hoe dan ook, het belangrijkste is dat hij er is, als bemiddelaar, als ambassadeur om me een aanbod te doen: gevangenschap in enigerlei vorm, of een nieuwe vrijheid?

Ik kijk naar hem, mijn liefde voor hem is nutteloos als een derde oog of een mogelijkheid. Als ik met hem meega zullen we moeten praten, houten huizen zijn ouderwets, we kunnen niet meer in schijnvrede samenleven door elkaar uit de weg te gaan, zoals vroeger, we zullen opnieuw moeten beginnen. Voor ons is de tussenkomst van woorden noodzakelijk; en waarschijnlijk zullen we vroeg of laat falen, al of niet op een pijnlijke manier. Dat is normaal, zo gaat dat tegenwoordig en ik weet niet of het allemaal wel de moeite waard is; ik weet zelfs niet zeker of ik hem wel kan vertrouwen, misschien hebben ze hem wel hierheen gestuurd als lokaas. Maar hij is geen Amerikaan, dat zie ik nu in; hij is niets, hij heeft nog geen definitieve vorm aangenomen, en daarom kan ik hem vertrouwen.

Vertrouwen is je overgeven. Ik neig al naar voren, naar de vragen en eisen, maar mijn voeten bewegen nog niet.

Weer roept hij me vanaf de wankele steiger die water noch land is, met zijn handen in zijn zij, zijn hoofd achterover en speurende ogen. Zijn stem klinkt geërgerd: hij zal niet veel langer wachten. Maar nú wacht hij.

Het meer is kalm, de bomen om me heen vragen en geven niets.

‘*De blinde huurmoordenaar* is een vérstrekkende, aangrijpende en briljant geconstrueerde roman, waarin Atwood haar enorme psychologische inzicht demonstreert.’

Juryrapport Booker Prize

***f* 45,00** / 496 blz.

Rosita Steenbeek
Schimmen-
rijk
'Een mooie, licht en luchtig getoonzette
roman (...) een wonderlijk levenslustig boek
over dood, rouw en verdriet'